Sonya
ソーニャ文庫

死神騎士は最愛を希う

蒼磨奏

JN131408

イースト・プレス

contents

欲しいものがあると、死神は箒星に希《こいねが》いました
すると三匹の獣が現れて、死神が欲しがっていたものを奪っていきました
しかし、死神は諦めませんでした
一匹目の獣は、毒を飲んで死にました
二匹目の獣は、心臓を突かれて死にました
三匹目の獣は、皮を剥がれた身体を八つに裂かれて死にました
そして死神は、ようやく欲しいものを手に入れました
めでたし、めでたし

序章

――それは悪夢の底で繰り返し見る、幸福なひとときの夢。

幽邃《ゆうすい》な山中にひっそりと佇《たたず》む教会の石階段に、淡い光を放つオイルランプが置かれており、少女と少年が座っていた。

闇を刷《は》いた空には銀砂《ぎんさ》のごとく星が瞬《またた》き、尖った眉月が浮かんでいる。

「デュラン、見て！　箒星《ほうきぼし》よ！」

白線を引くように流れ落ちる流星を指さして、リリアナは歓声を上げた。

リリアナの隣に座っている右目に眼帯をつけた年上の少年――デュランが両手を組み、ぼそぼそと何かを唱えた。

「ねぇ、デュラン。何をしているの？」

「願いごとです。箒星を見つけたら、願いを三回唱えると叶うらしいですよ」

「そうなの？　じゃあ、私も……って、箒星、もう消えちゃったわね」

すでに箒星は影も形もない。三回唱える間もなかった。

揃《そろ》えた膝《ひざ》に頬杖《ほおづえ》を突いて、ため息をつくリリアナに、デュランが首を傾げる。

「リルは、何を願いたかったんですか？」

「それはね――」

言葉の途中で、また箒星が一つ空を横切っていった。

リリアナは素早く両手を組んで願いごとを三回唱えようとしたが、二回目の途中で星は流れ落ちてしまう。

「もう星が見えなくなっちゃったわ。星が流れるのって、あっという間なのね」

「リル。貴女《あなた》の願い事が何なのか、俺にも教えてください」

「……この先もずーっと、デュランと一緒にいられますようにって」

口を尖らせながら告げると、デュランは「なんだ、それなら大丈夫ですよ」と笑った。

「俺も同じようなことを願っておきました」

「三回、唱えられたの？」

「もちろん。唱える言葉を短めにしたので」

「短め？　なんて唱えたの？」

リリアナは興味津々《きょうみしんしん》で身を乗り出したが、デュランがぷいと顔を背《そむ》けてしまった。

「ちょっと、どうしてそっぽを向くのよ。そんなに言いたくないの？」

「言ってもいいですが、貴女は引くかもしれません」

「引かないわよ」

「じゃあ、ちょっと耳を貸して」

デュランに手招きをされるまま身を寄せて、頰《ほお》が触れ合うほどの距離に近づいた時、頭をぐいと引き寄せられて柔らかいものが唇に押しつけられる。

ちゅ、と音を立ててキスを一つ。

そして、彼が囁《ささや》くように一言。

「俺のものにしたい、って。早口で三回唱えました」

両手で頰を挟まれて目をじっと覗きこまれながら、臆面《おくめん》もなく発せられた囁きを聞き、リリアナの頰に朱が散った。

誰を、あなたのものにしたいの？

疑問の答えは聞くまでもない。

リリアナは膝を抱えて小さくなり、照れ隠しに小声で彼を非難する。

「……キスはだめだと、言ったのに」

「リルがキスを許してくれないから、強硬手段に出たんですよ」

「だって、私とキスをしたら、デュランの身に害が及ぶ危険性が――」

「いいえ。そんなことはありえません。たった今、貴女とキスをしたのに、俺はぴんぴんしているでしょう」

「具合が悪くなったり、していない？」

「していません」

「吐き気とか、頭痛とか」

「何もありませんよ。貴女の杞憂《きゆう》です」

デュランが声をひそめて、リリアナの細い肩を抱いた。

「リル、よく聞いて。貴女と触れ合うことで、俺に害が及ぶことはないんです。もしそうなら、こうして手を繋《つな》いだだけでも俺は体調を崩すはずです。手のひらも少なからず汗をかくし、体液が触れ合っているんですから」

「まぁ、そうかもしれないんだけど……」

直球な言葉選びに戸惑いながら、指を搦《から》めて繋いだ手を見下ろしていたら、デュランがより一層強めに肩を抱き寄せてくる。近接した距離感に、リリアナは息を呑んだ。

デュランは十七歳。少年と青年の境目にいる彼の身体つきは、まだ成長途中で屈強とは言いがたかったが、それでも十三歳のリリアナよりは逞《たくま》しい。

「分かった、こうしましょう。もう一度、俺とキスをして確かめるんです」

「……もう一度？」

「そう、もう一度」

顎《あご》をクイと持ち上げられ、眼帯をしたデュランの顔が迫ってきた。

リリアナは薔薇色《ばらいろ》の目を見開き、斜めに傾けられた彼の顔の向こう側――濃紺の宵空《よいぞら》に星がまた一つ、流れ落ちるのを見た。

あ、願いごとを三回唱えないと。

そんな考えが頭を過《よ》ぎった瞬間、初々しいキスに意識を持っていかれて、リリアナはそっと目を閉じた。

優しく重ねられた唇の感触、肩を抱く手の熱さ、顔に降りかかる甘い吐息。

そのどれもが、リリアナの鼓動を高鳴らせて、身体の内側から肌を火照《ほて》らせた。

閉じた瞼《まぶた》の裏に、願いを叶えてくれる流星の煌《きら》めきがいつまでもチカチカと残っていた。

◆◇◆

「はぁ……」

吐息が漏れて、ほの昏《ぐら》い微睡《まどろ》みの底から意識が浮上した。

薄く目を開けたリリアナは闇に包まれる無機質な天井を見上げて、なんだ、今のは夢だったのかと思う。

十三歳の頃、大好きな幼馴染《おさななじみ》と山奥の教会で過ごした幸福な一夜の記憶。

もう十年近く前の出来事なのに、彼と交わした会話の内容とキスの温もりを忘れたことはなく、定期的に夢にまで出てくる。

そして壊れかけたリリアナの心を、その記憶がこの世に繋ぎ止めているのだ。

冷えきった部屋の中でぼんやりと天井の闇を見つめていたリリアナは、ふと人の気配を感じて視線を横に向けた。

ベッドの横に誰かが佇んでいる。黒いローブを着ていて、顔が見えない。

室内を満たす宵闇《よいやみ》よりも、更に昏《くら》く淀《よど》んだ闇を纏《まと》ったその誰かはベッドに腰かけた。

マットレスがギシッと軋《きし》んだ音を立てて、毛布が捲《めく》られる。大柄な身体がベッドにもぐりこんできて、冷たい手がリリアナのネグリジェの中へ滑りこんできた。

優しい手つきで肌を撫《な》でられた瞬間、恋しい男の顔を思い浮かべたが、そんな夢みたいな願望はすぐに霧散した。

あの人が、こんなところへ来るはずがない。

肌をまさぐる手つきと、顔中に降り注がれるキスは彼女を傷つけるというよりも癒《いや》そうとするそれに感じられた。

リリアナは抵抗せず、強烈な眠気に身を委《ゆだ》ねた。

もしかしたら、自分は夢の続きを見ているのかもしれないと思った。

大好きな人と共に箒星を眺めながらキスをした、あの幸福な一夜の続きを――。


「――リル」

夢現《ゆめうつつ》の狭間《はざま》に聞こえる誰かの声は聞き覚えがあるはずなのに、リリアナはそれも夢だと一蹴《いっしゅう》した。


リル、リル。誰かが繰り返し彼女の名を呼んで、しきりに何かを囁いている。

だが、自分の名前以外の言葉は、端からリリアナの耳をすり抜けていった。

深い水底に沈められた意識の中で、まるで水面の向こう側から話しかけられているみたいに、明瞭な言葉として聞き取ることができない。

閉じた瞼の裏には、あの幸福な夜に見た願いを叶えてくれる流星の光が、記憶の残滓《ざんし》のようにいつまでもチカチカと瞬いていた。

第一章

アクナイト王国。城の地下牢に苦痛の呻《うめ》きが響いていた。下水道と通じる換気口があるせいで湿気が強く、水滴が石壁を流れ落ちていく。

とある牢《ろう》の一室で、薄汚れた髭面《ひげづら》の男が天井から吊るされた手枷《てかせ》に繋がれて立たされていた。男と向かい合うようにして、騎士の格好をした長身の男が対峙《たいじ》している。

「何をされようが、おれは、何もしゃべらねぇぞ……！」

牢の壁にかかった松明《たいまつ》の火のもと、手枷に繋がれた男が唾《つば》を飛ばす勢いで言った。

男は麻薬の密買を取り仕切っていた麻薬商人で、密輸ルートを吐けと拷問を受けたため全身に裂傷《れっしょう》の痕《あと》があり、頬もげっそりとこけている。

それでも両眼は反抗的な光を放っており、屈するものかと強固な意志を感じさせた。

一方、男の正面に佇む騎士は片目に眼帯をしていて、目鼻立ちの整った面は無表情。

騎士は喚《わめ》き散らす男を黙って眺めていたが、やがて、くるりと踵《きびす》を返した。

一旦、牢の外に出て、すぐに戻ってきた騎士の手には長細い鉄の釘《くぎ》と蝋燭《ろうそく》があった。

「な、何だよ……それで、何をするつもりだ……」

「俺は八年間、隣国タリスへ遊学していた。そこで騎士の訓練を受けたが、同時に様々な拷問方法も教わった」

騎士は淡々と話しながら、太い蝋燭に火を灯す。

「東洋の大国、チニール皇国を知っているか。現王妃様の祖国だ。あの国は独特な文化があり、幼い皇族に毒を飲ませて耐性をつけさせるらしい。それで命を落とす幼子も多く、生き残るためには死にもの狂いで毒に慣れて、生にしがみつかなければならないとか」

松明の火に照らされ、鉄の釘がキラリと光る。

「そのチニール皇国では、口を割らせるための拷問方法も独特だ。ただ鞭《むち》打って痛めつけるだけでなく、あらゆる道具を使うんだそうだ。これも、その一つだ」

隻眼《せきがん》の騎士の表情と釘を見比べ、虚勢を張っていた男の顔に一瞬、怯《おび》えが過ぎった。

「この釘をどのように使うのか、お前も知りたくはないか」

「っ……」

「やめてほしいか。ならば、お前の知っている情報を全て吐け。そうすれば、このまま解放してやろう」

「……ちくしょう！　おれは、そんな脅《おど》しには屈しねぇ！」

男も腹を括《くく》ったのか、しゃがれた声を張り上げた。

騎士は「そうか」と頷《うなず》き、牢の外へ合図する。扉が開いて、若い騎士が大きめの金槌《かなづち》を持って入ってきた。

隻眼の騎士は金槌を受け取り、ゆっくりと男に近づいていく。足元に膝を突き、男の汚れた足の甲に鉄釘の切っ先を押し当てた。

「いくぞ。歯を喰《く》いしばっておけ」

「お、おい、待てよ……まさか、お前っ……」

何をされるのか理解したようで、繋がれた男は青ざめて制止の声を上げる。

しかし、隻眼の騎士は意に介さずに金槌を振り上げた。


上官である隻眼の騎士と虜囚《りょしゅう》を置いて牢を出た若い騎士は、外で待機している年嵩《としかさ》の騎士と顔を見合わせた。

捕虜《ほりょ》や犯罪者を尋問する部隊に所属し、まだ日の浅い騎士は年嵩の騎士に話しかける。

「マクレーガン隊長の尋問で落ちない罪人はいないと聞いていましたが、納得しました。あんな尋問方法は見たこともありませんし、何と言うか、その……」

「何も言うな。これが我々の職務だ。お前も、そのうち慣れるさ」

「たとえ相手が犯罪者であっても、私にはできる気がしません」

「この部隊には、全てを職務と割りきれる奴《やつ》だけが残る。給金は他所《よそ》の隊よりも高いが、耐えられないようなら異動願いを出したほうがいい。じゃなきゃ、頭がおかしくなるぞ。ここでは心を殺さなきゃ、やっていけないからな」

若い騎士は覗き窓から牢の中を確認した。いつの間にか捕虜の男が自白を始めている。その傍らに片膝を突いた上官が手を止めて、耳を傾けていた。途中で男を宥《なだ》めるように肩を叩く。飴《あめ》と鞭をうまく使い分けているのだろう。

松明の火がゆらゆらと揺れていて、二人の足元にできた黒い影も不穏に揺れた。

「マクレーガン隊長の通り名も聞きました。死神騎士、と。そう呼ばれる理由が、なんとなく分かった気がします。表情を変えずに尋問して、捕虜に語りかける姿は人間味がありませんし――」

「おい、よせ。隊長の前では絶対にその呼び方をするなよ。本人が嫌がるからな。誰だって〝死神〟なんて呼ばれたくないだろ」

「は、はいっ……気をつけます……」

そこで会話が途切れたものの、牢の中から呻き声が聞こえないよう、若い騎士は再び傍《かたわ》らの同僚に話しかけた。

「マクレーガン隊長は、どうして尋問部隊にいるんでしょうか。王室付きの騎士隊に入ってもおかしくはない実力があると言われているじゃありませんか」

「ああ、そのことか。隊長の父君の進言があったんじゃないかと言われているが、本当のところは定かじゃないな」

その時、牢の中から二人を呼ぶ声がした。

どうやら尋問が終わったらしい。

「おっと、喋《しゃべ》りすぎたか。職務に戻るぞ。——しかし、今回は落ちるのが早かったな」

顔を強張らせる若い騎士をチラリと見た年嵩の騎士は、すでに慣れているのか、何でもないことのように言って牢の扉を開けた。

血の臭いがする牢の中は薄暗く、鎖に繋がれた男が項垂《うなだ》れている。

ゆっくりと振り返った隻眼の騎士は、顔に濃い影ができていて表情が見えない。

足元にできた影がゆらゆらと揺れていて、淀んだ闇を纏って佇む騎士の姿は、まさしく死神のようだった。

◆◇◆

アクナイト王国第一王女リリアナ・アクナイトの人生は、終わらぬ悪夢を延々と見続けているようなものだった。

幼少期から耐性をつけるために毒を飲まされ続けて、恋した男性と結ばれることは許されず、婚約者を死に至らしめたと囁かれた挙《あ》げ句《く》に、実母からはアクナイト王家の娘ではない〝不義の子〟と罵《ののし》られる。

いっそ自死すれば楽になれるのではないかと思ったことがある。

しかし、まるで楔《くさび》のようにリリアナをこの世に繋ぎ止めている存在があった。

その人と共に在りたいと、いつかの流星に願った男性、デュラン・マクレーガン。

デュランが同じ空のもとで生きている。

たとえ彼と結ばれない運命にあろうとも、デュランの存在だけが名前と命以外の全てを奪われたリリアナの生きる理由だった。


豪奢《ごうしゃ》な部屋の中に、錆《さ》びきった鉄のような臭いが充満している。

毛織の絨毯《じゅうたん》に横たわっていたリリアナはぴくりと身を震わせ、重たい瞼を持ち上げた。

覚醒《かくせい》したばかりの視界は白く霞《かす》んでおり、何度か瞬きをすることで徐々に明瞭になっていく。

目覚めの気分はよくない。泥沼の底から強引に引きずり出されたような心地がして、身体は重く、後頭部に違和感があった。

リリアナはよろよろと身を起こしたが、手元にナイフがあることに気づく。刃先には赤い液体がべったりと付着していて、あたりに妙な臭いが漂っていた。

室内の花瓶《かびん》に飾られたユリの芳醇《ほうじゅん》な香りとは似ても似つかぬ、不快で吐き気をもよおす臭い――これは血の臭いだ。

リリアナが部屋を見渡すと、斜め後ろに男が横たわっていて、高価な絨毯には水たまりのごとく赤黒い染みができていた。

男が誰なのか分かった瞬間、リリアナは小さく身を震わせる。

苦しみ抜いたのか喉を掻《か》きむしった体勢で動かない男は、リリアナの父、アクナイト国王サミュエルだった。アクナイト王家の証《あかし》である銀灰色《シルバーグレイ》の瞳をカッと見開いて、半開きになった口からは血の泡を吹き、胸には大きな赤い染みがある。

――死んでいるの……これは、現実……？

死体が転がっている。身の毛もよだつ光景のはずなのに、リリアナは悲鳴も上げずに焦点の危うい視線を宙に向けた。

国王に可愛がられた記憶はない。この年になるまで、ほとんど口を利《き》いたことさえなかった。その国王が息絶えている状況はあまりにも現実離れしていて、リリアナはもしかしたら夢だろうかと思った。

果てのない絶望の中で育った彼女の心は壊れかけていて、現実と夢の区別が曖昧《あいまい》になっている。

もはや、何が現実たらしめるのかという判別方法さえ分からなかった。

――確か、国王の私室に呼ばれて……その途中で、急に頭が大きく揺れて……その際、お母様の顔を見たような……。

意識を失う直前に母、ジゼル王妃と見知らぬ男が近くにいた気がする。

だが、それも現実かどうか分からず、リリアナは呆《ほう》けたように天井を見上げた。

自分の手には血まみれのナイフがあり、目覚めると傍らに国王の死体が転がっていた。

それが、いったい何を意味するのか――。

突然、食器の割れる音と、空気を切り裂く甲高い悲鳴が響き渡った。

リリアナが悲鳴の聞こえたほうへ顔を向けると、扉の前で恐怖の面持ちをしながら震えているメイドが立っていた。どうやら紅茶のお代わりを持ってきたらしく、足元には割れたティーポットとカップが散乱している。

メイドの悲鳴を聞きつけた王室付きの騎士が二人飛びこんできて、倒れている国王に駆け寄った。

「陛下！　どうなされましたか!?　……っ、これは……！」

「急ぎ、医師と王妃様を呼べ！」

一気に室内が騒然となり、メイドや騎士が慌ただしく行き交い始める。

「王女殿下、そのお手元にあるナイフは……！」

ナイフの存在に気づいた騎士が険《けわ》しい表情で詰め寄ってきた時、ひときわ大きな悲鳴が上がった。

「ああ、なんてことなの！　陛下……ッ！」

ジゼル王妃が悲痛な叫びを上げながら走ってきて、アクナイト国王の亡骸《なきがら》に縋《すが》りつく。夫がすでに息をしていないことに気づいたのか、王妃は顔面蒼白《がんめんそうはく》になって絶句し、リリアナをキッと睨《にら》みつけた。

「リリアナ、あなたはどうしてここにっ……そのナイフ！　まさか、あなたが陛下を殺したの!?」

摑《つか》みかかってくるジゼル王妃の歪んだ顔を、リリアナは無表情で見つめていた。

――私が、殺した？　どうやって……？

自分のことなのに分からない。ここに至るまでに何があったのか、どうして国王の亡骸の横にいたのかも、全く思い出せない。

ジゼル王妃に肩を揺さぶられて視界がぐらぐらと揺れる。あまりに強く揺すられるものだから気分が悪くなり、吐き気がしてきた。

その時、医師と共に長身の青年が駆けつけた。

右目に眼帯をしている騎士の青年は室内の様子を見渡して、しばし愕然としていたが、

「リリアナ殿下！」

真っ先に、主君である王の名ではなくリリアナの名を呼んだ。

母に詰め寄られても無反応だったリリアナは、その呼び声には反応して顔を向けた。

駆け寄ってくる隻眼の青年――デュラン・マクレーガン。

デュランを見とめた瞬間、リリアナは安堵か哀しみか分からぬ感情に襲われ、ふっと意識を遠のかせる。生々しい血の付着したナイフが手から滑り落ちた。

ジゼル王妃がリリアナを解放するのと同時に身体が後ろへ傾いでいき、代わりにデュランの腕がしっかりと彼女を抱き留めた。

リリアナは薄らぐ意識の中で、こちらを見下ろすデュランを仰ぐ。

美しい氷河のようなアイスブルーの隻眼は細められていて、美麗な面立ちには憂いと苦味が入り混じった表情が張りついていた。

――デュラン……デュランが、こんなに近くに、いる……。

息絶えた国王に縋りついて悲嘆に暮れる母。

泣きながら怯えるメイドたち、慌てふためく騎士と医師。

それら全てが雑音《ノイズ》のように頭の中にわんわんと響き、リリアナはうるさいから静かにしてくれないだろうかと、場違いなことを思った。

自分が国王暗殺の容疑者になりつつあるというのも、彼女にはどうでもよいことで、焦《こ》がれ続けている男の腕の中でほっと一息つくと、そのまま気を失ってしまった。

◆◇◆

物心ついた頃から、リリアナは食事に毒を盛られて育った。

リリアナの母、ジゼル王妃の故郷チニール皇国には、幼少期から少しずつ服毒させて毒の耐性をつけさせるという慣習があった。かの国では皇位継承権争いが頻発《ひんぱつ》して毒殺が横行しており、そのための暗殺対策だという。

ジゼル王妃もその慣習を踏襲《とうしゅう》して育てられ、娘のリリアナにも毒の耐性をつけるよう強要したのだ。

しかし、人体に有害なものを意図的に摂取することは、一歩間違えたら毒死する危険性を孕《はら》んでいる。優秀な毒師を抱えるチニール皇国においても、幼い皇族が命を落とすケースがよくあるらしい。

たとえ死ななくとも耐性ができるまでは服毒するたび苦しむことになり、当然ながらリリアナも頻繁《ひんぱん》に体調を崩した。

目眩《めまい》、嘔吐《おうと》、頭痛、腹痛……あらゆる毒の症状に見舞われ、リリアナの子供時代は地獄のような日々だった。

　そんなリリアナの側には、赤子の頃から世話をしてくれた侍女のハーバーがいて、よそよそしいジゼル王妃の代わりに寄り添ってくれた。

「ううっ、きもちわるい……くるしいよう、ハーバー……」

「王女殿下、どうかお気を確かに。すぐによくなりますからね」

　ハーバーは病床で泣きじゃくるリリアナに、いつも優しく励ましの言葉をかけ、毎夜ベッドで寝つく前には本の読み聞かせをしてくれた。

　幼い王女が毒に苦しむ様が哀れと思ったのか、毒の入った紅茶をこっそり捨てて淹《い》れ直してくれることもあって、優しいハーバーがリリアナは大好きだった。

　マクレーガン公爵家の次男で、四つ年上のデュランも、リリアナを可愛がってくれた。

　二人が出会ったのはデュラン十歳、リリアナ六歳の時のこと。

　マクレーガン公爵に連れられて城に来ていたデュランと、散歩していたリリアナはひとけの少ない中庭で会い、それ以来、彼が城へ来るたび一緒に遊ぶ仲になったのだ。

「ねぇ、デュラン。かくれんぼをしましょう。ルールはわかるわよね。私がお庭に隠れるから、デュランが鬼よ。三十まで数えたらさがしにきてね」

「分かりました。一、二、三、四……」

「もっとゆっくり数えて。いじわるなんだから！」

「五、六、八……」

「今、七を飛ばしたでしょう」

「いちいち細《こま》かいですね」

腕組みをしながら不満を零《こぼ》すデュランに笑いかけて、リリアナは背の高い垣根の奥に身をひそめた。

しかし、三十秒後、あっという間に見つかってしまう。

「リル。見つけました」

「早すぎるわ。ずるしたのね」

「していませんよ。何となく貴女がこっちにいるような気がしたので。勘ですよ」

「デュランは勘がよすぎるわ。私がどこにいたって見つけてしまうんだもの」

何度かくれんぼをしても、デュランは必ずリリアナを見つけ出し、膨《ふく》れ面《つら》をする彼女の頭を乱暴に撫でるのだ。

そうやってデュランと中庭で遊ぶ時、ハーバーがさりげなく手はずを整えて、他の侍女の目を誤魔化《ごまか》してくれていた。

そのうち、デュランは弟のルーベンも連れてくるようになった。

ルーベンはマクレーガン家の三男で、末っ子。しかし、いわゆる非嫡出子《ひちゃくしゅつし》で母親は公爵の愛人、王都の高級娼館《しょうかん》において名の知れた娼婦《しょうふ》だった。

娼館にいる母のもとで育てられたルーベンは、貴族然とした生活に慣れておらず、しかも引っ込み思案だったから、公爵からは出来の悪い息子として扱われていた。

だが、実際のルーベンは並外れた運動神経を持っており、とても心優しい少年だった。

兄のデュランと仲がよく、あっという間にリリアナとも仲良くなった。

「じゃあ、私とルーベンが隠れるから、デュランが鬼ね」

「あ、あ……リル、待って……ぼくも一緒に、隠れる」

「もちろんよ。迷子にならないよう手をつなぎましょうね」

「数えるぞ。一、二、三、十……」

「兄さん、数を飛ばした」

「デュラン、飛ばさないでちゃんと数えてね」

三人は侍女のハーバーに見守られながら、人の来ない中庭でよく遊んだ。

マクレーガン家には、デュランとルーベンの他にもう一人、長男のヒューゴがいた。

しかし、ヒューゴは弟たちとは違った。公爵の前では優等生を演じていたが、陰湿な手口でルーベンを苛《いじ》めていたようで、弟二人から嫌われていた。

リリアナもヒューゴとは、一度も話したことがなかった。

成長するにつれて、リリアナは自分の置かれた環境が異常だと考えるようになった。食事に毒を盛られる日々は苦痛でしかなく、もうこんなことはやめてほしいと母に訴えたこともある。

だが、ジゼル王妃は娘の懇願《こんがん》を冷たく一蹴した。

「リリアナ、王族の血を引く子には毒の耐性をつけさせる。これは、わたくしの祖国チニールの慣習なのよ。わたくしだって、あなたと同じように毒を飲まされながら育ってきたの。お蔭《かげ》で毒を盛られても死なない身体になった。それに、これはあなたのためでもあるのよ。他国へ嫁《とつ》いだ際に、命を狙われるかもしれないでしょう。ゆくゆくは、あなたの命を守ることにもなるのだから」

娘を愛しているがゆえに、心を鬼にして自分が味わったのと同じ苦難を強《し》いていると。滔々《とうとう》とリリアナにそう言い聞かせたジゼル王妃は、食事を支度するメイドたちに命じて毒を盛らせ続けた。

それを母の愛だと受け入れて鵜呑《うの》みにするほど、リリアナは愚かではなかった。

血の繋がった母でありながら、ジゼル王妃はリリアナが毒にあてられて寝込んでいても見舞いにすら来ない。

その一方で、王位継承権を持つ第二王子フレディ……リリアナの実弟を、ジゼル王妃は溺愛《できあい》した。欲しいものは何でも与えて甘やかし、毒を飲ませるなんてもってのほか。

抱擁《ほうよう》や親愛のキスどころか、よく頑張ったねと褒《ほ》められることすらなく、日課で毒を飲まされるリリアナとは扱いが雲泥の差だった。

母は、きっと私を嫌っているのだ。

だから毒を飲ませて、いつか死んでしまえと思っているに違いない。

実母の仕打ちに、そう鬱々《うつうつ》とする日々も多かったが、リリアナは周りの人々に支えられてどうにか心を保っていた。

「お母様は、私がどうなっても構わないのよ。メイドたちだってお母様の命令には逆らえないし、こんな生活を送っていたら、いつか死んでしまうかもしれない」

「王妃様は、いったい何を考えているんだ……貴女のために、俺に何かできることがあればいいのに」

何かと口実を作って会いに来てくれるデュランは、口惜しげにそう言っては、泣きじゃくるリリアナの側にいてくれた。

年頃のリリアナはそんな彼に恋心を抱き、いつしか想いを通わせ合うようになった。

だが、心の支えがあっても、食事に毒を盛られる生活は耐え難いものだ。

高熱を出して寝込む日もあれば、朝から晩まで嘔吐し続けて意識を失う時もあり、リリアナは徐々に精神をすり減らしていった。

そんなリリアナを見かねて、行動を起こしたのはデュランだった。

十三歳になった頃、リリアナはたった一度だけ希望に輝く夢を見た。

毒を盛られ続ける監獄のような城から逃げ出して、誰もいない場所で大好きなデュランと共に生きる夢だ。

「もう少しです、リル。もう少しで、城を出られますよ」

闇に包まれた新月の夜。デュランがリリアナの手を引いて部屋から連れ出し、城から逃げ出そうとしたことがある。

アクナイト王城には戦乱時代の名残でたくさんの地下道が存在しており、その一つを使用して裏の林に出る予定になっていた。

侍女のハーバーも協力してくれて、闇を縫うように抜け道を進むデュランの手の温もりを頼りにしながら、リリアナは明るい未来への希望に気を逸《はや》らせていたのだ。

しかし、当時のデュランは十七歳で、リリアナは十三歳。

二人は若く、脱走計画も穴だらけで浅慮だった。

しかも抜け道の先で合流する予定だったルーベンが、兄のヒューゴに暴行を受けて計画を吐かされて、それがマクレーガン公爵の耳に届いてしまった。

結果、抜け道を出たところで待ち構えていた騎士に捕らえられた。

騎士の指揮を執《と》っていたのは、長男ヒューゴから報告を受けたマクレーガン公爵。

公爵の手によってデュランは厳しい折檻《せっかん》を受け、泣きじゃくるルーベンと共に連れて行かれた。

この一件は、リリアナの嘆願と、デュランとルーベンがマクレーガン公爵家の息子であったことも考慮され、公表されずに処理されることとなった。

折檻でぼろぼろになったデュランは〝遊学〟という名目で隣国タリスへ追いやられ、弟のルーベンもマクレーガン公爵の監視下に置かれて、リリアナと会うことを禁じられた。

そして、侍女のハーバーまで計画に手を貸したとして解雇されてしまう。

絶望したリリアナは、心労から高熱を出して寝込み――この時、ジゼル王妃が初めて娘の病床へ見舞いに訪れた。

「この城から逃げ出そうなんて無理な話なのよ、リリアナ。わたくしもね、幼い頃は逃げ出したくて堪《たま》らなかったわ。けれど、けして逃げることはできなかった。悪夢のような日々が続いたわ」

リリアナの艶《つや》やかな黒髪を撫でるジゼル王妃の声は、ひどく優しかった。

心のよりどころを失って、希望を打ち砕《くだ》かれたリリアナは母に縋りそうになった。

本当は母も自分を愛してくれていて、寝込んだ自分を心配してくれたのだと一瞬でも希望を抱いてしまったのだ。

だから――。

「まぁでも、今回のことは本当にいい気味だわ。マ、ク、レ、ー、ガ、ン、家、の、次、男、を国外へ追い払うことができたのだから。胸がすく想いよ」

「……おかあ、さま……それは、どういう……？」

「なんでもないわ。ええ、なんでもないのよ。……さて、そろそろ戻ろうかしら」

「あ……待って、おかあさま……もう少し、私の、側に……」

「よしてちょうだい、リリアナ。わたくしに甘えようなんて思わないで」

「……おかあさまは、私が、お嫌いなのですか……？」

冷たく突き放す母に向かって震える声で問うたら、ジゼル王妃がふうと息を吐いた。

「そうね、いい機会だから言っておこうかしら。あなたも、もう十三になったのだから」

ジゼル王妃は侍女を下がらせて人払いをすると、リリアナのベッドに顔を寄せながら声をひそめて、その秘密を告げた。

「よくお聞きなさい。実を言うと……あなたは私の腹から生まれ落ちた、不義の子なの。陛下の子じゃない」

「……え？」

「つまり、アクナイト王家の血を引いていないの。この意味が分かるかしら」

「そんな……う、嘘《うそ》、ですよね……おかあ、さま……」

「いいえ、事実よ。でも、あなたはこれからも陛下の子として扱われるわ。ただ、わたくしはあなたを愛さない。陛下もあなたを愛さない。あなたは誰からも愛されない子なの。

だって罪の末にできた子なのだから」

わずかに抱いた希望は跡形もなく砕け散り、再び絶望の底へ叩き落とされた。

これまで信じてきたものを根底から覆す呪詛《じゅそ》のような言葉は、内側からじわじわと心を壊し、摩耗《まもう》させていく猛毒。

どれほど身体に毒の耐性がつこうとも、心を侵す毒には耐性がない。

まして、それが実母の口から放たれた毒ならば――リリアナには耐えられなかった。

「可哀想《かわいそう》な子。いっそ毒にあてられて死んでしまえば、あなたも楽だろうにねぇ」

そう囁くジゼル王妃の目は凍《い》てついていて、ほのかに狂気の色が宿っていた。

リリアナはアクナイト王家の血を引いていない。アクナイト国王も実の父ではない。

考えてみれば、国王はリリアナに一切の興味を示さなかった。ジゼル王妃が娘にどんな仕打ちをしていようが傍観に徹して、口を挟んでこなかったのだ。

おそらく、リリアナが王妃の不義の果てにできた子だと知っていたのだろう。

リリアナは慄然《りつぜん》とし、いっそ殺してくれと思った。

何も聞かなかったことにして、記憶も全て消し去り、致死量の毒を呷《あお》って死んでしまいたかった。

「ああ、それから、もう二度とあんな騒ぎを起こさないでちょうだい。次は、デュランを隣国へ送るだけでは済まないわよ。弟のルーベンもろとも王女誘拐未遂の犯人として公表し、大罪として裁くこともできるんだから。――あなたは賢い子だから、わたくしの言っている意味が分かるわよね？」

それは、デュランとルーベンを大罪人として裁かれたくなければ、リリアナは大人しくしていろという脅迫。

ジゼル王妃は呆然とするリリアナを置いて部屋を去り、以後、二度と見舞いに訪れることはなかった。

この時から、リリアナの心の均衡が崩れ始める。

愛をくれた大切な人たちからは引き剝《は》がされ、自分は不義の子だという罪悪感を植えつけられた。食事には毒を盛られ続けて、逃げ場を求めて足掻《あが》いたところで意味はなく、希望を持つだけ裏切られた時の絶望感は筆舌に尽くしがたいものがあるとも、身をもって知らされた。

しかもリリアナが大人しくしていないと、デュランとルーベンの身まで危うくなる。

結局、リリアナは全てを己の運命だと受け入れて、悪夢の底で魂を抜かれた人形のごとく生き続ける道を選んだ。

幸か不幸か、毒の耐性がついて体調を崩すことは少なくなったが、副作用なのか意識がぼんやりすることが多くなり、次第に現実と夢の区別がつかなくなっていった。

しかし、そんな悪夢の底にあっても、自らの命を絶つ真似だけはしなかった。

どうしても、確かめなくてはならないことがあったからだ。

恋人として結ばれなくとも、運命の糸で繋がれていなくとも、幼馴染の彼が……折檻を受けて、傷だらけで連れて行かれたデュランが無事に生きながらえ、アクナイト王国へ戻ってくるのを見届けるまで死ぬわけにはいかなかった。

たとえリリアナにとって生きることが、延々と終わらない悪夢を見続けているのと同義であったとしても。

魂のない人形のように息をする日々は、八年も続いた。

ある日、リリアナとマクレーガン公爵家の長子ヒューゴの婚約が決まったと、ジゼル王妃から告げられた。

結婚適齢期となったリリアナは公《おおやけ》の場に顔を出すことはほとんどなく、常にぼんやりしていて日常会話もままならない状態で、心の病《やまい》に罹《かか》ったと周知されていた。

そんな王女を国外へ送るべきではないと外交政策の議会でも問題になったようで、国内の有力貴族のもとへ嫁がせるのが妥当だという話になったらしい。

ヒューゴはデュランの兄。横暴かつ残忍な性格で、脱走に失敗した夜、弟のルーベンを散々殴りつけて計画を聞き出したのは彼だった。

そんな男の妻となると聞かされても、リリアナは黙って享受した。

誰のもとに嫁ごうが、自分を支配する人間がジゼル王妃から夫に替わるだけだった。

そして、この婚約が決まるのと同時期、デュランが隣国タリスからの帰国を赦《ゆる》された。

リリアナは二十一歳、デュランは二十五歳になっていた。

城内でデュランを見かけた時、リリアナの心は久しぶりに揺れ動いた。

八年の歳月は、デュランを凛々しい大人の男性に変えていた。

木の幹から滴り落ちるハチミツのような甘い金髪とアイスブルーの左目、そして右目の眼帯。身長は伸びて肩幅が広くなり、身体も鍛えられて一回り大きくなっていた。

隣国タリスは優秀な騎士を輩出する国としても高名で、デュランは厳しい訓練に励み、立派な騎士になって戻ってきたのである。隣国でどんな扱いを受けているか心配していたから、彼がつつがなく生活していてくれたことに、リリアナは心から安堵した。

彼女の視線に気づいたのか、デュランが振り向いた。

目が合ったと思ったのは、たった一瞬のこと。

リリアナは自分から目を逸《そ》らし、ふらふらと自室へ戻った。

デュランが騎士となり、無事に戻ってきてくれた。それだけで、もう十分だった。

異国の地で彼は並々ならぬ努力をして戻ってきたのだろうし、八年もの間、祖国の地を踏むことを許されなかったのだ。

そんな彼にかける言葉が分からず、ジゼル王妃をはじめとして例の一件を知る者たちの目もあるだろうから、リリアナは自分から近づくべきではないとも分かっていた。

今後は距離を置こう。そのほうが、デュランの身も安全だ。

――さようなら、私の初恋……どうか、彼が幸福な人生を送れますように。

すでにデュランは新しい人生を歩み始めている。職務に励み、いずれ彼に相応《ふさわ》しい令嬢と結婚して家庭を持つだろう。

その相手は、けしてリリアナではない。

『あなたは誰からも愛されない子なの。だって罪の末にできた子なのだから』

いつぞやの母の言葉を思い出し、絶望と嫌悪感で吐き気がした。

――誰からも、愛されない……愛される資格もない、私は……罪の子。

実母から出生を〝罪〟だと否定され、夢と希望を悉《ことごと》く奪われて生きてきた。

だから、リリアナは今もデュランが想ってくれているという期待は抱《いだ》かなかったし、自分は誰からも愛される資格がないと思っていた。

ただ、不思議なもので、デュランの姿を見た時から壊れたはずの心がかき乱されてしまい、リリアナは自室のベッドで咽《むせ》び泣いた。

しかし、ここで悲劇は終わらない。

このあと、リリアナは更に陰惨な悪夢の渦中へ突き落とされる。

婚約者ヒューゴが何者かに毒殺され、その数ヶ月後にはアクナイト王の死体の傍らで目覚めることになるのだ。

まるで死神にでも魅入《みい》られてしまったかのように、残酷な悪夢は繰り返し訪れ、終わりそうになかった――。

◆◇◆

アクナイト王城の大広間はざわついていた。

国王崩御の知らせが瞬く間にアクナイト全土を駆け巡って、貴族院に名を連ねる有力貴族が一堂に会している。

貴族たちのテーブルはコの字型に置かれており、床よりも数段上にある玉座は空席だったが、隣の席にはジゼル王妃が座っていた。

リリアナは広間の中央にある椅子に座らされ、感情のない瞳で宙を眺めていた。

彼女は、若かりし頃のジゼル王妃と酷似した美しい容貌をしていた。

母方のチニール皇国の血統を示す黒檀《こくたん》の髪を肩に垂らし、前髪の一房は色素が抜けて白くなっている。婚約者のヒューゴに麻薬〝クロユリ〟を飲まされた際、苦痛と恐怖から色が抜け落ちてしまったのだ。

母親譲りの深紅の瞳は無機質なガラス玉のようで、絵画に描かれる天使のごとく目鼻立ちの整った顔は無表情。血が通っているのかと疑うほど青白い肌は、リリアナの人形めいた美貌を引き立てるのと同時に、ほんの少し息を吹きかければ倒れて目覚めないのではないかと、危うい儚《はかな》さも感じさせる。

「――ならば本当に、王女殿下が陛下の御命を奪ったのですか？」

「しかし、医師によると死因は毒殺だということですよ。胸の刺し傷は直接の死因ではなく、死んだ直後に刺されたものだと」

「部屋にあった紅茶のカップから毒が検出されたようです。しかも陛下と王女殿下のカップ、両方から」

「王女殿下も毒を飲まれたということか。しかし、王女殿下は無事で……」

「待て、忘れたのか。王女殿下は毒に耐性がある御方なのだ。毒を飲んだところで何の支障もない。そもそも陛下のご遺体の側には、王女殿下しかいなかったのだぞ。発見時、殿下は血まみれのナイフも持っていた。状況から判断したら、犯人は王女殿下としか考えられない」

飛び交う議論。主君の死に憤《いきどお》り、時には怒号《どごう》のように声を荒らげる貴族もいた。

――なんだか、とても騒がしい。

リリアナはそれ以上の雑音を耳に入れぬよう、いつもみたいに心を閉ざした。

周りの声が遠ざかり、今が夢か現《うつつ》か分からぬ状態に陥《おちい》る。

「王女殿下。いったい何があったのか、説明をお聞かせください」

貴族の一人に話を振られても、リリアナの耳を通り抜けていった。薄らと白い霧がかかったような頭の中に断片的な思考が過ぎっていく。

——分からない……あの時、何があったのか、思い出せない。

しばし広間は静まり返ったが、リリアナが表情をぴくりとも動かさず、返答すらしないので、どこからかため息が聞こえる。

「質問が聞こえておられぬようだぞ。王女殿下は、以前からずっとこんな調子だ。長いこと心を病《や》まれておられる」

「こんな状態で、本当に陛下の御命を奪えるのか。責任能力どころか、実行能力も欠けておられるように見受けられるが」

「しかし、よくよく考えると、王女殿下の婚約者ヒューゴ殿も毒死している。陛下も毒で御命を落としておられるとなると……やはり、王女殿下が怪《あや》しいのでは」

ひそひそとざわめく広間を、朗々とした声が一喝《いっかつ》した。

「静まれ。これ以上の議論は無駄だ。容疑者の王女殿下がこの調子では、いくら話し合ったところで答えは出ぬ。それに、私の息子の話を出すのはやめていただきたい。あの件は他に犯人がいる」

金髪碧眼《きんぱつへきがん》で厳《いか》めしい顔つきをした男、マクレーガン公爵が立ち上がって言い放つ。

「現在、はっきりしていることを纏めると、陛下はお亡くなりになられて、容疑者はリリアナ王女殿下ということだ。だが、王女殿下はまともに話ができぬ状態にあり、実行能力があるのかどうかも判断しかねる。取り急ぎ、殿下には監視をつけて心の治療に専念していただくべきだろう。少しでも会話ができる状態に回復すれば、話を聞くことができる」

「その意見には、わたくしも賛成ですわ。マクレーガン公爵」

ジゼル王妃が初めて口を挟んだ。

「リリアナは心を病んでいるわ。今は、わたくしの声にすら反応しない状態。何を思い、このような大事を仕出かしたのか聞く必要があるけれど、今のままでは無駄でしょう。すぐにでも療養施設に入れて治療を受けさせるべきだわ。もっと早く、そう決断するべきだったのに、わたくしの判断が遅かった……愛娘を施設に入れたくなかったのよ。でも、その情がこんな事態を引き起こしてしまった。母としても情けないわ」

声を震わせた王妃が、扇《おうぎ》で顔を隠すそぶりをする。

出席している貴族たちも沈痛な面持ちで静まり返った。リリアナを療養施設に入れるという意見に、誰も異論はないようだ。

マクレーガン公爵は陰鬱《いんうつ》な表情で頷き、これからの対策を語り始めた。

「それでは、ひとまず王女殿下は治療に専念いただき、騎士たちに調査を進めさせよう。

今後の国政については、宰相の私を中心に進めて、国王の署名が必要な場合はフレディ王太子殿下に代行をお願いするという形でどうだろうか。すぐに陛下の葬儀の支度をして、国民にもお触れを出し、王太子殿下の戴冠式の予定を立てなくてはならない」

公爵の主導で進めていく――その提案に思うところがある者がいたにせよ、表向き反対する者はいなかった。

国王崩御という火急の事態に対応しなくてはならないのは貴族の総意で、新たな王が即位するまで代々宰相を務めるマクレーガン公爵が国政を執り仕切るのは、何らおかしいことではない。

「では、今後のことについての詳《くわ》しい話し合いを始める。おい、王女殿下を部屋までお連れせよ。けして目を離すな」

「かしこまりました」

側付きの侍女が近づいてきて、リリアナの手を取り広間から連れ出す。

広間の外には騎士がいて、デュランの姿もあった。

リリアナは彼と目を合わせることなく、虚《うつ》ろな表情で部屋へ戻った。

アクナイト王国は、山脈に囲まれた歴史ある国家だ。

山間部には、過去の戦で使われた城壁や遺跡が現存しており、王の住む城は王都を見渡せる高台に建てられている。王都近辺の森林は国を挙《あ》げて整備が進められ、ハイキングがてら遺跡巡りを楽しめるために、近隣諸国から旅行客が訪れた。

王都の街並みも歴史を感じさせる石造りが多く、美しい。観光業が盛んなので、街のあちこちにはモーテルが建てられていた。

ただし、王都を離れると山間には鬱蒼《うっそう》とした森林が広がっていて、まだ整備が行き届いていない場所も多かった。

そういった山間地域にある古城や建築物は、大抵は人目にさらしたくない施設――たとえば凶悪犯や政治犯を収容する刑務所、または精神病を患《わずら》ったり、麻薬中毒となった人間の治療をする療養施設として使われていた。

特に、昨今のアクナイトでは〝クロユリ〟と呼ばれる悪質な麻薬が横行しており、中毒者が後を絶たなかった。そういった中毒者は大抵、療養施設へ送られる。

リリアナもまた、国営の療養施設へ送られることになった。

そこは山中にある古城を改築した施設で、貴族や王族専用の隔離施設だった。

ただ、その施設には入ったら二度と出てこられないという噂《うわさ》があり、詳しい治療方法も秘匿《ひとく》されている。ゆえに一時的に病状が好転したとしても、病を完治させて外に出られる患者は少なかった。

リリアナも療養施設へ入れられたら、まともに会話ができるほど精神状態が戻ったとしても、おそらく城には帰ってこられない。

それが分かっていながら、マクレーガン公爵は王女の入院を提案し、ジゼル王妃も娘の入院を承諾したのである。

王城の玄関に施設行きの馬車が停車し、リリアナは側付きの侍女に手を引かれて馬車に乗りこんだ。

しかし、ジゼル王妃が後から乗ろうとする侍女を押し留め、ドレスの裾を持ち上げながら馬車に乗ってくる。

向かいの席に座った王妃は、馬車の扉を閉めさせて扇を開いた。

「あなたに言っておきたいことがあるのよ、リリアナ」

母と娘だけの車内で、身を乗り出してきたジゼル王妃が扇で口元を隠しながら、残酷な囁きを落とす。

「もう、あなたの耳には聞こえていないかもしれないけれどね……あなたは、わたくしが犯した罪の果てにできた子よ。わたくしと同じように毒にまみれて、不義の子という罪を背負っている」

不義という罪を犯したのは母だというのに。

ジゼル王妃は、まるでリリアナが罪の根源だと言いたげな憎々しげな表情を浮かべ、娘の頬を冷たい指で撫でた。

「でも、わたくしを恨まないでちょうだい。悪いのは、先にわたくしを裏切ったあの人なのだから。――結局、わたくしも、あなたも、どれほど足掻いたところで永遠に幸せになんてなれない運命なの。それを覚えておきなさい」

猛毒を宿す花のごとく暗鬱《あんうつ》な笑みを浮かべると、王妃はドレスの裾を持ち上げてすっくと立ち上がった。あっという間に馬車を降りてしまう。

入れ替わりに侍女が乗ってきて、ガタンと馬車が走り始めた。

リリアナは虚ろな目で、遠ざかる城を見やった。

城の前で見送るジゼル王妃が片手を挙《あ》げて、ゆらゆら、ゆらゆらと、真っ白な手を横に揺らしていた。いったい、何をしているのだろう。

手を振っているのだと分かった時にはもう、王妃の姿は小さくなっていた。

リリアナは興味が失せたように目を逸らし、ジゼル王妃の放った台詞《せりふ》を反芻《はんすう》した。

毒にまみれて、不義の子という罪を背負っている。

永遠に幸せになんてなれない。

――もう、どうでもいい。

何を言われようが、どんな仕打ちを受けようが、リリアナは反応しない。

心を苛む〝毒〟は、とっくの昔に致死量を超えていて、ただ息をする屍《しかばね》も同然だった。

山道に差しかかったのか、がたがたと馬車が揺れ始めて、向かいに座る侍女がしきりに話しかけてきた。

「リリアナ様。もう半日近く、何もお口に入れておられませんでしょう。何か食べられますか？　それとも、飲み物でもいかかでしょう」

窓の外を眺めていたリリアナが視線をやると、侍女と目が合う。茶髪で顔にそばかすが残る、まだあどけない顔立ちをした少女。きっと、まだ十代だろう。

確か、デュランが隣国から戻ってきた頃――ちょうど半年ほど前から、リリアナの側付きになった侍女だ。

侍女のハーバーが解雇されて以来、リリアナの世話をしていたのは王妃に命じられるまま淡々と仕事をこなす侍女ばかりで、それぞれ顔を覚えることもなかった。

だが、この侍女は何かと話しかけてくるので、日中、外を眺めてぼんやりしていることが多いリリアナも彼女の顔に見覚えがある。

お髪はどのようにいたしましょうか。ドレスはどれがよろしいでしょうか。お散歩へ行くのはどうでしょうか。何かお好きな食べ物はございますか。

リリアナが反応せずとも明るい口調で話しかけられるから、その溌剌《はつらつ》とした声色《こわいろ》が何とはなしに心地よくて耳を澄ませていた気がする。

視線を窓の外に戻すと、反応がないと悟った侍女も諦めたのか、それきり何も話しかけてこなくなった。

しかし、山道をしばらく進んだ頃、不意に侍女が立ち上がって隣にやってくる。

肩をそっと抱かれて、リリアナがぼんやりと目を向けたら小声で囁かれた。

「――ご無礼をお許しください、リリアナ様。これから起こることに驚かれるかもしれませんが、私がお側におりますので、どうか心配なさらないでください。あなた様を傷つけるつもりはございません」

「……？」

リリアナが緋色《ひいろ》の目を細めた時、まだ目的地には着いていないのに馬車が停車した。

車外から複数の馬蹄《ばてい》の音が聞こえてきて、馬車の扉が大きく開け放たれる。漆黒のローブを纏い、覆面で顔を隠した大柄な男が乗りこんできた。

こんな山中で、見るからに怪しい男の登場でリリアナは目を瞬かせた。

――馬車が、襲われた……？

リリアナは傍らの侍女に腕を巻きつけて、そっと自分のほうへ引き寄せる。頭で考えた行動ではない。ただ、反射的に自分よりも年下の侍女を襲撃者から守ろうとしたのだ。

腕の中ではっと息を呑む気配があった。

覆面の男は少し動きを鈍《にぶ》らせたが、すぐにリリアナの腕を掴んだ。思ったよりも優しく抱き寄せられて、抵抗せずに身を委ねると口元にハンカチが押し当てられる。

ツンと鼻をつく薬品の香りがし、意識が遠のく。

リリアナは男の腕に抱かれながら、徐々に閉じていく視界に彼の顔をとらえた。

右目は黒いものに覆われていて見えないが、左目は透き通るようなアイスブルー。

——ああ……この、瞳は……。

男が覆面を下げた。現れ出たのは、見惚れるほどに麗しく精悍《せいかん》な顔立ち。

——どうして……あなたが、ここに……また、夢を見ているの？

リリアナは震える手を伸ばし、男の顔に触れた。デュランと唇を動かすが、音にはならなかった。

「リル。遅くなって、本当にすみませんでした」

狂おしいほどに恋い焦がれた幼馴染の男が、左目を細めながら囁き、少し歪んだ笑みを浮かべた。

第二章

王都郊外の鬱然《うつぜん》とした山中、木が揺れてバサバサッと葉のこすれ合う音がした。枝から飛び立った数羽の山鳥が黄昏の空に舞い上がる。

デュラン・マクレーガンは腕に抱いたリリアナを起こさないよう馬から降りて、夕空を仰ぐ。翼を広げた山鳥が黒い点となり遠ざかっていった。

身動ぎ一つせずに昏々と眠り続けるリリアナを抱き直し、デュランは森の中に佇む屋敷を見据える。

煉瓦《れんが》造りの屋敷は比較的新しく、広々とした庭も手入れが行き届いていた。

ここはマクレーガン公爵家の別荘として建てられた屋敷だが、華やかな王都を好む公爵が全く使用していなかったため、デュランが譲り受けた。敷地内を綺麗に掃除し、麓《ふもと》の街までの山道を整備させたので利便性もいい。

自然に囲まれた屋敷は空気が綺麗で、人里から離れているので静かだ。近くには澄んだ川や草原があり、森を進んだ先には古びた教会が建っている。数年前まで老いた神父が管理していたが、身体を壊して亡くなってからは教会も無人となった。教会の先にある丘からは、山間に残る古城や遺跡も望むことができた。

——ここなら、俺と縁《ゆかり》のある者以外は来ない。彼女の身を保護できる。

デュランは屋敷に足を踏み入れて、リリアナを二階の一室へ運んだ。最低限の使用人しか雇っておらず、まして今日は人払いをしてあるため屋敷内は静まり返っている。

天蓋《てんがい》付きのベッドにそっと寝かせると、彼女が小さく身じろぎをする。だが、目は覚まさなかった。

ベッドに腰かけ、デュランはリリアナの寝顔をじっくりと観察する。

艶やかな黒髪がシーツに散らばっていた。前髪の一房が白くなっていて、神が丹精こめて造り上げたかのような美貌は色白で生気がなく、かすかに胸元が上下していなければ、死んでいるのではないかと心配になっただろう。

夢でも見ているのか、時たま長い睫毛《まつげ》が震える。

——その美しい薔薇色の瞳で、あの頃のように、俺を見てほしい。

そんな期待をしたけれど、リリアナが目覚める気配はない。

デュランは彼女に毛布を掛けてやり、部屋を出て玄関ホールへ戻ったが、階段の手すりに寄りかかっている金髪の男に気づいて足取りを鈍らせる。

男の肌色は浅黒く、砂漠が多い隣国タリスで多く見られるものだ。

やや垂れ目がちな瞳は透き通るような銀灰色。それはアクナイト王国において、王家の血筋――先日、崩御したアクナイト王やフレディ王太子など、男系の王族に見られる特徴だった。

「ギデオン？」

デュランの呼びかけに、その男――ギデオンは顔を上げた。

「よう、計画はうまくいったらしいな。デュラン」

「お蔭さまで、滞りなく済みました。いつ屋敷に来たんですか」

「ついさっきだ。首尾はどうなったのかが気になってな」

「まさか、護衛もつけずに来たわけではないですよね」

「その、まさかだ。護衛など鬱陶《うっとう》しくてならないからな。……ああ、そう非難の目で見るな、冗談に決まっているだろうが。外で待たせている」

肩を竦《すく》めたギデオンが、手すりに頬杖を突いた。

「それで、肝心のリリアナは眠っているのか？」

「はい。薬を嗅がせたので、しばらく目覚めないと思います。こちらへどうぞ。酒くらい出しますよ」

「いや、長居はしないから酒は要《い》らん。首尾を確認しに来たのと、ルーベンに会えるのも期待していたが、ここにはいないようだな。てっきり一緒だと思っていたが」

「ルーベンは王都の屋敷へ戻りました。そろそろ、王女が施設に到着していないと王都にも知らせが行く頃でしょうし、公爵の動向も監視してもらわないといけませんからね。……ルーベンに、何か用ですか？」

「〝クロユリ〟の件で訊《き》きたいことがあったが、急ぎではない。次に会えた時で構わんよ」

クロユリ。昨今、アクナイト王国に出回っている麻薬だ。

麻薬の基となる植物を乾燥させて粉にし、摂取することで快楽を得られる代物だが、黒いユリによく似た見た目をしているため、通称〝クロユリ〟と呼ばれている。

強い幻覚作用と依存性があり、一度で多量に摂取すると急性中毒になって命を落とす。

クロユリは標高が高いほうが生育しやすいため、山間地域の多いアクナイト王国は栽培環境に適していて、山中にひっそりと栽培畑が隠されていることがあった。

アクナイト王国も麻薬については問題視しており、数年前に麻薬栽培と密売を取り締まる厳しい法律ができたばかりだった。

だが、麻薬の売買は莫大な金を生み出し、上流階級の中でも麻薬栽培に手を貸す者は少なからずいる。

近ごろは隣国タリスへ麻薬を横流しすることで富を得ている者がおり、危機感を募《つの》らせたタリスがアクナイト王国に対して、より厳しい麻薬の規制を求めていた。

　ギデオンが手すりに頬杖をつき、階段の上をチラリと見やった。

「一度、リリアナとも話をしておきたいが、あれは話せる状態なのか？」

「しばらくは難しいかもしれません。まだ話をしていないので何とも言えませんが、議会の場に連れ出された際は一度も口を利かなかったようです」

「そうか……まぁ、無理もない。あの毒婦のもとで育てられたんだ。私はあの女に毛嫌いされていたから、リリアナに近づくことも許されなかったが、王女が頻繁に体調を崩すのは毒を飲まされているからだと城内でも周知されていた」

「幼い頃から毒を飲ませて耐性をつけさせるのは、ジゼル王妃の母国、チニール皇国の慣習だそうです。暗殺対策のためだとか」

「嫁ぎ先で、実の娘に命をも落としかねない慣習を強いるなど常軌を逸《いっ》しているぞ。しかし、王妃に〝娘のためだ〟と言い張られたら誰も咎《とが》められん。国王でさえ見て見ぬふりをしていたくらいだからな。そもそも毒に耐性をつけたところで、国王のようにナイフを胸に突き立てられたら意味などないだろうに」

「その件ですが、アクナイト王は毒殺されてから胸にナイフを突き立てられたようです。わざわざナイフで心臓を刺したのは、リルに罪を着せるための偽装工作かと」

「ほう。リリアナが血まみれのナイフを持って現場にいたとなると、第一容疑者になる。

毒を使われたという点でもリリアナが疑わしい、ということか。何しろ、婚約者が毒殺されているものなぁ。……ああ、失敬。死んだのは、お前の兄だったか」

ギデオンが肩を竦めたので、デュランはゆるりとかぶりを振る。

「ヒューゴは、誰に殺されてもおかしくないことをしていました。自業自得ですよ」

「そうは言っても、一応はお前の兄だろう。冷たいものだな」

「兄だと思ったことは一度もありません。――あれは、正真正銘の〝獣《けだもの》〟でした」

デュランはアイスブルーの隻眼を細めながら声をひそめる。

ヒューゴは理性のない獣も同然だった。マクレーガン公爵家の長男として育てられ、金と権力を笠に着て享楽《きょうらく》に耽《ふけ》り、血の臭いと悲鳴に興奮する真性のサディスト。

とりわけ女の抱き方は酷いもので、城下の娼館に足繁く通っては気に入った娼婦を散々に痛めつけて、泣き叫んでいるのを楽しむのだ。

再起不能になった娼婦は何人もいて、多くの娼館で出入り禁止にされていた。

だが、宰相を務めるマクレーガン家の長男ともなれば叱責《しっせき》できる者がおらず、ヒューゴは公爵家の威光と権力の裏に隠れながら、やりたい放題やっていたわけだ。あちこちで星の数ほど恨みを買っていただろう。

口角を歪めたギデオンが、皮肉たっぷりに言った。

「ヒューゴは、父親の〝いいところ〟ばかりを継いだのだろうよ。性格も、性癖も、公爵にそっくりではないか。だが、父と兄を反面教師として他の子らは至極まともに育った。それで良しとするしかあるまい。人は育つ環境次第でどうにでもなるが、どの親のもとに生まれるか、子に選択肢などないのだから」

「貴方《あなた》が言うと説得力がありますね、ギデオン」

「なんだ、それは皮肉か？」

「単なる感想ですよ」

「そういうことにしておいてやる」

ギデオンはデュランの肩を小突き、くるりと踵を返した。

「デュラン、何かしら進展があれば例の酒場まで報告に来い。私からも、また連絡する。じゃあな」

「はい。お気をつけて」

ギデオンを見送ったデュランは厨房に向かい、水差しとグラスを用意してリリアナのもとへ戻った。

リリアナはベッドの上で死んだように眠り続けている。

ベッドの端に腰を下ろしたデュランは、リリアナの痩《や》せた手を取って握りしめた。

こうして彼女の手を握るのは、脱走に失敗した夜以来だ。

あの頃のデュランは、まだ若かった。頼りなく華奢《きゃしゃ》な手を引いて、ここからリリアナを連れ出してやらなくてはと、それればかりを考えて城の出口を目指したのだ。

しかし、そこに待ち受けていたのは弟のルーベンではなく、凍《こお》りつくような笑みを浮かべたマクレーガン公爵。

『王族の誘拐は大罪だ、デュラン。私とヒューゴに感謝するんだな。お前とルーベンが大罪人になるのを未然に防いでやったのだから』

そう言い放ち、公爵は笑みを絶やさずにデュランを打ち据えた。

それこそ自分の足で立てなくなり、利き手が動かなくなるまで激しい折檻を受けたデュランは、その時に決めたのだ。

今に見ていろ。

必ず牢獄のような城からリリアナを連れ出し、彼女と自分を害した者たちに報いを受けさせてやる——と。

「貴女を害した全てに、俺が引導を渡そう」

デュランは眠るリリアナの手を口元に持っていき、傅《かしず》く姫にするように口づけた。

◆◇◆

夢を見ていた。眠りの底で見る、本物の悪夢だ。

光がない、出口も見えない。暗鬱な闇の中で繋いだ手の温もりだけが頼りだった。

城の下水道の暗がりに何かがチョロチョロと這っていて、食べ物の腐ったような臭いが充満している。ランプに照らされた天井には蜘蛛《くも》の巣があり、獲物を待つ巣の主が八本足を広げてぶら下がっていた。

『デュラン、出口はまだなの？』

『もう少しです、リル。もう少しで、城を出られますよ』

ランプを掲げて前を走るデュランに手を引かれ、リリアナはひたすら足を動かした。

この闇を抜けた先に明るい未来がある。もう毒を飲まされて苦しむことはない。彼女に無関心な父と、冷ややかな母の態度に傷つく必要もない。

デュランと一緒に外の世界へ行き、色んな人々と会って、これまで目にしたことのないたくさんのものを見るのだ。

繋いだ手にぎゅっと力を籠《こ》めた時、下水道の出口が見えてきて闇の奥にちらちらと小さな光が見えた。

――ああ、城の外へ続く出口だわ。あそこに希望と自由がある。

気を逸らせながら前へ、前へと足を動かす。息が切れても構わずに小さな光を目指して走り続けて、とうとう外へ出た。

だが、そこに待ち受けていたのは――。

『おやおや、こんな夜更けにどこへ行かれるのですかな。リリアナ王女殿下』

マクレーガン公爵と甲冑《かっちゅう》の騎士たちに行く手を阻まれて、リリアナは絶望の底へ叩き落とされた。

二人を捕らえろと騎士に命じる公爵は顔こそ笑っているというのに、その眼差しは氷のごとく凍てつき、侮蔑《ぶべつ》を籠めて息子のデュランを見据えている。

そしてリリアナはあっという間にデュランから引き離され、再び悪夢のような生活に引き戻された――。


ピチチと鳥の鳴き声が聞こえて、ふっと目が覚めた。夢の底から意識が浮上する。

リリアナは瞬きをして、小さな吐息を漏らしながら起き上がった。

――また、夢を見ていた。

開け放たれた窓からは朝日が射しこんでいて、風がレースのカーテンを揺らしている。

鳥の声は窓の向こうから聞こえるようだ。

――見覚えのない、部屋。

ベッドの上から、ぐるりと室内を見回す。

真っ白なドレッサーとクローゼット。カーテンと絨毯は花柄で、壁には大輪のユリの花が描かれた絵画が飾られている。ベッドのサイドテーブルには水差しとグラスが置かれ、アイスブルーの花瓶には深紅の薔薇が生けられていた。

貴人の部屋らしく誂《あつら》えてあるが、城で使っていた私室ではない。

――何があったのか……確か、施設行きの馬車に、乗っていたはず……それとも、これも夢なのかしら……分からない……。

リリアナは常に夢か現なのかを疑い、意識はその狭間を行ったり来たりする。

ただ、彼女の自我が失われたわけではない。思考もできるので、時たま自分の頭がおかしくなり始めているのかもしれないと思う。

それもこれも、脱走に失敗してから食事に盛られる毒の量が増え、その副作用で意識が朦朧《もうろう》とする時間が多くなっていったのが原因だ。やがて与えられる〝痛み〟に鈍くなり、リリアナは心を閉ざすようになった。

周囲の悪意や毒から心身を守ろうとして、防衛本能が働いたのかもしれない。

婚約者のヒューゴに麻薬を飲まされて生死の境をさ迷った頃には、人の声が断片的にしか耳に入ってこなくなり、言葉の意味を解することはできても進んで会話をするのをやめた。

生きるために必要な最低限の欲求――たとえば食欲や睡眠欲はあるものの、それも一日の決められたサイクルの一つとして行なっているだけだ。

まさに、ただ息をしているだけの人形も同然。

喉の渇《かわ》きを覚えたリリアナは視線を巡らせ、サイドテーブルに置かれた水差しに手を伸ばした。グラスに水を注いでみるが、ほっそりとした手には力が入らず、途中で零してしまった。

冷たい水で喉を潤し、ぼんやりと花瓶の薔薇を見ていたらノックの音がする。小柄な侍女が入ってきた。

「失礼いたしま……あっ！　リリアナ様、お目覚めになられたのですね！」

一緒に馬車に乗っていた侍女だった。まだリリアナが寝ていると思ったらしく、最初は小さかった声が大きくなる。

「少しお待ちくださいませ、すぐにデュラン様をお呼びいたします！」

――デュラン……？

その名前だけが、ポンっと耳に飛びこんでくる。

リリアナが瞬きをする間に、侍女は慌ただしく部屋を飛び出していった。

――聞き間違い、かしら……デュランって、言ったような……。

あるいは、まだ夢の続きを見ているのか。

首を横に振ったリリアナはベッドを降りて、覚束《おぼつか》ない足取りで窓に向かう。

さっきから窓の向こうで鳥の鳴き声が聞こえる。レースを揺らす風も、どことなく涼しかった。

リリアナは揺らめくカーテンの隙間からテラスへ出て、はたと動きを止めた。真っ白な手すりの向こうには青々とした森が広がっている。突き抜けるような快晴の空には鳥が飛んでいて、澄んだ空気を胸に吸いこむと喉がわずかにひんやりとした。標高が高いのか、平地よりも気温が低いらしい。

自分の置かれた状況が把握できず、リリアナはその場に立ち尽くした。

ぼんやりと森を眺めていたら、木と草の香りがする朝の風が頬を撫でていく。

腰まである黒髪が靡《なび》いて、リリアナがわずかに目を細めた時、ガチャリと扉が開いた。

荒い足音が窓に近づいてきて、勢いよくカーテンを開け放つ。

「リル！」

懐かしい呼び声に、リリアナは緩慢《かんまん》に振り返った。

そこにいたのは、朝日で煌めく金髪にアイスブルーの瞳を持つ男――デュランだ。

――これは、夢の続き……？

隻眼を細めて「目が覚めたんですね」と言うデュランは、改めて間近で見ると、共に逃げ出そうと誓った頃の彼とは別人のように大人の男になっていた。

凛々しいデュランの姿にぼうっと見惚れていたら、いきなり抱きしめられた。息がしづらくなるほど強く抱擁される。

リリアナは瞼を伏せながら思った。

——これで、ハッキリした……私は、まだ夢を見ている。

何故なら、デュランがリリアナを抱きしめるなんてことは、夢の中でしかありえないのだから。

「こうして貴女と触れ合うのは久しぶりです。準備に時間がかかって、救い出すのが遅くなってしまいました。すみません、リル」

恋しい男に名を呼ばれて、リリアナは口を動かした。彼の名を紡《つむ》ごうとする。けれども喉が錆びついてしまったみたいに音にならず、まるで壊れた楽器のように掠《かす》れた吐息しか出なかった。

人は使わない身体の器官が退化していく。リリアナも長らく話していないせいで、声の出し方が分からなくなっていたのだ。

「リル、リル」

耳元で連呼されながら髪を撫でられて、なんてリアルな夢なのだろうと思う。

リリアナは震える手を持ち上げて、自分を抱きしめる人の背に回した。

——夢でも、いい……。

いつか醒《さ》める夢であっても今だけはこの人の腕の中にいたいと、壊れかけた心の奥底で願った。

デュランが顔を覗きこんでくる。澄みきった空のような隻眼で見つめられた。

「いきなりこんなところに連れて来られて、きっと驚いていますよね。何があったのか、そしてこれからどうするつもりか、説明させてください」

デュランが話している間、リリアナはおもむろに手を伸ばして彼の頬に添える。

少年の頃、少しふっくらとしていた顔の輪郭は細くなっただろうか。それでも整った目鼻立ちは変わらず、右目の眼帯も懐かしい。

以前はよく、眼帯の下を見せてくれとねだったものだ。彼はいつも苦笑して『大怪我《おおけが》をして右目が潰れてしまったんです。だから見せたくありません』と、答えていた。

その怪我の原因について、彼は頑として語らなかったが。

「ここは公爵家が所有していた別荘です。今は、俺が自分の屋敷として使っています。ひとまず着替えて、朝食をとりましょう。俺もまだ食べていないので、一緒に——」

リリアナが何も話さず、ひたすら彼の鼻や唇のかたちを確かめるように触れていると、デュランが途中で口を噤《つぐ》む。

彼は訝《いぶか》しむように目を細めて、長身を屈めながら顔を近づけてきた。

「俺の声が聞こえていますよね」

「…………」

「聞こえているなら返事をしてください」

——夢が終わる前に、こうして……彼の姿を、覚えておかないと……。

震える両手でデュランの顔に触れて、その姿かたちを記憶に刻みこむ。

いつ夢が醒めるか分からないから今のうちにと、彼の逞しくなった肩や腕にも指を走らせた。昔よりも筋肉がついて肩幅が広くなり、がっちりとした身体つきは頼もしい騎士のものとなっている。

しかし、探索の途中で手首を捻《ひね》り上げられた。

「リル……リリアナ！」

デュランが声を荒らげたので、リリアナはびくりと身を震わせる。

「俺の目をしっかり見てくれ。声は聞こえているんですよね」

「……？」

「とにかく、何でもいいから喋ってください。まだ、貴女の声を一度も聞いていません」

彼が目尻を吊り上げて怖い顔をしている。手首を握られる感触も、妙にリアルだ。

リリアナは目を細めながら首を傾げた。口を開き、今度こそ喉を震わせて音にしようと試《こころ》みる。

「……ゆ、め……」

断片的だが、ちゃんと音になった。声を出すのは、どれくらいぶりだったろう。

「夢、って言ったんですか？　貴女は、これを夢だと思っているんですね」

デュランの問いかけには反応せず、リリアナは尊いものに触れるように彼の手を取る。

ごつごつとして、剣だこのできた手を優しく撫でた。

長い歳月、たった一人で毒にまみれた生活に耐え忍んできた。そんなリリアナにとって彼と過ごした楽しい日々の思い出は、悪夢の中で生きる支えとなった。

リリアナの心を動かし、息をするだけの人形から感情のある人間に戻してくれるのは唯一、デュランだけだ。

デュランの手を撫でて愛おしそうに自分の頬に押しつけたら、唇を噛《か》みしめた彼の顔がくしゃりと歪んだ。

「これは夢じゃない、現実です。俺は、ちゃんと貴女の目の前にいます。施設行きの馬車から、貴女をここまで攫《さら》ってきたんです」

「……デュ、ラ、ン……」

「そう、デュランです」

夢ではなく、現実。

そう何度も言い聞かせられるが、リリアナはうんうんと頷くだけで、目を閉じながらデュランの手の温もりを感じていた。

成り立たない会話に痺《しび》れを切らしたのか、デュランがリリアナを抱き上げる。

「もういい。分かるまで、何度でも言い聞かせますから」

リリアナは彼の逞しい肩に頭を預けた。目を閉じて夢が醒めるのを待っていると、室内まで運ばれていき、ベッドに座らされる。

ノックの音がして、先ほど慌ただしく彼を呼びに行った侍女が入ってきた。

「失礼いたします。薬湯《やくとう》をお持ちしました」

「ああ、そこに置いてくれ。ついでに朝食の支度も整えてくれ」

「かしこまりました」

デュランの指示で小柄な侍女がてきぱきと動き回る。

リリアナが窓の向こうに広がる空をぼんやりと見ていたら、デュランが薬湯のカップを持ってきて彼女の手に持たせた。

「薬湯です。適温に冷ましてあるので飲んでください。朝いちばんに、温室で摘んだ薬草を抽出して淹れました。王室付きの薬師から、解毒作用があると教えられたものなので心配は要《い》りませんよ。貴女の身体にいいはずです」

促《うなが》されるまま、リリアナは薬湯を含んだ。独特の風味があり、一瞬もしかするとこれも毒ではないかと思ったが、服毒時のように気分が悪くなることはない。

顔色一つ変えずに飲み干したら、デュランが空になったカップを取り上げた。

「これから毎日、この薬湯を飲んでください。耐性があるとはいえ、体内に有害な毒素が蓄積している可能性がありますから。あとでハーブティーも淹れましょう。頭がスッキリするはずです」

「デュラン様。リリアナ様のお着替えはどういたしましょうか」

「適当に選んで、椅子にかけておいてくれればいい。あとは、俺がやる」

「……かしこまりました」

朝食の支度をした侍女が着替えのドレスを椅子にかけると、一礼して出ていった。

その間も、リリアナはベッドに腰かけたまま窓を眺めていた。

——今日は……いつもより、長い夢なのね……デュランが、ずっと側にいて……薬湯も飲んだ……不思議な感じ。

姿勢よくピンと背筋を伸ばして人形のように座っているリリアナを、デュランはしばし無言で見下ろしていたが、ゆっくりと膝を折る。

「朝食の前に着替えましょう。リル、立てますか」

他の者たちとは違ってデュランの声は耳によく通り、リリアナは城でメイドに着替えさせられる時と同じように立ち上がった。

膝を突いたデュランを見下ろすと、彼の手が伸びてきてネグリジェにかかる。裾をたくし上げられて、雪白の素肌が露《あら》わになった。

薄いシュミーズ一枚になり両手を横に垂らして佇んでいると、着替えのシュミーズとドレスを取ってきたデュランが、ぴたりと足を止める。

朝日のもと、肌が透ける薄衣姿で立っているリリアナを眺めたデュランは、おもむろに片手で顔を覆う仕草をした。はぁ、と小さな吐息が聞こえる。

「シュミーズも替えます。じっとしていてください」

デュランにシュミーズを脱がされて裸にされても、リリアナは抵抗しなかった。

張りのある白い乳房と、年齢の割には華奢な肢体《したい》が射しこむ朝日に照らされる。

王女という恵まれた育ちのはずなのに、リリアナの身体つきは肉感的とは言い難く、それまで味わってきた辛苦を表すようにほっそりとしていた。

漆黒の髪は腰まで伸びていて、色合いの対比で肌の白さが引き立っている。

「……こんなに、痩せて……」

目の前に膝を突いたデュランが吐息のような声で呟《つぶや》いた。

リリアナが緋色の瞳でデュランを見据えると、彼は鼻梁《びりょう》に皺《しわ》を寄せながら不自然に目を逸らす。

「こうして俺に裸にされても、貴女は何も感じないんですね。以前の貴女なら、恥ずかしがって隠れるか、自分でやるから手を出すなと怒ったはずだ」

リリアナが一定の間隔で瞬きをして、苛立《いらだ》つデュランの表情をじっと眺めていたら、彼が舌打ちする。

「ああ、くそっ。貴女がこうなる前に、もっと早く……っ」

悪態を吐いてかぶりを振った彼の金髪が、ふわりと揺れた。

その手触りを確かめたくてデュランの頭を撫でてみたら、彼の髪は絹糸みたいに柔らかくて、その感触がひどく現実じみている。

頭を二度、撫でたところで、ぎゅっと手首を掴まれた。そのまま強く引っ張られて背中からベッドに押し倒される。

すぐさまデュランが乗り上げてきて、組み伏せられたリリアナは目を瞬かせた。

覆いかぶさってきたデュランは大柄で威圧感があり、鼻先に迫る彼の顔にはこれまでに見たことのない表情が浮かんでいる。

美しいアイスブルーの隻眼に燃えるような熱が灯っている一方で、形のよい唇が歪《いびつ》にひん曲がっており、言葉では形容しがたい昏い感情が感じ取れた。

「リル……」

デュランの手のひらが胸に添えられる。何度か揉まれても、リリアナは無反応だった。

だが、顔を傾けたデュランがキスをしようとしていると分かった瞬間、初めてリリアナは動いた。渾身の力を籠めて彼の肩を押し、両手で自分の唇を隠す。

「っ、リル？」

「……だ、め……」

「俺に、キスをされたくないんですか？」

「……しんで、しまう」

リリアナが口を隠しながら拒絶するように丸くなったら、瞠目《どうもく》したデュランがかぶりを振った。

「何故、そんなことを。貴女とキスをしただけで死ぬわけがないのに」

「……あなた、だけは……」

たとえ夢であっても死なせたくないの、と、リリアナがか細い声で繰り返したら、デュランが髪をかき上げてため息をついた。毒気を抜かれたように身を引く。

「分かりました。今はまだキスしませんし、これ以上は触れません。貴女が、これを現実だと受け入れられるようになるまで待ちますよ。……さぁ、起きてください」

そこからは、ぎこちない手つきでシュミーズとドレスを着せられた。

着替えが終わると窓辺のテーブルで彼に見守られながら朝食をとり、手を引かれて屋敷の中を案内される。

広々とした庭園や、ハーブと薬草を栽培している温室。庭園の奥には森の木々に埋もれるようにして建つ小さな離れがあり、温室と内廊下で繋がっていた。

こぢんまりとした離れはリビングと寝室が一室ずつ。お茶を淹れられるように、リビングにはキッチンも備えつけられている。

風通しがよく、窓を開けるとさわさわと木々の葉がこすれ合う音が聞こえた。

城で暮らしていた部屋も滅多《めった》に人が来ないので静かだったが、物寂しさがあった。

この離れは自然の緑がすぐそこにあり、のんびりと時間を過ごせそうで、住み心地も良さそうだ。

――長い夢ね……いつまでも、終わらない。

リビングの窓辺に立って森の音に耳を澄ませていると、デュランに肩を抱かれてカウチに座らされた。

彼が目の前に片膝を突き、リリアナの手を握って説明を始める。

「リル、聞いてください。俺はルーベンと共に施設行きの馬車を足止めし、貴女をここまで連れて来ました。馬車は崖下に落としたので、貴女は死んだことにされます。ですが、それも一時だけのことです。その間に、貴女はこの屋敷で、心を取り戻すまでゆっくり療養するんです」

デュランは何でもないことのようにさらりと語ったが、内容は耳を疑うものだった。

馬車を足止めして崖下に落とし、しばらくリリアナは死んだことにされる……それは夢と断定するには、あまりにも現実じみていた。

デュランと目が合った途端、硬い表情を浮かべていた彼の顔がふっと綻《ほころ》び、手の甲に恭《うやうや》しく口づけられた。

「ここには、貴女を害する者はいません。今後、毒を飲む必要も一切ありません。これからは俺が側にいて、貴女を守りますから」

――これは……夢では、ないのかしら……。

リリアナは首を横に振った。城にいた時は心を閉ざしていたし、毎食飲まされる毒の副作用も相まって、頭に白い靄《もや》がかかっているみたいに思考がぼんやりとしていた。

しかし、今はいつもより頭がハッキリとしている気がする。

「……デュラン、が……私の、側に……」

掠れた声で繰り返すと、デュランが大きく頷いて抱きしめてくれた。

「はい。もう、誰にも貴女を傷つけさせない」

傷つけさせてなるものかと、強い覚悟をもって放たれた誓い。

鼓膜を震わす彼の声と、抱擁してくれる温もりは、どうにも夢とは思えない。

――ああ、それでは……やはり……これは現実、なの……もう、全てを諦めて、生きていかなくても……いいと、いうの……？

期待を抱くのが怖かった。希望を抱くのも、恐ろしかった。

全てを裏切られた時の絶望感は、いとも容易く人の心を殺すことができるから。

そうと分かっていても、リリアナには彼の温もりが泡沫《うたかた》に消える夢には思えなかった。

恋い焦がれた男の腕の中で、彼女は我知らずホッと安堵の息を零したが、なんだか呼吸がしづらくなって苦しげな吐息を漏らす。

どうして、こんなに息がしづらいのだろう。

その理由は、すぐに判明した。肩と腰に巻きついたデュランの腕の力が強すぎて、抱擁というよりも拘束するような抱きしめ方になっていたのだ。満足に呼吸ができないほどで、リリアナが身を捩《よじ》ると、デュランが「すみません」と言って力を緩めてくれた。

お蔭で楽に呼吸ができるようになったが、彼の腕が巻きついた部分がしばらくジンジンとほの昏い熱を持っていた。

◆◇◆

アクナイトの王城は大騒ぎになっていた。

事の起こりは、リリアナ王女が向かったはずの療養施設から、夕暮れになっても王女が到着しないと知らせが来たことだった。

翌日の早朝、騎士の小隊が捜索に出ると、険しい崖下の渓流《けいりゅう》で大破した馬車の破片が発見された。

護衛の騎士と御者、そして乗車していたはずのリリアナ王女と侍女の行方は杳《よう》として知れず、懸命に捜索したものの遺体すら見つからない。

小隊は丸一日捜索にあたったが、何も発見することができなかった。

山道には馬車が滑り落ちた轍《わだち》の痕が残っていて、周りには護衛と御者と思しき足跡があった。おそらく車輪を滑らせた馬車を立て直そうとしたのだろう。

だが、少人数ではどうにもできずに、全員馬車もろとも崖から滑落した。

そして馬車ごと崖下の渓流に呑まれて水底に沈んだか、遺体ごと下流に流されてしまった――というのが、捜索に参加した騎士たちの総意だった。

国王の急死に続き、国王殺害の容疑者とされたリリアナの安否不明の知らせに、城ではマクレーガン公爵主導のもと、再び有力貴族を招集して緊急議会が開かれた。

「あぁっ……なんということなの！　まさか、リリアナが行方不明だなんてっ……」

「母上、そのように泣かないでください。姉上のことは、その……残念に思いますが……」

「ああ、フレディ……お前まで、わたくしを置いて逝《い》かないでちょうだいね……」

大げさに泣き崩れるジゼル王妃の傍らで、気弱な王太子フレディがおどおどしながら母を慰めている。

次期マクレーガン公爵という立場で議会に出席するよう命じられたデュランは、冷めた目でその茶番を眺めていた。

多くの貴族の目がある中で、ジゼル王妃は娘を亡くして悲嘆に暮れる母を熱演する。

本心は悲しんでさえいないだろうに、よくやるものだと内心で舌を巻くほどだった。

「あの子には、きっと罰が下ったのね……本当に残念だけれど、国王陛下の御命を奪った報いを受けたのかもしれないわ……」

目元をハンカチで押さえたジゼル王妃の声が広間に響き渡る。

さすがに報いを受けたというのは不謹慎だと小声で呟く貴族もいたが、マクレーガン公爵に睨まれたため慌てて口を噤んだ。

ざわめく場を鎮《しず》めるように、公爵が両手をパンパンと叩く。

「王妃様。明日、改めて下流の捜索をさせます。護衛の騎士や御者、侍女も見つかっておりませんからな。王女殿下がどこかで助けを待っているという可能性も捨てきれませんので。どうか、希望をお捨てにならず」

「ええ、分かったわ……」

「皆も王女殿下の件は捜索隊に任せて、あまり騒ぎ立てぬように。要らぬ混乱を招かぬように、落ち着くまでは国民に伏せることにしよう」

一国の王女が行方不明だというのに、マクレーガン公爵の素っ気ない一言で、その話題は打ち切られた。

貴族たちはやるせない表情を浮かべているが、あれほど嘆《なげ》いていたジゼル王妃の涙はあっという間に引っこんでいる。

デュランは冷たい面持ちで一部始終を見守りながら、テーブルの上で組んでいた両手をぎゅっと握りしめた。

リリアナは国王暗殺容疑がかかっている上、婚約者にも死なれた王女として知れ渡っている。そのため国外に出して政略結婚させられる状態ではなく、王室も持て余している状態だった。

王室付きの騎士たちが今も調査をしていて、リリアナの捜索隊も編成されたが、おそらく安否不明のままのほうが都合のいい者たちもいるだろう。

最終的にリリアナが見つからなければ、国王殺害の犯人は彼女にされて、大罪人の濡れ衣を着せられる。物的証拠のナイフと状況証拠は揃っているし、今のところ本人の証言以外は無実だと証明する術《すべ》がないからだ。

どれだけ彼女を蔑《ないがし》ろにする気だと怒りがこみ上げてきたが、デュランは冷たい表情のまま昂《たか》ぶる感情を抑えこんだ。そして宰相の席に座っているマクレーガン公爵にチラリと視線をやる。

話し合いの場に、デュランは次期マクレーガン公爵として出席しているものの、発言する気はなかった。そもそも彼が意見を出したところで、若輩者が口を出すなと一蹴されるのは目に見えている。

しかも、デュランは八年も国外へ追いやられ、王女への未練は断ち切ったとマクレーガン公爵を説得して、ようやく帰国を赦された身だ。

表立ってリリアナの無実を訴えることはできない立場にあり、余計なことを言えば怪しまれる可能性もある。

そうなれば、公爵はたとえ跡継ぎであっても切り捨てるだろう。

だから、今は耐え忍ぶしかない。

——まぁ、あの男が本気で俺に公爵家を継がせる気があるのかは、知らないがな。

デュランは顔を伏せて、皮肉の籠もった笑みを浮かべた。

マクレーガン公爵が立ち上がり、朗々と響き渡る声で言う。

「とにかく、今は早急に国政を立て直すのが優先だ。陛下の葬儀の日取りと合わせて、フレディ王太子殿下の戴冠式の日程も早めに決めなくてはならん。国王不在のままでは、国が成り立たない」

「宰相殿の言う通りだ。王太子殿下に即位して頂かねば」

「陛下の葬儀を終えて、遅くとも数ヶ月以内には戴冠式を行なうべきです。準備期間も必要ですし、諸外国にも知らせを送らないと」

飛び交う意見を傍観しながら、デュランは思考を巡らせる。

国王亡きあと、国政の実権を握っているのは宰相のマクレーガン公爵だ。

彼はフレディ王太子を支持している。だが、ジゼル王妃に甘やかされて育った王太子は国政のことなど何一つ分からず、気が弱くて国王の素質もない。

即位後はジゼル王妃とマクレーガン公爵の言いなりになり、傀儡《かいらい》の国王となるだろう。

しかし本来、アクナイト王国にはもう一人、優秀な王太子がいた。

それが隣国タリスの王妹で、アクナイト国王のもとへ側室として嫁いできたサマンサ妃が産んだ子。

アクナイト王家の血を引く第一子で、名をギデオン。

けれどもサマンサ妃は不慮の事故で命を落とし、ほどなく王位継承権第一位を持っていたギデオンも行方をくらまして、死んだことにされた。

どちらも暗殺されたのではないかと一時期、噂になったくらい突然の出来事だった。

そして、今やアクナイト国王まで他殺体で発見された。

邪魔者は一切排除され、今後のアクナイト王国は若く愚鈍《ぐどん》な国王のもとで、マクレーガン公爵と、ジゼル王妃が国を思うがままに動かすようになるのだ。

まさに怖気の走るような未来だと、デュランは胸中でごちた。

マクレーガン公爵は宰相として優秀だが、その悪辣《あくらつ》な本性を知る者は少ない。

ジゼル王妃も娘を想う優しい母の仮面を被っているが、その仮面の下にはおぞましい顔が隠れている。

人はこうも己の醜《みにく》き一面を隠し、周りを欺《あざむ》きながら平気な顔で生きていけるのだなと、いっそ感心するほどだ。

デュランは冷笑したが、組んだ両手の指は力が入りすぎて白くなっていた。

議会が終わり、デュランも騎士の職務に戻ろうとしたところで、マクレーガン公爵に話しかけられた。話があると言われて、ひとけのない貴賓室《きひん》へ連れて行かれる。

「俺に話とは何ですか？」

「議会はどうだった」

「出席させていただき、勉強になりましたよ」

「ならばよい。公爵家を継ぐのなら、今のうちから議会の空気を知っておかねばならないからな」

後学のためにデュランを出席させたと言いたいらしい。よくもまぁ心にもないことを吐くと、デュランは無表情で思う。

情に厚く、息子思いの良き父を演じているが、マクレーガン公爵は〝そういう男〟ではない。他の誰よりもデュランがよく知っていた。

「話がそれだけなら、失礼してもいいですか。職務に戻ります」

「デュラン」

踵を返したら呼び止められ、公爵が声をひそめる。

「お前、昨夜は屋敷に帰って来なかったようだが、どこで何をしていた」

公爵がこんな質問をしてくるのは珍しかった。デュランが職務に励んで、余計な真似をせずにいれば、息子の私生活には口を出してこないからだ。

とはいえ、リリアナの行方が知れないとなると、真っ先に疑われるのは予想していた。

デュランは前もって準備しておいた答えを口にした。

「同僚と城下へ飲みに行っていました。そのまま娼館に引きずって行かれて夜を明かしましたよ」

「ほう、お前が娼館に足を運ぶとはな……まぁ、お前もいい年の男だ。贔屓《ひいき》にしている愛人の一人や二人いてもおかしくはないか。念のために訊いておくが、王女殿下の件に、お前は関わっていないんだな」

「関わっていませんよ。貴方に言われた通り、俺は帰国してからリリアナ殿下とは距離を置いていましたし、行方不明と聞いたのも今朝です。驚きましたよ」

抑揚のない声で告げると、マクレーガン公爵はふんと鼻を鳴らした。

「お前も存外、薄情なやつだ。王女殿下が安否不明というのに、悲しむそぶりもないのだから」

「まぎれもなく、マクレーガン家の血筋ですね」

デュランが皮肉たっぷりな口調で応じれば、公爵の口元がぴくりと引き攣《つ》ったが、すぐに張りつけたような笑みが浮かんだ。

「まぁいい。その様子では本当に関わっていないようだな。崖下には馬車の残骸《ざんがい》もあったということだし、おそらく不慮の事故だろう。つくづく哀れな王女だ。心が痛む」

——お前は、痛む心など持ち合わせていないだろうが。

デュランは両手を後ろに回し、爪が食いこむほど指を握りしめる。

「もういいでしょうか。俺もそろそろ職務に戻りたいんですが」

「構わん、行け。……ああ、それと言い忘れたが、お前の活躍ぶりが私の耳にも届いているぞ」

「活躍ぶり？」

「つい先日も、捕らえた麻薬密売組織のリーダーに密輸ルートを吐かせたそうだな。公爵家の跡継ぎならば、ゆくゆくは騎士を辞めろと言うつもりだったが、今は考え直そうかと思い始めている。お前の功績を聞かされるたびに私も鼻が高いからな」

マクレーガン公爵が顎髭《あごひげ》を撫でる仕草をして、付け加えた。

「さすが〝死神騎士〟と、そう呼ばれるだけある。我が息子よ」

デュランがどれほど優秀でも、花形の王室付き騎士隊ではなく、嫌煙される尋問部隊に異動させられたのは、マクレーガン公爵の進言があったからだ。

異国へ送られて更生したとはいえ、かつて王族の誘拐未遂を起こした者に王族の護衛はさせられないと、事情を知る騎士団の上層部に直接言ったらしい。

デュランは今度こそ返事をせず、義務的に一礼して貴賓室を後にした。

——俺が、その呼ばれ方を嫌っていると分かっていて、わざと言ったな。しかも、我が息子だと？

そのふるまい、言動、何から何まで癪《しゃく》に障《さわ》る。

だが、デュランは感情を抑えこんだ。

ここで爆発させてはいけない。まだ耐えるのだ。

せいぜい、今のうちに笑っておけ——最低な父よ。

第三章

デュランに連れて来られた屋敷での生活は、長い悪夢から目覚めたような、そんな不思議な心地にさせた。

規則正しい生活をするリリアナは朝早くに目が覚める。瞼を開けると、いつも身支度を整えたデュランが枕元に座っていて、同じ台詞をかけてくるのだ。

「おはようございます、リル。今日もいい天気ですよ」

デュランの手を借りて起き上がり、朝一番に薬湯を飲まされた。

解毒作用があるという薬湯は苦いが、それを飲むと頭がスッキリするので苦もなく飲み干して朝食をとる。

そして窓辺に置かれたテーブルに着き、リリアナが義務的に食事を口に運ぶのを、向かいに座ったデュランも食事をしながら見守っていた。

食後は、侍女が淹れてくれた温かいハーブティーを飲む。身体が内側からポカポカして血行がよくなり、リリアナがほっと一息ついたところで、今度は庭園へ連れ出された。

新鮮な自然の空気を胸いっぱいに吸いこみ、デュランに手を引かれながら緑に囲まれた庭園を散歩していると、リリアナの思考はより一層、ハッキリとしてくる。

──夢の、はずだったのに……これはもう、現実にしか思えない。

頬を撫でる山の風と繋がる手の温もりは、たぶん幻ではない。

これまでジゼル王妃の指示で、城で出される食事には必ず毒を盛られており、その副作用でリリアナの意識は常にぼんやりとしていた。

しかし、この屋敷へ来てから薬湯を飲まされて、喉が渇《かわ》くたび血流のよくなるハーブティーを飲んで生活するうち、回転の鈍っていた思考は正常に働き始めている。

朝日に照らされた庭園をぐるりと一周し、温室を通って離れに到着すると、デュランが名残惜しそうに手を放す。

「俺はそろそろ出仕時刻なので、行かなければなりません。今日は夕暮れには帰れると思います。もし何か欲しいものがあるようなら用意させますから、すぐ言ってください」

デュランはリリアナの額《ひたい》に口づけて、踵を返した。

いつもであれば黙って見送るのだけれど、その日、リリアナは手を伸ばしていた。

去ろうとするデュランのジャケットの裾を摑んだら、彼が弾かれたように振り返る。

「デュラン……待って」

「どうしました？」

「私、ずっと……頭が、ぼんやりしていて……夢だと、思っていたけど」

長らく話していなかったせいで声が出しづらい。それでも、リリアナは喉を震わせて懸命に言葉を紡いだ。

「これは……夢じゃ、ない気がして……あなたが、ここにいて……私が、穏やかな生活をしているのも……現実だと、思えるの……現実、なのかしら？」

夢か、現か。明確な答えが欲しくて不安げに尋ねると、デュランがくるりと身体の向きを戻し、リリアナと同じ目線の高さになるよう屈んできた。

美しいアイスブルーの隻眼を見つめ返したら、彼が優しく顔を綻ばせる。

「これは現実ですよ。ここへ連れて来た時から、そう言っているでしょう」

「……自分が、夢を見ているのか、現実なのか……長いこと、分からなくて」

「それは貴女を取り巻く環境が悪かったせいです。毒を盛られて、自分の頭で考えることすら、貴女は許されていなかったから……でも、今は違う。何度でも言いますよ。これは、まぎれもなく現実です。それを、きちんと頭と身体で理解して受け止めてください」

そっと手を取られて、甘い声で言い聞かせられた。

リリアナは瞳を揺らしたが、こくりと頷く。

「これは、現実で……夢じゃ、ないのね」

「そうです。あなたはここにいて、俺もここにいる。これからは、ずっと一緒ですよ」

誰かと、まともに会話をしたのは久しぶりだった。

リリアナが話をできるほど快復してきたのが嬉しいのか、デュランの緩んだ顔が近づいてきたが、鼻先でぴたりと止まる。

「ああ、だめだ。貴女ともっと話をしたいですが、そろそろ行かないと」

「そう……じゃあ、もう、行って」

「仕事が終わったら、できるだけ早く帰ってきます。それから話をしましょう。どうやら、今夜は貴女との話が盛り上がりそうだ」

デュランは片目を弓なりに細めると、リリアナの手の甲に口づけて身を翻《ひるがえ》す。

遠ざかるデュランの背中に向かって「いって、らっしゃい」とぎこちなく声をかけたら、彼は片手を挙げて「いってきます」と応えた。

デュランが出仕したあと、リリアナは離れのリビングで侍女の淹れてくれたハーブティーを飲みながら、窓から見える森を眺めていた。

重なり合う木の葉が、風が吹くたびにさわさわと音を立てる。

手前の木に鳥が停まっていて、枝を撓《しな》らせながら飛び立ち、両翼を広げて自由に滑空していった。

――鳥が、飛んでいく……。

鳥が空へ舞い上がるまでの動きを目で追っていたリリアナは、こんなふうに一つのものをじっくり観察するのも久しぶりだと思い至る。

ずっと頭がぼんやりとしていて、目の前で何が起きていたとしても、途中で考えるのをやめてしまっていた。

――毎食飲まされていた、毒のせいかもしれない。

ジゼル王妃の指示で、常人ならば即座に絶命するような量を飲まされていた。幼い頃から服毒して耐性があるとはいえ、人体に有害なものを多量に飲まされれば心身に悪影響が出るのは当然だろう。

リリアナがこの屋敷へ来てから、すでに一週間が経過している。

最初こそ、ぼんやりと一日を過ごすことが多かったが、ここ数日は自分から進んで庭を散歩して、お茶を飲みたいと侍女に意思表示するようになった。

薬湯で毒抜きをしながら本来の自分を取り戻すにつれて、リリアナも置かれた状況が分かってきた。

「ねぇ、あなた……」

「えっ？　私ですか？」

ハーブティーのお代わりを淹れていた侍女に話しかけると、驚いた顔をされた。

今まで何を話しかけられても、リリアナが無反応だったせいだろう。

「城に、いた頃から……私の、侍女をしていたわね……名前は？」

「私の名前はメアリージェーンと言います。どうか、メアリーとお呼びください」

「メアリー……あなたは、どうして、ここにいるの？」

王女の側仕えの侍女だったはずなのに、今もリリアナの世話をしている。

リリアナの質問に、メアリーはティーポットを置いて事情を説明してくれた。

「私は半年ほど前に侍女としてお城に上がり、リリアナ様のお世話係を仰せつかりました。それからはデュラン様のご指示で、お側で色々と動いておりました。リリアナ様が施設へ行くことになった時も、同行する侍女が必要だと言われて、私が申し出たのです。道中、デュラン様が馬車を停めてリリアナ様をお連れするという計画は、前もって承知しておりました。ちなみに、御者と護衛の騎士も協力者です」

「そう、だったの……でも、どうして、協力なんて……」

「込み入った事情があるのです。私だけでなく、協力した御者や騎士も個々に事情を抱えており、デュラン様に協力していた者たちです」

「そんなことをして……あなたたちの、身の安全は……平気なの？」

話しづらさに喉をさすりながら問うたら、メアリーがにっこりと笑った。

「ご心配なく。私どもは、自分の意思でデュラン様に協力したのです。今は、それぞれ安全な場所におります。私どもの安全を気にかけてくださるなんて、リリアナ様はお優しい御方なのですね。馬車の中でも、私を守ろうとしてくださいましたよね」

「それは、咄嗟に身体が、動いただけ……優しい、だなんて……施設行きを、阻止するのに、協力してくれたから……気にかける、のは……当然、でしょう……」

リリアナは顔を伏せて途切れ途切れに応える。こんなに話したのは久々だから、喉が渇いて仕方ない。

メアリーが気づいて、ほどよく冷めたハーブティーのカップを置いてくれる。

喉を潤して休ませていたら、メアリーが固い口調で切り出した。

「私はリリアナ様のお世話をしながら、こっそりと毒の入ったお茶や料理を捨てておりました。デュラン様から、できる限りあなた様をお守りするようにと仰せつかっていたのです。しかし、他のメイドたちの目もあって、うまくいかないことも多く……至らぬ侍女で、申し訳ありませんでした」

「そんなことを、してくれていたの……私、気づかなかった……ありがとう」

侍女は「とんでもありません」と勢いよく首を横に振った。

「さっき、デュランの、指示と言っていたけど……どういうこと？」

「デュラン様は、隣国タリスから戻ってからずっと、リリアナ様のために動いておられました。ですが、詳しいことは私の口からは話せません。どうか、デュラン様にお聞きしてくださいませ」

「……タリスから戻って、ずっと……？」

ならば、デュランはそのために戻って来たとでもいうのだろうか？

リリアナがハーブティーを飲み終えると、すかさずメアリーがもう一杯、お代わりを淹れてくれる。

「デュランは……私を、ここへ連れて来て……他にも、何か、しようとしているの？」

「リリアナ様、申し訳ございません。私には、何とも……」

「そう……いいわ……本人に、聞くから」

リリアナは淹れたてのハーブティーを口に運んだ。メアリーが止める前に一口含み、ごくりごくりと嚥下《えんげ》する。

「あっ、リリアナ様！　熱くありませんか？」

平気だと告げると、慌てふためいたメアリーは胸を撫で下ろしたようだったが、リリアナは湯気の立つカップを見下ろして小さく首を傾げた。

――熱い？　そういえば、ほんの少し、舌が痺れる感覚があるような……？

腑《ふ》に落ちないまま、リリアナは残りのハーブティーを飲んだ。

その日は、ゆっくりと午前中を過ごし、午後は日当たりのいい離れのリビングで転寝《うたたね》をした。

窓から吹きこむ風は心地よく、とても穏やかで――しかし、転寝の最中に見た夢は最低の悪夢だった。


その男はリリアナと対面すると、ニヤリと笑ってこう言った。

『今日は、君にとっておきのプレゼントを持ってきましたよ。リリアナ殿下』

デュランとよく似た母親譲りのアイスブルーの瞳と、さらさらの金髪に端整な面立ち。とびきり容姿は美しく、紳士の皮を被った獣のような男――ヒューゴ・マクレーガン。彼は、リリアナの婚約者だった。

婚約者同士で話があるからと、渋る侍女とメイドを部屋から強引に追い出したヒューゴが、ポケットから何かを取り出した。

『この小瓶《こびん》に入っている粉が、何だか分かりますか？』

ヒューゴは、椅子に座ってぼんやりと宙を見つめるリリアナの目の前で、透明な小瓶を振ってみせた。中には灰のような黒い粉が入っている。

彼が蓋《ふた》を開けると、ユリの花みたいな濃くて甘い香りがした。

『いえね、私は前々からどうしても気になっていたことがありましてね。リリアナ殿下は毒の耐性がおありだとか。まさしく、王妃様のご教育の賜物《たまもの》です。しかし、私は一つ疑問が湧《わ》いたんです』

ヒューゴは慇懃《いんぎん》無礼《ぶれい》な口調で話しながら、ぬるくなった紅茶のティーカップの上で小瓶の蓋を開いた。トントンと瓶を叩いて、中の粉を紅茶に落とす。

茶色の液体の表面に黒い粉が降り積もり、そこからじわじわと溶けて、どす黒い液体に変えていった。

『これは、クロユリと呼ばれる麻薬でしてねぇ。見た目は悪いですが、一口飲めばたちどころに効果が出るという代物です。ちょっとしたつてで手に入れたんですが、猛毒に耐性がある君に麻薬が効《き》くのかどうか、知りたくなってしまったんです。私は一度気になると、どうしても答えが知りたくなってしまう性分《しょうぶん》でして……どうか、一つ実験として飲んでいただけませんかねぇ、殿下』

己の歪みきった欲望を、好奇心からくる実験と言ってのける、狂った獣のような男。

ヒューゴは猫なで声で言いながら、愉快そうな笑みを浮かべてリリアナの口元にカップを持っていった。甘い香りがぐっと近づく。

リリアナが首を振って嫌がろうとも、ヒューゴは許さなかった。強引に口を抉《こ》じ開けて紅茶を流しこむ。

反射的にごくりと飲みこんでしまい、リリアナは激しく咳《せ》きこんだ。

一定の距離を取ったヒューゴは、薄ら笑いを浮かべながら彼女の様子を眺めている。

『ごほっ、ごほっ……ぐっ、ううっ……』

毒の耐性がある身体。どんな猛毒を飲もうとも、リリアナは嘔吐するか、そのまま排泄されるまで待つか、いずれにせよ苦痛を味わっても死に至ることはなかった。

だが、その麻薬――クロユリは違った。

効果は、ひとたび飲むと頭の芯まで蕩《とろ》けるような快楽を覚え、それと同時に幻覚を見るようになる。そうして、薬が切れた途端に苦しみ出すのだ。

しかし、リリアナの場合は快楽など微塵《みじん》も感じなかった。代わりに目の前が大きく歪んで幻覚を見た。

そこにいるはずのない金髪に眼帯をつけた恋しい男の影が薄らと浮かんできて、震える手を伸ばす。

デュラン、と口を動かした直後、リリアナはふっと意識を失って卒倒した。

耐性のない成分の麻薬を多量に飲まされ、急性中毒を起こしたのだ。

それから三日三晩、リリアナは高熱と、繰り返される幻覚に苦しみ続けた。

ようやく熱が下がった時――リリアナの艶やかな黒髪は、前髪の一部が白くなってしまった。途中から恐ろしい悪夢にすり替わった幻覚で、恐怖のあまり色が抜け落ちたのだ。

ヒューゴは、王女に麻薬を飲ませたのは故意ではないと泣きながら説明したらしい。

彼らを二人きりにした使用人たちは咎めを受けて、マクレーガン公爵が『ヒューゴも自分のせいだと反省している』と、直々に謝罪へ来た。

『愚息が大変なことをしてしまい、本当に申し訳ございませんでした。あやつも悪気があったわけではないのです。二度とあのような真似はさせないと誓わせました。婚約の件も白紙に戻るかもしれませんが、此度のことは愚息も反省しておりますので、どうかお許しください』

白々しく息子を擁護した公爵は深々と頭を下げた。

幼い頃からデュランがやたらマクレーガン公爵を嫌っていたこと、そして脱走に失敗した夜の一件に加えて、公爵と顔を合わせると品定めするような眼差しで見られるから、リリアナは彼が苦手だった。

リリアナは公爵には一瞥もくれず、早く帰ってほしいとだけ思っていた。

だが、悪夢は続く。

医師の治療の甲斐あって、運よく後遺症も出ずに快復したリリアナのもとへ、ヒューゴが見舞いに訪れた。

あれだけのことがあっても、二人の婚約は解消されなかった。ジゼル王妃の口添えがあり、ヒューゴは王女を意識不明の重体に追いやっておきながら許されたらしい。

彼はそれらしい口上を述べて出された紅茶を飲んだあと、今度はキスをねだってきた。

『先日の一件は、私も反省しているんです。本当に申し訳ありませんでした。だから、仲直りのキスをさせてください』

側付きの侍女たちは手を動かしながら聞こえないふりをしていた。

リリアナは顎を持ち上げられて、ねっとりと唇を舐《な》められた。そして、耳にこう吹きこまれる。

『君は反応こそ鈍いが、人形のような美しさは気に入っているんですよ。リリアナ殿下』

四肢に絡みつくような粘着質な口調で囁かれた直後、キスで口を塞がれる。

あまりの不快さにリリアナも抵抗したが、ヒューゴに顎を摑まれて動けなかった。

ようやく唇が離れた時、リリアナは渾身の力でヒューゴを押しのけたが、その直後、ヒューゴの様子がおかしくなる。

『ぐっ、ううっ……なん、だっ……い、息が、できなっ……』

ヒューゴが喉を押さえながら苦悶の表情で膝を突いた。

異変に気づいた侍女が振り返って、甲高い悲鳴を上げる。

『きゃあああっ……！　誰かっ、誰か来てっ……！』

『王女殿下！』

小柄な侍女——メアリーが素早くリリアナを抱きかかえて、何も見えないよう視界を遮《さえぎ》った。

口から泡を吹きながら動かなくなったヒューゴの姿を、リリアナはその目で見ることはなかったが、駆けこんできた騎士が「死んでいる」と呟く声が聞こえたので、血が凍るほどの恐怖を覚えた。

——本当に、死んだの……？

リリアナとキスをしただけで。

——私の、せい……？　私が、殺してしまった……。

リリアナは震えが止まらなかった。

もしかしたら毒を飲まされ続けたこの身体は、もはや存在自体が〝毒〟になりかけているのかもしれない。

それこそ体液さえも他者を害するようになり、口づけをしただけで相手を殺すほどに。

気づけば、リリアナは頭を抱えながら悲痛な叫び声を上げていた。

『あああっ……あっ……』

——なんて、恐ろしい……私の毒が、人を殺した！

押し寄せる罪悪感と恐怖に潰されそうになって、リリアナは膝から崩れ落ちた。

ヒューゴのせいで死ぬような思いをして、彼に対して何かしら負の感情を抱いていたとしても、こんなかたちで殺したいほど憎んでいたわけではない。

自分のせいで、人が死んだ。その事実が恐ろしくて堪らなかった。

これが、アクナイト国王が殺害される数ヶ月前の出来事。

そののち調査が入り、リリアナとの口づけが死因ではなく、ヒューゴの紅茶のカップにのみ猛毒が盛られていたことが判明した。

犯人とされるメイドは姿をくらまし、リリアナは一切関与していないという調査結果が出たが、ショックを受ける事件が続いたせいで彼女はそれまで以上に心を閉ざし、人からの呼びかけに応答すらしなくなった。

そうしなくては、壊れかけた心を守れなかったから。


「リル、リル」

肩を揺さぶられて、悪夢の底から浮上したリリアナはビクリと身を震わせた。

「は、っ……あぁっ……！」

「リル！」

カウチの横に膝を突いたデュランが、まだ夢の続きかと混乱するリリアナを抱きしめて、落ち着かせるように背中を撫でてくれる。

「大丈夫、大丈夫ですよ」

「デュラ、ン……？」

「はい、デュランです。ただいま戻りました。随分ぐっすり眠っていたようですね。魘《うな》されていたようなので起こしたんですが、平気ですか？」

「……夢を、見ていたの」

どうやら、ちょっとした午睡《ひるね》のつもりが、そのまま眠りこけていたらしい。

窓の外は暗くなり始めていて、室内にはランプの明かりが灯されていた。

――もう、夜……寝すぎてしまったわ。

起き上がろうとしたら、デュランの手が肩に回されて補助される。

カウチから立とうとするも、寝起きでよろめくリリアナを彼はすかさず支えた。

「立てますか」

「……うん……立てる、わ」

「屋敷へ戻り、夕食をとりましょう」

デュランがそう言うなり、身を屈めてリリアナを抱き上げた。

まるで幼子のように抱えられてしまい、リリアナは目を丸くする。

「自分で、歩ける」

「足がふらついていて、危なっかしいです。大人しく運ばれてください」

温室を抜けて屋敷の部屋へ運ばれる最中、間近にあるデュランの顔にじいっと見入っていたら、彼がチラリと一瞥をくれた。

「熱心に俺を見ていますが、顔に何かついていますか？」

「やっぱり、夢、みたいね……」

「現実ですよ」

「…………」

「俺の頬を抓《つね》らないでください」

「現実か、どうか……確かめたのよ」

「そういう時は、俺じゃなく自分の頬を抓るものです。痛みがあって夢から醒めなければ、現実ですよ」

デュランの頬を抓っていたリリアナは、自分の頬も抓ってみた。指先に力を籠めてみるものの、頬が伸びる感覚はあれど痛みはない。

——抓っているのに、痛くないわ……。

「抓りすぎです。赤くなるからやめてください」

自分の頬を抓ろと言ったのはデュランなのに、叱《しか》られてしまった。

リリアナは抓った指を見下ろしながら、ことりと首を傾げる。

部屋に戻ると、すでに夕食の支度が整っていて、デュランと共に食事をした。

ぎこちないながらも、リリアナと会話が成立していることで、デュランは始終嬉しそうにしていた。

リリアナも、こうしてデュランと過ごす穏やかなひとときは現実だと、ようやく心身ともに理解し始めていたのだが……。

ガッチャン！

デュランが着替えてくると言って部屋を出ていき、侍女のメアリーが席を外していた際に、リリアナは陶器の水差しを床に落として割ってしまった。

城での過酷な生活のせいで、リリアナは筋肉がすっかり落ちていた。手の力も入れづらいため、重たいものを持てないのだ。

――私、こんなに、弱っていたのね……もっと、慣らしていかないと。

そう考えられるようになったのは、精神面でも好転の兆《きざ》しだった。

これまでは現状を改善しようとする意欲さえなかった。

デュランが側にいてくれて毒を飲まされることのない生活は、リリアナの心のケアとなり、少しずつ良い影響を与えている。

リリアナは割れた陶器を拾おうとして、その場に屈んだ。その時、何の気なしに指を切ってしまう。

しかし、リリアナは気づかなかった。

一つ一つ破片を拾っていき、メアリーに片づけてもらうべく一箇所に纏めたところで、ようやく指先が血まみれになっていると知る。

「……？」

細い指先に裂傷《れっしょう》の痕があり、血が滲《にじ》んでいた。両手を目線の高さに掲げると、何本かの指先から溢れた赤い体液が、真っ白な手首を伝い落ちていく。

——これは、血……？

そこで初めて、リリアナは今日、何度か抱いた違和感の正体に気づいた。

淹れたての熱いお茶を飲んでも平気で、頬を抓っても痛みがなく、これほど指先を切っているのに気づかない。

傷ついた両手を見つめて呆けていたら、ラフな格好に着替えたデュランが部屋に入ってきて、室内の状況を見るなり駆け寄ってくる。

「リル！　いったい、どうしたんですか？」

「水差しを、割ってしまって……破片を、拾っていたんだけど……」

「素手で拾ってはいけません。指先が、こんなに切れているじゃないですか」

——そうね、こんなに切れているのに……痛く、ないわ。

リリアナはぽたぽたと血が流れるのを見ながら衝撃を受けて、更にもう一つ、重大なことに気づいた。

こうして自分の血を見るのは、本当に久しぶりだ。

それは怪我をして流す血だけではなく——女が月に一度は経験するべきものが、長らく来ていないことにも思い至ってしまう。

デュランがメアリーを呼んで、素早く両手の手当てをしてくれたが、リリアナは自分の身体がおかしくなっていることを知って呆然とした。

指に包帯を巻いてもらい、デュランに手を引かれてベッドに座らされると、ようやくリリアナは息を吐き出す。か細い声で囁いた。

「デュラン……私、おかしいわ」

「どうしたんですか？」

「痛みを、感じないの」

両手を開いて、閉じてみるが、小さな痛みすら感じなかった。

デュランが左目を見開き、口を真一文字に結んだ。

「あんなに、血が出ていても、気づかないなんて……」

「…………」

「きっと、前から、そうだったのね……でも、私は……いつから、こうなったのか……どうして、こうなったのかも、分からない……まさか、こんな異変にさえ、気づけなかったなんて」

思考が働くようになり、凍りついていた心がゆっくり溶け始めたからこそ、リリアナは大きなショックを受けた。

何も考えず、人形のように生きて、自分の異常さに気づかぬままでいたほうが、あるいは楽だったのかもしれない。

リリアナは顔をわずかに歪ませたが、涙も出なかった。

そして自分が泣くことも笑うこともできず、溌剌としていた子供の頃のように感情を発露することさえできなくなっていると知り、ただ両手で顔を覆うことしかできない。

——痛みも分からず、涙も出ないなんて……こんな、ことが……。

いっそ大声で泣き喚くことができたら、どれほど安心しただろう。

泣けない。笑えない。痛いと、訴えることもできない。

「私は……壊れて、しまったんだわ」

動揺のために掠れきった声で、そう絞り出した時、デュランにきつく抱きしめられた。

彼の腕力は強く、手加減なく抱擁されて、また息がしづらくなる。

それを息苦しいと感じることができたから、むしろリリアナは安堵した。

たとえ、どんなことであっても〝感じ取れたら〟——まだ、自分は修復不可能なほどに壊れきってはいないと思えたのだ。

「デュラン……私は……元に、戻れるかしら」

「戻れます、絶対に」

「本当に……？」

「はい。必ずまた、泣いて、笑えるようになります。こうして、以前のように俺と話ができるようになったじゃないですか。貴女は壊れてなんかいない」

デュランが断言してくれて、リリアナは弱々しく頷く。

「ねぇ、デュラン……」

「何ですか、リル」

「もっと、強く……抱きしめて」

――息苦しくて、耐えきれなくなるほど強く。

その懇願に応えたデュランが、腕に力を籠めた。

ぎしぎしと締め上げるように強くがっちりと抱きしめてもらい、ひどい息苦しさを覚えたところで、リリアナはようやく安心する。

小刻みに震える手で縋るようにデュランのシャツを握りしめた。彼の言葉を信じて、自分に言い聞かせる。

――大丈夫……私は、壊れていない。

この時、リリアナを腕の中に閉じこめたデュランが、一切の感情が抜け落ちた冷ややかな顔をしていて、アイスブルーの美しい隻眼に燃え滾《たぎ》るような憤懣《ふんぬ》を浮かべていたことなど、彼女は露ほども知らなかった。

リリアナが落ち着くと、デュランが彼女の世話をするべく行動を始めた。

手始めに、デュランはメアリーが支度したネグリジェとタオルを持ち、リリアナを浴室まで連れていく。

彼は屋敷にいる時、とにかくリリアナの世話を焼きたがった。

どこへ行くにも付き添い、何をするにも手を貸して、着替えまで手伝う。

リリアナも今まで裸にされようが構わず身を委ねていたが、今日は初めて抵抗した。

コルセットを着用しないゆったりとしたドレスを脱がされそうになり、デュランの手をそっと押さえる。

「デュラン……あとは、自分でやるわ」

「自分ではできないでしょう。じっとしていてください」

「入浴は、メアリーに、手伝ってもらう……それに、自分で、できるようにならないと」

もう城で生活していた頃とは違うと、リリアナは理解していた。

今後どうなるにせよ、身の回りのことは自分でできるようになるべきだろう。

だが、デュランは仏頂面《ぶっちょうづら》で一蹴した。

「自分でできるようになりたいのなら、それまで俺が手伝いましょう。それに、メアリーは入浴の支度を終えて帰宅しましたよ。麓の街に家がありますから」

この一週間、夜はデュランが付きっきりで世話をしてくれていたので、メアリーが住み込みではないというのは知らなかった。

リリアナが返答に窮《きゅう》していると、デュランがさっさとドレスの裾を持ち上げた。ぎこちない手つきでシュミーズごと脱がされ、浴室へ連れて行かれる。

白い浴槽には湯がたっぷりと張ってあり、湯気が充満していた。

ズボンの裾を折り、シャツの袖を捲り上げたデュランが遠慮なく浴室に入ってきて、所在なく縮こまるリリアナを抱えた。そのまま、ざぶんと浴槽に沈める。

少々乱暴な手つきだったので、あたりに水滴が散ってデュランのシャツも濡れた。

「髪を洗いますよ」

返答する間もなく頭からお湯をかけられ、甘い香りのする髪用の石鹸《せっけん》を泡立てて、ごしごしと洗われた。

他人の世話に慣れていないのが分かる手つきだったが、デュランが一生懸命やってくれているのは伝わってきたから、リリアナは文句も言わずに身を委ねる。

それに、デュランとこうして過ごす時間はかけがえのないひとときだ。

――現実だと、分かっているのに……まだ、夢みたいだと思ってしまう。

再び頭からお湯をかけられて、泡を洗い流してもらった。

リリアナが目元をこすっていると、身を乗り出したデュランが彼女の両脇に手を差し入れて、持ち上げる。今度は浴槽の縁《ふち》に座らされて、泡立てた柔らかいスポンジで身体を洗われた。

デュランの手が動き、細い首筋から肩と腕を洗っていく。

「少し、ふっくらしましたね」

「体型の、こと？」

「はい。ここへ来たばかりの時は、がりがりに痩せていましたから。一日三食、しっかり食事をとっているお蔭ですね」

「城にいた頃も……三食は、食べていたはずだけど」

「食生活の内容と、過度なストレスが原因で太れなかったんでしょう。……リル。先ほど痛みを感じないと言っていましたが、他におかしいところはありませんか？」

——他に、おかしいところ。

思わず下腹部に手を当てたリリアナは、即答できずに視線を落とした。

いつの間にかデュランの手が胸元に到達していて、義務的な動きで白い膨らみに泡をこすりつけている。

リリアナの反応を観察していたデュランの目線が、彼女の見ている先へと移り、洗う手つきが鈍った。

「……他には、ないわ」

「そうですか」

デュランがほっとしたように吐息をついたが、その手を胸元から退かさない。

身体を洗うだけの義務的な手つきが、膨らみのかたちをなぞり、感度を確かめるような動きに変わった気がする。

「リル」

「……ん？」

「湯浴みを終えたら、今夜は貴女に触れてもいいですか」

トーンの下がった声で許可を求められて、リリアナは緋色の目を瞬かせた。

「もう、触れているわ」

「身体を洗うために触れるのではなく、男として触れたいという意味です」

デュランの声が、一層低くなった。

――男として、触れたい……それは、でも……。

リリアナは唇を震わせると、彼の視線から逃れるように顔を伏せる。

「あなたは、まだ……私を、女として、見てくれているのね」

「当然でしょう。俺はずっと貴女だけを想っていました。離れ離れになってからも、俺の想いは変わっていません」

デュランが迷いのない口調できっぱりと言ってのけると、リリアナの頬を両手で包みこんで、そっと上を向かせた。

「貴女もそうでしょう、リル。俺をまだ好いてくれている」

「…………」

「それとも、あの夜に貴女を連れ出すのに失敗した俺のことなど、もうどうでもよくなりましたか？」

透き通ったアイスブルーの隻眼が細められ、ギロリと鈍い光を放つ。

こんな目をするデュランは初めてで、あまりの眼光の強さに、リリアナは思わず顔を逸らしそうになった。

しかし頬を包みこむ彼の指に力が籠もり、強引に視線を合わせられる。

「リル、目を逸らさないで。答えてください」

「……私も、あなたを、想っていたわ……それだけが、支えだった」

リリアナが消え入りそうな声で吐露《とろ》すると、デュランがふっと顔を綻ばせた。

さっきまで抜き身の刃みたいな棘《とげ》のある空気を纏っていたのに、一気に雰囲気が和らぐ。

「俺もですよ、リル。貴女の存在が、俺の支えでした」

だから、どうか貴女に触れさせてください。

デュランがリリアナの手を取り、王女に仕える騎士のように甲へ口づけた。そのまま唇を指先へ滑らせ、包帯の巻かれた部分に軽くキスをして、大人しいリリアナの額にも唇を押し当てていく。

ひどく甘やかされているような触れ方に、リリアナは戸惑った。

長らく想いを寄せていた相手と再会し、こんなふうに触れられて嬉しい……はずだ。

しかれども、リリアナには自分の感情がよく分からない。

嬉しい、楽しい、幸せだと、胸躍《おど》る感情を思い出すには、もう少し時間が必要だった。

――デュランに触れられるのは、嫌じゃない。ヒューゴにキスをされた時は、とても気持ちが悪かったから。

デュランに足を洗ってもらいながら、それを思い出したリリアナは身震いした。


『君は反応こそ鈍いが、人形のような美しさは気に入っているんですよ。リリアナ殿下』


――そう言って、私とキスをした彼は死んだ。

口元に手を当てて震え始めるリリアナに、デュランが温かいお湯をかけてくれる。

「身体が冷える前に、早く終わらせますから。そのあと、ベッドへ行きましょう」

彼は、リリアナが寒くて震えていると思ったらしい。

入浴を終えると、バスタオルに包まれてベッドまで連れて行かれる。柔らかいマットレスにそっと横たえられ、デュランがシャツのボタンを外しながら覆いかぶさってきた。

一糸まとわぬ姿で身を投げ出したリリアナは、愛撫を始めるデュランを見上げる。

デュランは新雪のような色白の肌を手のひらで撫でて、恭しく口づけた。女らしい乳房を両手で揉みながら、鎖骨や肩まで甘噛みして自分の印《しるし》を残していく。

リリアナがさらさらの金髪に触れると、デュランが顔を上げて笑いかけてきた。懐かしい少年時代を思わせる屈託《くったく》のない笑みだった。

思わず、デュランの緩んだ頬に手を添える。その笑顔が本当に存在しているのか確かめるように指でなぞり、軽く抓ってみたら、瞬く間に笑顔が顰《しか》め面に変わった。

「抓らないでくれませんか」

「………」

「リル、聞いていますか？」

リリアナが無言で見つめると、デュランは諦めたように吐息をついて動きを再開する。

想い合う男女の秘めごと。本来であれば互いに睦言を囁きながら、情熱的に愛を交わす行為だ。

しかし、二人の睦み合いはとても静かに行なわれた。

時折ベッドの軋む音がして、デュランの熱い吐息が空気を震わせる程度。

リリアナは喘《あえ》ぎ声さえ漏らさず、無反応のまま彼の動きを見守っていた。

熱心に乳房を揉んでいた手が下へ移動していく。一週間の療養のお蔭で少しは肉がつき、曲線を描く腰のラインを撫でられて、デュランの手が平らな下腹部に乗せられた。

男の種を注がれて幼い命を宿すそこを愛でるみたいに、執拗に撫でていたデュランの手がもっと下のほうへ移動していく。

秘部を隠す下生えをかき分けて、彼の指がとうとう男を受け入れる場所に至った時、リリアナは口を開いた。

「――デュラン」

「何ですか」

デュランの指が内腿《うちもも》を撫でて、秘められた場所に触れる。そこが全く濡れていないことに気づき、彼が身を起こしてリリアナの足を大きく横へ開かせた。

舌で慣らすつもりなのか、デュランが広げた太腿《ふともも》の間へ顔を埋《うず》めようとするので、リリアナはもう一度、先ほどよりも強めに「デュラン」と呼んだ。

「私、あなたに、嘘をついた」

デュランがぴくりと肩を揺らし、中途半端な体勢で止まった。

「嘘？」

「……ええ」

「いったい何のことですか。いつ、俺に嘘なんて――」

リリアナは喉をさすりながら、身を起こすデュランの隻眼を見つめる。

今日はたくさん話したからか、だいぶ声が掠れ始めていた。

「他におかしいところは、ないかと、訊いたでしょう……私、本当は」

右手をそっと下腹部に乗せて、リリアナは少しの躊躇《ためら》いののちに、自分ではどうにもできない事実を告げた。

「もう、随分と前から……月のものが、来ていないの」

「っ！」

デュランが片目を大きく見開き、絶句した。

最後に生理が来たのがいつなのか、リリアナは覚えていない。

心身のバランスが崩れてしまったせいか、それとも重大な欠陥があるのかは分からなかったが、一つ確かなのは、今のリリアナは子供を作れる状態にないということ。

『あなたは誰からも愛されない子なの。だって罪の末にできた子なのだから』

不意に、リリアナの脳裏を過ぎったのは母の言葉だった。

幼少期から毒を飲まされ、身体はボロボロになり、新たな命を宿すこともできなくなっている。誰からも愛されない子、罪の末にできた子だから、リリアナはこんな目に遭《あ》わなくてはならないのだろうか。

「私は、女としても……壊れていた、みたい」

だから、と、リリアナはデュランから目を逸らさずに言葉を継いだ。

「これ以上は、やめましょう……それに、私を抱いたら……あなたの身体に、障るかもしれない……ヒューゴの、ように」

その名を出した瞬間、驚愕の面持ちで固まっていたデュランの肩が大きく揺れた。

こんなふうに自分を貶めたくないのに、これまでは取り巻く環境が、そして今は自分の身体の問題が、どうしようもなくリリアナの心を打ち砕く。

「始める前に、言うべきだった……でも、言えなくて……少しでも、あなたに、触れてほしくて……ごめん、ね」

いっそ子供みたいに泣きじゃくって、やるせなさと悲しみを涙で流すことができればよかったのに、それさえもできない。心が息をしていないのだ。

今はただ、虚しさだけが胸中を占《し》めていた。

「本当に、ごめんね……デュラン」

消え入りそうな声で謝ると、デュランの顔が一気に歪む。

何かを堪《こら》えるようにシーツに突いた手を握りしめた彼が、泣けないリリアナの代わりに涙を流しているみたいに細い声で言った。

「……どうして、リルが謝るんだ。貴女は、何も悪くない。悪いのは、貴女のことを顧《かえり》みずに非道な仕打ちをした母親と、何も言わずに傍観していた父親だ」

デュランは我慢ならないとばかりに、唇をぎりりと噛みしめる。

「俺が国を追われたあと、貴女は一人で耐えてきたんだろう。明るくて、優しくて、俺とのお喋りが大好きだった貴女が……笑うことも、泣くこともできなくなって、女性としての尊厳まで奪われつつある。貴女をそこまで傷つけた奴らを――俺は、絶対に許さない」

彼の口調からは敬語が抜け落ちていたが、湧き立つ感情を抑えこんでいるのか怒鳴《どな》り散らす真似はしなかった。

その声は静かすぎるほど落ち着いていて、だからこそ彼の強い覚悟が伝わってきた。

「……デュラン？」

リリアナは六歳から十三歳まで人目を忍んでデュランと遊び、共に育った。

あの頃のデュランは少し意地悪だったけれど思いやりのある少年で、リリアナを見つめる目にはいつだって穏やかな光が灯っていた。

だが、今のデュランの目には燃え上がるほどの怒りが宿っていて、その奥にはもっと複雑な――暴《あば》いてはならないと警鐘が鳴り響くような、ほの昏い感情が秘められていた。

――いつから、あなたは……そんな目を、するようになったの？

ここで暮らすようになり、デュランは優しく接してくれた。昔みたいに……いいや、昔よりも大人で紳士的な態度に徹して、療養するリリアナに寄り添っていた。

しかれども十年近く離れている間、リリアナが心を病んで変わったように、デュランも昔のままの彼ではないのかもしれない。

今はまだ、デュランの何が変わったのかと問われたら、明確に答えられないけれど。

深呼吸をして激情を抑えこんだデュランが、リリアナを優しく抱き起こす。華奢な裸体に自分のシャツを羽織らせて、胡坐《あぐら》をかいた上に乗せた。

「今夜は抱きません。でも、肌に触れさせてください。できれば、キスもしたい」

「キスは、だめ……それに、これ以上、触れるのも――」

「だったらキスは我慢して、肌を撫でるだけにします。それならいいですよね」

これ以上は譲歩できないと言いたげな苦々しい表情のデュランの頬に手を添えて、リリアナは首肯する。

「それで、あなたの気が、済むなら」

「気は済みませんよ。俺だって堪《こら》えているんです」

ぐり、と硬いものが臀部《でんぶ》に押し当てられた。性的に昂ぶっている男の証だ。

リリアナが緋色の目を丸くすると、デュランが「だけど」と小声で続けた。

「今の貴女に無理を強いることはできません。貴女の体調がどんな状態なのか、もうしばらく様子を見ましょう。抱くのは、それからでもいい」

「……抱くつもりでは、いるのね」

「抱きますよ。リルが言うように俺の身体に障りがあろうが、貴女を俺のものにする。そう決めて、ここへ攫って来たんですから」

俺のものにする――リリアナはどこかで聞いた覚えのある台詞だと記憶を探り、遥か昔に山奥の教会で一夜を明かした時、デュランが放った言葉と同じだと思い出す。

箒星が流れ落ちるまでに願い事を三回唱えると叶うと聞いて、

『俺のものにしたい、って。早口で三回唱えました』

彼が、ちょっぴり意地悪な顔でそう言ったのだ。

デュランがはだけたシャツの襟の中へ手を忍ばせて、すべらかな乳房を包みこんだ。

緩やかな愛撫が始まり、リリアナは目を閉じる。長い指が膨らみを触り、ちょんと尖る先端を摘まんだ。

「気持ちいいのは、分かるんですか？」

「分からない……でも、ふわふわして、不思議な心地がする」

「それが〝気持ちいい〟ってことです。その感覚に、少しずつ慣らしていきましょう」

リリアナは、ふと、どこかで同じ感覚を味わった気がした。


『――リル』

闇の中でそう呼ばれながら、同じように触れられたことがなかっただろうか。

あれは、まだ城で生活していた頃——夜更けに目が覚めて、誰かがベッドの横に立っていて、その誰かがベッドにもぐりこんできて肌に触れられた——それも夢の延長線で行なわれた行為だと思い、記憶の彼方に追いやられていたが——。

デュラン、と呼びかけそうになったが、リリアナは唇を引き結んだ。

何か言う代わりに彼を見上げると、薄らと笑みを浮かべて手を動かしているデュランと目が合い、ちゅっと額に口づけられる。

「——リル」

これは、あの夜と同じ声ではないだろうか。

頭を過ぎった小さな疑念が明確な形となる前に、リリアナは胸の奥へしまいこんだ。

◆◇◆

デュランは寝入ったリリアナに厚手の毛布をかけてやり、寝室を後にした。

今夜は簡単に寝つけそうにない。酒でも飲んで眠気を誘うかと、一階の厨房を目指して階段を降りていけば、客間に明かりが灯っている。

怪訝に思って客間を覗いたら、黒い外套《がいとう》を纏った黒髪の青年が部屋の中を落ち着きなく歩き回っていた。デュランに気づくと「あっ」と声を上げる。

「デュラン兄さん！」

マクレーガン公爵家の三男で、デュランの弟ルーベン。がっしりとしたデュランと比べると細身だが、兄と同じくらい身長が高い。

ルーベンは高級娼館の売れっ子だった母親に似た長めの黒髪で、公爵と同じ碧眼。容姿も母親に似たのか、中性的で繊細な顔立ちをしている。

だが、娼館で暮らしていた頃に用心棒の男から体術の手ほどきを受けたらしく、見た目に反して腕っぷしが強い。デュランと組み手をしたら二回に一回は打ち負かすほど、運動神経もよかった。

そんなルーベンは今年で二十三になり、近ごろはマクレーガン公爵のもとで、領地の管理や経理の仕事を覚えさせられていた。

「ルーベン。こんな時間にどうした」

「ここのところ、兄さんはこの屋敷に通い詰めているだろう。なかなか会えないから、こっそり公爵家の屋敷を抜け出して、報告に来たんだ」

「ああ、それは悪かった。連絡は取ろうと思っていたんだが……公爵は、俺のことを怪しんではいなかったか？」

ルーベンをカウチに座らせて、デュランは腕組みをしながら窓辺に凭《もた》れかかる。

「それは大丈夫だと思うよ。兄さんは、馴染みの愛人のもとへ通っていると思っているらしい。僕も口裏を合わせておいたし、息子の私生活を気にするような人じゃないよ」

「確かに。あのヒューゴでさえ、大きな問題を起こすまで放置していたくらいだからな」

「それに、今はそれどころじゃないみたいだ。国政は公爵が主導しているから大忙しだし、どうやら、また〝畑〟を広げるつもりだ」

畑――それは人が踏み入らない山間地域にある、麻薬栽培を行なう畑のことだ。

マクレーガン公爵は宰相という地位にありながら、裏ではその麻薬栽培に手を出し、巨額の富を手に入れていた。ヒューゴも生前、父が稼いだ汚い金で豪遊していたのである。

しかし、それを知っているのは一部の者だけ。

公爵は本当に信頼できる者としか手を組まず〝管理者〟と呼ばれる代理人を立てて、麻薬栽培の出資者となっていた。

もし、騎士の中から結成された麻薬調査隊に嗅ぎつけられた時は、唯一、公爵と繋がりのあった管理者を切り捨て、秘密裏に口封じをし、関わっていた痕跡を残さない。

そうやって、マクレーガン公爵は自分の息子たち――デュランとルーベンにも知られないように暗躍しているのだ。

「あの男にしては、随分と危ない橋を渡っているな」

「前回の取引で入ってきた金額が大きかったから、味を占めたのかな。新しい畑を任せる管理者とも、すでに連絡を取り合っているね。これまでは、公爵も関与した痕跡が残るのを恐れて、手紙とか文書は残していなかったけど、もしかしたら今度は契約書を手に入れられるかもしれない。厳しく取り締まる法律ができたから、管理者も何かあった時のために、証拠を手元に残しておきたいんだね。公爵に切り捨てられるんじゃないかと警戒しているんだよ」

「その契約書は、手に入れられそうか？」

「たぶんね。どうにかして手に入れてみるよ。僕も、領地の管理はある程度任されているけど、畑については一切聞かされていないんだ。情報も全部、尾行して盗み聞きしたことだし。どうやら、その点については、僕もあんまり信用されていないみたい」

「俺と仲がいいからだろう。だが、あの男は表向き俺を跡継ぎとして指名しているが、おそらく公爵家はお前に継がせるつもりだぞ。領地の管理を教えていて、最近は公の場にも連れ出すようになったろう。まぁ、ヒューゴ亡き今となっては、俺とお前のどちらを跡継ぎに据えるかと考えて、お前を選ぶのは当然の話だがな」

デュランは口角を歪に吊り上げて、嘲《あざけ》り笑う口調で言った。

すると、ルーベンが心底嫌そうに顰め面をする。

「デュラン兄さん。言っておくけど、僕は絶対に公爵家なんて継がないよ。僕は平民育ちで上流社会の機微も分からない〝出来損ない〟だ。それに、兄さんも知っているとは思うけど、僕は人前に出るとうまく喋れなくなるし、人目にさらされるのが大嫌いなんだ。貴族とか社交界も嫌いだよ。あんなやつらに交じりたくない」

ルーベンがそう吐き捨てて舌打ちまでしたので、デュランは苦い笑みを浮かべた。

弟は娼館のある下町で育ち、マクレーガン公爵と長兄ヒューゴに散々出来損ないと笑われたのだ。

だが、あれから年月が経《た》ち、ルーベンは頼もしく成長していた。

どうやら脱走に失敗した夜の件で責任を感じて、デュランが国外へ送られ、リリアナと会うことを禁じられてからは、もっと強くならなければと奮起したらしい。

デュランが帰国を許されて再会した時は、謝られて号泣された。

ルーベンは『兄さんのためなら何でもする』と言い、リリアナをこの屋敷へ攫ってくる時も同行して、協力者である御者や護衛の騎士と一緒になり、馬車を崖下に落とすのを手伝ったのだ。

そして、先日屋敷を訪ねてきたギデオンと手を組んでデュランが成そうとしている計画についても、ルーベンは一枚嚙んでいる。

「ルーベン、公爵家の後継者については心配しなくていい。あの男は、近いうち何もできなくなる。そのあとは俺がマクレーガンの名を継ぐから、お前は好きに生きればいいさ」

「うん、そうするつもり。もし、他にも僕にできることがあったら、すぐ言ってよ」

「お前はもう十分やってくれているよ。ただし、公爵の監視は続けてくれ。俺を疑い始めたり、妙な動きをしたら、すぐに教えてほしい」

「了解」

用件を話し終えると、ルーベンが急にそわそわし始める。再び口を開くと、先ほどまでの利発な話し方はどこへやら、緊張の面持ちでどもりながら言った。

「そ、それでさ、兄さん……リルには、まだ会えないのかな。この間、リルを連れてきた時、兄さんの腕の中で眠っている顔は見たけど、話はできなかったから」

ルーベンは落ち着きなく、視線をあちこちに向けている。リリアナは弟にとっても大切な幼馴染なのだ。一目でいいから会いたいという気持ちが伝わってくる。

「……しばらくは駄目だ。誰かと会わせられるような状態じゃない」

「リルの状態は、そんなに悪いの？」

「快復はしてる。だが、心の問題が大きい。だから、今は俺以外には会わせられない」

ルーベンは残念そうな顔をしたが「分かったよ、兄さん」と聞き分けよく納得する。

「それじゃ、また来るよ」

「ああ。……ルーベン。それと、ギデオンがお前と会いたがっていたぞ」

「ギデオン様が？　僕に何か用があるのかな」

「クロユリの件で訊きたいことがあると言っていたから、おそらく公爵の〝畑〟の件じゃないか。俺からギデオンと連絡を取ってみる。お前も、いつ予定が空いているか確認しておいてくれ」

「分かった。頭に入れておくよ。兄さんも、あまり無理しないようにね」

外套のフードを被ると、ルーベンは夜の闇の中へ消えていった。

デュランは戸締まりをしてから、リリアナの寝室へ戻った。酒を飲む気分ではなくなっていた。ベッドに腰かけて、寝息を立てるリリアナをしばし眺める。

ルーベンの「リリアナに会いたい」という願いを断った理由。彼女の心を考慮して、というのは建前だ。本音は、デュランが会わせたくなかったのだ。

今のリリアナは、デュランの手を借りて生活している。特に、夜は屋敷に二人だけになるから他の誰にも邪魔されたくなくて、自分だけで独占したかった。

なんて心が狭い。ルーベンは弟なのだし、会わせるくらいいいだろうが。

そう自分を罵りたくなるが、リリアナのことになると、デュランは譲れないのだ。

これまで、どれほど耐えてきたか。

本来なら、もっと早くリリアナを城から救い出したかったのに、前と同じように後先考えずに行動を起こしたら、二度と取り返しがつかない事態になると分かっていた。

だから、デュランは八年かけて帰国の途につき、そこからも公爵やジゼル王妃の目を誤魔化しつつ慎重に事を進めてきたのだ。

だが、そのせいでリリアナを救い出すのが遅れてしまったのは、ひどく悔やまれる。

デュランはリリアナの髪を撫でながら、色が抜けて白髪になった前髪を指で梳く。私は壊れてしまったと、彼女が打ちひしがれたように囁く姿を思い出して、デュランは胸が押し潰されそうな想いを抱くのと同時に、計り知れない憤りを感じた。

——許さない……絶対に、許すものか。

手のひらに爪が食いこむほど拳《こぶし》を握りしめる。膨れ上がった激情を、深呼吸をして抑えこんで立ち上がった。そして、リリアナのために誂えたドレッサーの前に移動する。鏡を覗きこみ、おもむろに眼帯を外した。

室内はカーテンの隙間から青白い月明かりが射しこんでいて薄明るく、鏡の中に佇む自分の顔は判別できる。

普段、人目にさらすことのない右目は無傷だった。

デュランは曇り一つない姿見に映る顔を見つめてから、これまで誰にも——それこそリリアナにさえ見せたことのない右目を、そっと手のひらで覆った。

物心ついた頃から、デュランは眼帯をしている。

昔、リリアナによく「どうして眼帯をしているのか」と問われた。

その質問に、デュランは「大怪我をして目が潰れたから誰にも見せたくない」と答えたが、嘘だった。一度も怪我など負っていないし、誰にも〝見せたくない〟のではなく〝見せられない〟のだ。

――片目で見る、半分に欠けた世界……俺にはピッタリの世界だな。

大事なものを奪われ、欠けてしまった歪で狂った世界。

デュランが自嘲《じちょう》の笑みを浮かべた時、リリアナの小さな寝言が聞こえてきたので、彼はふうと一息ついてベッドに戻った。

――だが、大事なものは取り戻した。あとは守り抜くだけだ。

シャツを脱ぎ捨てて、リリアナのベッドにもぐりこむ。隣に横たわり、身じろぎもせずに眠り続ける彼女を引き寄せた。

「おやすみ、リル」

デュランは彼女がどこへも行かないように、大事に、大事に、まるで宝物みたいに腕の中に包みこんで、右目と左目で色の違う双眸《そうぼう》をゆっくりと伏せる。

この愛おしい温もりを腕に抱いて眠る日を、どれだけ夢見たことだろう。

――もう少しで、完全に貴女が手に入る。

その時のために気が遠くなるほど待ち焦がれ、足掻いてきた。

第四章

「――デュラン、お前は私の子ではない」

マクレーガン公爵からそう告げられたのは、デュランが七歳の時だった。

「イライザが不貞を働き、生まれた子だ。私の子として育てているが、正直なところお前を見るたび虫唾《むしず》が走る。だから、私の気分を逆なでするような真似をするんじゃないぞ」

デュランも幼いながらに、自分の出生には秘密があると察していた。

しかし、まるで天気の話をするみたいに笑いながら「つい手が滑って、殺してしまうかもしれないからな」と公爵に言われた時、幼心にピシリとひびが入るのを感じた。身体の内側がカッと熱くなり、どす黒い感情が溢れ出す。

デュランは公爵が父ではないと知っても、哀しみなど一切抱かなかった。

その代わりに「ころされそうになったら、おれが先にころしてやる」と思った。

たぶん、これが公爵に対して明確な殺意を抱いた、最初の瞬間だったろう。

マクレーガン公爵はサディストだった。相手を痛めつけて喜ぶ歪んだ性癖を持ち、妻のイライザ夫人も日常的に暴力を受けていた。

デュランは「やめて」と泣き叫んで許しを請う母の姿を見ながら育ち、彼自身も公爵に殴られる時が多々あった。

だから自分が公爵の子ではないと判明して、あんな狂った獣みたいな男の血が身体に流れていないことに安堵さえ覚えたのだ。

公爵は暴虐的な一面を公の場で出すことはせず、外面がよく口もうまいため、周囲の者たちには己を紳士的で優秀な男に見せる術《すべ》に長《た》けていた。ゆえに、公爵の二面性を知っている者は身内を含めても少なかった。

また、金が好きで、違法とされる麻薬栽培に手を出して私腹を肥やした。

貯めた金は問題があった時の口止め料や裏金に用いられ、公爵の性格を受け継いだ息子のヒューゴにも好きに使わせながら、公爵自身も高級娼館に愛人を作って豪遊した。

しかも公爵は、自分に愛人がいることを隠していなかった。

男が愛人を作るのは貴族の嗜《たしな》みという考えを持つ男性は多かったし、公爵の愛人……のちに末っ子のルーベンを産む女性だが、彼女は有名な高級娼婦で、むしろ羨《うらや》ましがられるのか黙認されていた。

加えて宰相としても外交手腕に優れていて、政務でもそれなりに実績を残しているとなれば、マクレーガン公爵が陰でこそこそと汚い金を稼いでいるとまでは周囲も考えないのだろう。

たとえ怪しい金の動きに気づいた者がいたとしても、大きな権力を持つ公爵家が相手となれば、報復を恐れて告発する勇気はかき消えてしまう。

そんな公爵を、デュランは心の底から嫌悪していた。

荒んだ幼少期を送ったデュランとリリアナの出会いは、彼が十歳の時、公爵に城へ連れて行かれて「陛下と話があるから中庭で遊んでいろ」と放置されたのがきっかけだ。

この頃のデュランは心を病んでいて、ひとたび苛々すると感情的になって物に当たることが多かった。

その時も、彼はふてくされながら中庭をぶらついた。

広い中庭は散策できるよう噴水やベンチが設置されており、建物の合間を縫って遊歩道が敷かれていた。そこから正面玄関のロータリーにも出られた。

中庭の端、日当たりのいい場所にはガラス張りの大きな温室があったが、中を覗きこむとたくさんの植物が栽培されていて入り口の扉には鍵がかかっていた。

見慣れぬ植物に興味をそそられて、デュランが温室を覗きこんでいたら、不意に隣から甲高い声がした。

「あれはね、ぜんぶ〝どく〟なのよ」

鈴を転がすような女児の声で無邪気に紡がれた、物騒な言葉。

デュランはびくりと肩を揺らし、隣を見下ろした。いつの間にか小柄な少女がいて、彼と同じように温室の中を覗いていた。

「え、誰？」

「わたしはリリアナっていうの。あなたこそ、だれ？」

「……おれは、デュラン」

「ふーん、デュランね。その目はどうしたの？　けが？」

不思議そうに右目の眼帯を指さされ、デュランは途端に仏頂面になった。

どうしても眼帯は目立つので視線を感じることは多いけれど、こんなふうに直球で理由を問われると苛々して、つい冷たい声が出てしまう。

「怪我をして潰れたんだよ。だから眼帯で隠しているんだ。それが、何？」

「もう、いたくないの？」

心配そうに首を傾げる少女は艶やかな黒髪をツインテールにし、東洋のチニール皇国の皇族の血統を示す、珍しい緋色の瞳を持っていた。

離れたところには穏やかな面持ちの侍女が控えており、デュランと目が合うとぺこりと

お辞儀をしてくる。

「痛くないよ。ていうか、君に関係ないだろ」

デュランは素っ気なく応答して、くるりと踵を返した。早足で歩き出すが、リリアナも結んだ髪をぴょんぴょんと揺らしながらついてきた。

「おい、ついてくるなよ」

「わたしと、あそびましょ。かくれんぼをしてみたいの」

「いやだ。別に、君と遊びたくないし」

デュランがそう返したところで、不意にリリアナがふらふらと身体を横に揺らし、その場に倒れた。思わず立ち止まったら、見守っていた侍女が慌てて駆け寄ってくる。

「王女様！　どうなされましたか!?」

——この子が王女だって？

デュランが驚愕していると、侍女に抱き起こされたリリアナは血の気が引いた青い顔をしていて、小さな両手を口に当てながらけほけほと咳きこんでいる。

「ハーバー……いきが、くるしいよう……」

「すぐにお部屋へ戻りましょう」

侍女に抱きかかえられて運ばれていくリリアナは、デュランに向かって弱々しく手を振っていた。デュランはあまりの慌ただしさに何が起きたのか分からず、唖然としながら王女を見送った。

そして彼女との再会は、すぐに訪れる。

二週間後、デュランは再び城へ赴き、前回と同じく庭で遊んでいろと放り出された。

何もすることがなくベンチに座ってぼんやりしていたら、またしてもリリアナが現れた。

「こんにちは、デュラン。今日こそ、わたしとあそびなさい」

出会い頭、挨拶もそぞろに両手を腰に当てて言い放つリリアナに、デュランは面食らった。しかし相手が王女と知ったからには無下に断ることもできなくて、彼は複雑な心持ちで「まぁ、いいですよ」と、ぶっきらぼうだが丁寧《ていねい》な口調で応えた。

これが二人の関係の始まり。

それから月に二回、マクレーガン公爵に連れられて城へ足を運ぶと、デュランは中庭でリリアナの相手をした。彼女を避けようとしても、どこからともなく現れて「あそぼう」と誘われるから根負けしたのである。

二人は中庭でかくれんぼをして、ベンチに座ってお喋りをして、一緒に絵本を読んだ。

特にお喋りをする時、リリアナはデュランにくっついて離れなかった。

「王女殿下。あんまりくっつかないでください」

「わたしのことは、名まえでよんでいいのよ」

「おれは、くっつかないでほしいと言っているんですけど。あと、王女殿下を名前で呼べませんし」

「リル、ってよんで。とくべつに、ゆるしてあげる」

「おれの話を聞いていますか？」

「もちろん。ねぇ、デュラン。だっこしてくれない？」

リリアナは甘えたがりで、わがままだった。

すれ違う会話に呆れながらも、デュランはねだられるまま彼女を抱っこしてあげた。

どれほど突き放してもリリアナはデュランに懐いてきて、他愛ないわがままで彼を振り回すから、何だかんだで可愛くなっていたのだろう。

ただ、その一方でリリアナに対して複雑な思いも抱いており、素直に可愛がることはできなかった。

――おれは、どうしたらいいんだ。この子との正しい接し方が分からない。

デュランは頭を悩ませたが、ある時、リリアナの事情を知ってそれまでの態度を一変させることになる。

リリアナは頻繁に体調を崩し、遊んでいる最中に倒れることがしばしばあった。

さすがにおかしいと思い、病気を持っているのかと尋ねたら、

「わたしね、いつも〝どく〟をのんでいるの。あそこの温室で、たくさん草をそだてているでしょう。あれは、わたしがのむためのものなのよ。そうすると身体がつよくなるって、

おかあさまが言うの。だけど、そのせいで、ぐあいがわるくなっちゃうのよね」

そう笑って答えたリリアナは、まだ六歳。自分より四つも年下の少女が、妙に大人びた顔つきで毒を飲まされていると告白したから、デュランは愕然とした。

思わず側で控える侍女のハーバーを見やると、哀しげな表情で見返されたので、リリアナの言葉は真実だと悟った。

体調が悪い時は顔を土気色にさせながら、それでもデュランと遊びたがるリリアナに情が移って、心を痛めた彼は、意を決してマクレーガン公爵に話した。

「公爵、リリアナ殿下を知っていますよね。先日、城の中庭で殿下にお会いして、王妃様に毒を飲まされているという話を聞いたんですが……」

もう、彼を父とは呼ばなくなっていた。

マクレーガン公爵は人差し指を立てる仕草をして、声をひそめる。

「あまり大きな声で言うな、デュラン。王妃様の教育方針なのだ。あの方の祖国では、幼少期から皇族に毒を飲ませて耐性をつけさせる慣習がある。それを踏襲して王女殿下をお育てしている。娘思いの御方だろう」

——娘思い？　毒を飲ませることが？

後から考えてみれば、マクレーガン公爵は王妃を褒めたわけではなく〝娘思い〟という言葉で皮肉っていたのだが、当時のデュランにとっては公爵に対する嫌悪感を募らせる要因になっただけだった。

この時、もう一つ、リリアナについて公爵からとんでもない事実を告げられた。

「まぁしかし、リリアナ殿下については、王妃様も思うところがあるのだろう。あの方も陛下のもとへ嫁いでこられたばかりの頃と比べて、随分と変わってしまった。……私にしてみれば愉快でならないが」

ぽつりと呟いた公爵はデュランの顔を見て、何かを思いついたのか、にやりと笑った。

「一ついいことを教えてやろう、デュラン。いつの間にか、お前はリリアナ殿下と親しくなったようだからな。何も知らないまま殿下のお相手をするのは、お前も心苦しかろう。リリアナ殿下はな……実は、陛下の子ではないのだよ。アクナイト王家の血を引いていないのだ」

それを聞いた瞬間、デュランは脳天に稲妻《いなづま》が落ちたような衝撃を受けた。

マクレーガン公爵は身を屈めて、デュランの頭にぽんと手を置く。普通なら口にするのも憚《はばか》る内容を十歳の少年に告げておきながら、公爵は相変わらず笑っていた。

「そのことを陛下も知っておられる。ゆえに、王妃様が王女殿下にどんな仕打ちをしようが関知しないのだ。どうなろうが構わんのだろう。なにせ、己の子ではないのだから。あ、私には陛下のお気持ちがよく分かる」

「っ……」

「いいか、デュラン。このことは誰にも言うんじゃないぞ。知っているのは、ごく一部の者たちだけだからな。お前の心にしまっておけ。……まぁ、誰にも言えないだろうがな」

地獄を支配する悪魔のごとき公爵の笑い声が遠ざかっていく。

デュランはぎゅっと拳を握りしめると、眼帯に覆われた右目に触れた。

——ああ……何もかもが、腐っている……腐りきっている。

瞼を閉じるとリリアナの愛らしい笑顔が頭を過ぎり、がくんと膝から崩れ落ちたデュランは「ちくしょう」と、力なく呟いた。

そのあと、また城へ行くことになって、いつもみたいにリリアナと会った時、彼女は嬉しそうにデュランのもとまで走ってきた。勢いよく抱きついてくる。

「デュラン、今日もあそびましょう」

「…………」

「どうしたの、デュラン？」

リリアナが心配そうに顔を覗きこんできて、慌てたようにハンカチを取り出す。彼女が背伸びをしながら顔を拭いてくれて、そこでようやく、デュランは自分が泣いていると気づいた。

「何か、かなしいことでも、あった？」

「……いいや、何も……自分でも、よく分からないんです……ただ、涙が出てきて……」

公爵から聞いた真実を、リリアナに告げることはできなかった。

まだ六歳の少女に人生を左右しかねない現実を突きつけるのは、あまりに酷だと思ったから。


数年の歳月が流れても、デュランはリリアナと会い続けた。

リリアナの部屋からは中庭の様子が見えるようで、デュランの姿を見つけると侍女のハーバーを伴って彼に会いに来た。

「デュラン」

長い黒髪を靡かせて手を振りながら現れるリリアナは、凛とした美しい王女へと成長していた。幼い頃から逆境に負けず、明るく溌剌とした性格の少女だったが、彼女はそのまま大きくなり、やや気の強いところはあれども心優しく育った。

自分と境遇が似ていたというのもあり、デュランにとってリリアナは妹のような存在となって、彼女への想いが次第に恋心へ変わっていった。

リリアナもまたデュランを意識していたようで、手を繋ぐと頬を染めたり、話している時に肩が触れ合うと驚いて飛びのいたりした。

その甘酸っぱい距離感が、何とも心地よかったものだ。

たった一度だけ、デュランはリリアナを連れて山奥の教会へ行ったことがある。

公爵家の別荘から近く、ルーベンと山道を散策した時に見つけたその教会は、古い時代に建てられた遺物で立派な佇まいをしていた。初老の穏やかな神父が管理をしていて、夜になると星がよく見えた。

リリアナにその話をしたら、彼女はとても羨ましがって、ジゼル王妃に外出の許可が欲しいと懇願した。すると思いがけず外泊の許可が下り、教会の慰問という名目で侍女と護衛を伴い一晩だけ教会に泊まった。

同行したルーベンは客室で早々に寝てしまったが、デュランはリリアナと共に教会の入り口に座って、夜更けまで星を眺めながら話しこんだ。

「ねぇ、デュラン。私ね、自分で物語を書いてみたいのよ。それで、私が物語を書いて、デュランが挿絵を描くっていうのはどうかしら。絵本にするのよ」

この頃、デュランは趣味で絵を描いていた。リリアナに「絵をかいて」とねだられて筆を取ったのが始まりだったが、それ以来、頭に思い描いたものをキャンバスに表現することで、鬱屈《うっくつ》した感情を吐き出せるようになった。才能もあったようで、独学でめきめきと上達していった。

「物語の内容にもよりますね。俺が、ちゃんと挿絵を描けるかは分かりませんし」

「描けるわよ」

「断言しましたね。何を根拠に？」

「だって、あなたは絵を描くのがとっても上手じゃない。風景画や人物画、抽象画だって描けるでしょう。それって、すごい才能だと思うの。誰にでもできることじゃないわ。だから、私はその才能を借りたいのよ。いいでしょう、デュラン？」

手放しで称賛したリリアナが、気の強そうな眼差しでじっと見つめてくる。

その目を見ていたら急にキスをしたくなって、デュランがさりげなく顔を傾けたら、窘めるようにぺちんと頬を叩かれた。

「真剣な話をしていたのに、今、キスしようとしたわね」

「そうです、と言ったら、させてくれるんですか？」

「キスはだめよ。あなたの身体に害があるかもしれないし」

リリアナが赤い顔をしてそっぽを向く。

彼女は毒を飲まされ続けていることで、唇や肌の接触でデュランにまで影響があるのではないかと気にしており、一度もキスをさせてくれなかった。

「それで、挿絵は描いてくれるの？」

「考えておきますよ。まずは、貴女が物語を書かないと絵はつけられませんからね」

リリアナが物語を綴《つづ》り、デュランが絵をつける。そうして一緒に絵本を作り、国中の子供たちに配ろうと約束した。

もちろん口約束ではあったが、リリアナは本気のようだったし、デュランもつっけんどんな言葉で返しつつも、本心では彼女の要望を叶えたいと思っていた。

「デュラン、見て！　箒星よ！」

夜空を横切る箒星を指さすリリアナの隣で、デュランは願い事を三回唱えた。

――リルを、俺のものにしたい。

それは恋心からくる、ひたむきな愛をこめた願望。

デュランは騎士学校に通っていて、卒業後は騎士団に入隊することになっており、そこで出世すればリリアナとの未来もあり得ると本気で考えていた。

思えば、この頃がいちばん幸せだった時だろう。

「――こんな生活を送っていたら、いつか死んでしまうかもしれない」

デュランがリリアナを城から連れ出すべきだと決心したのは、彼女にそう打ち明けられたからだった。

ジゼル王妃の指示で毒の量が増やされ、リリアナは体調を崩す頻度が高くなり、その日も顔色が悪かった。実の娘に懇願されても意に介さず、異国の残酷な慣習を強いる王妃は気が触れているとしか思えなかった。

このままだと、リリアナは本当に殺されてしまうかもしれない。危機感を抱いたデュランはリリアナと弟のルーベンを連れて、自らも出奔しようと決めた。

マクレーガン公爵は相変わらずデュランに手を上げるし、母のイライザ夫人は精神を病んでしまって受け答えもままならない状態。兄のヒューゴは弟たちを目の敵にして好き放題やっており、公爵家の生活は生き地獄も同然であった。

とにかく馬に乗って国境まで行き、隣国タリスへ出国してしまえば、どうとでもなる。

だが、計画はあえなく失敗して、デュランは待ち伏せしていた騎士たちに拘束された。

「ぐぅっ……」

「デュラン！」

「お下がりください、王女殿下。やれやれ、王女殿下を城から攫おうとするなどと、我が息子ながら呆れたものだ。愚息は躾《しつ》け直さないといけませんな」

マクレーガン公爵は、屈強な騎士の手でデュランから引き剝がされたリリアナをチラリと見やり、腰に提げていた剣を持ち上げた。そして、刃を鞘に納めたままの剣でデュランを打ち据える。

鈍器となった剣が振り下ろされるたびに鈍い音が響き、デュランは激痛に身を捩った。

「がっ、ううっ……ぐっ……」

「やめてッ、お願いよ！　公爵っ、デュランは何も悪くないの！　これは、私がっ……そう、私がデュランに命じたのよ！」

騎士に押さえこまれたリリアナが、涙ながらに弁明を始めた。

デュランは「違う、俺が言い出して――」と口を動かすけれど、呻き声にかき消
まともな言葉にならなかった。

「罰なら私が受けるわ！　だから、それ以上はデュランをぶたないで！　彼が死んでしまうわ！　お願いだから、マクレーガン公爵っ……」

王女の悲痛な叫びを聞いても、公爵は聞き流して笑っていた。

その顔からは息子に罰を与えることへの悲しみや、悔恨の念は読み取れない。

大抵の人間は誰かに暴力を振るい、傷つけることを厭《いと》う。

しかし、公爵の笑みは深まるばかりで、その眼差しには加虐行為で得る愉悦《ゆえつ》が宿っていた。やりすぎだと止めようとする騎士を振り払ってまで、デュランを叩き続ける。

デュランが完全に動けなくなった頃、剣を下ろしたマクレーガン公爵は慄くリリアナに向き直り、猫を撫でるような優しい声で語りかけた。

「さぁ、私室へお戻りください。王女殿下。この件の処分については、陛下や他の者たちと相談の上、追ってお知らせしましょう」

「っ、公爵！　どうか、これ以上、彼に酷いことをしないで！　デュランッ、デュラン！」

リリアナの悲鳴が遠ざかっていった。幾度も懇願するように「お願いよ、酷いことをし

ないで」と繰り返す彼女の声が、朦朧とするデュランの耳に色濃く焼きついた。

そのあとは、思い出しても吐き気をもよおすほど過酷な折檻を受けた。

デュランは城の地下牢に繋がれ、公爵の手で動けなくなるまで鞭打たれた。

王女は無事なのだから、そこまでしなくていいと騎士たちが制止するのも聞かず、息子に罰を与えるのは父親の役目だと言い張ったマクレーガン公爵は完膚なきまでにデュランを叩きのめしたのだ。

隣の牢ではルーベンも折檻されたようで、何度か細い悲鳴が聞こえた。

ようやく解放された時、デュランは血まみれで息も絶え絶えになっており、牢の冷たい地面から起き上がれなかった。

「デュラン。ヒューゴに、お前の部屋を捜索させたが、こんなものが大量に出てきたぞ」

マクレーガン公爵が丸められた紙の束を掲げるのを、デュランは虚ろな目で見ていた。

紙の束の正体は、デュランが趣味で描き溜めた絵だった。気に入った絵をリリアナに渡そうと思い、ルーベンと一緒に山を散策しながら筆を走らせたものだ。

それを、公爵はデュランの目の前で一枚残らず破り捨てた。そして絵筆を握るデュランの利き手をブーツで踏みつけ、ぐりぐりと体重を乗せてくる。

「絵など軟弱な趣味だぞ、デュラン。二度と絵を描けなくしてやろう」

「っ、や、やめろぉっ……ぐううっ……どう、して……っ……」

ここまでされなくてはならないのだと、デュランが力を振り絞って叫んだ時、マクレーガン公爵が身を屈めてきた。吐息のように、それを囁かれる。

「私はただ、罪を犯した愚かな息子を父として教育しているだけだ」

——父として、だと？　よくも白々しく言う。

直後、声高らかに笑った公爵に利き手が動かなくなるまで踏みつけられて、血が滲むくらい唇を噛みしめたデュランは心に誓った。

——今に見ていろ。リルを虐げ続ける王妃も、俺やルーベンをこんな目に遭わせるお前のことも、絶対に許すものか……！

歯を喰いしばって耐え続けてきた心に、昏い怨嗟《えんさ》の炎が灯った瞬間だった。

国外追放のような形で隣国タリスへ送られ、厳しい訓練に耐えきれずに脱走する者までいるという全寮制の騎士学校に放りこまれても、デュランはその炎を消さなかった。

そして、たった一人、異国の土地で過酷な騎士の訓練に明け暮れた。

リリアナへの想いは胸に秘めたまま——むしろ離れ離れになったことで、リリアナに対する思慕は深まった。あまりに焦がれすぎて、一途な恋情が途中から執着じみたものに変貌していっても、デュランは彼女を想い続けた。

今この時もリリアナは城に囚《とら》われて、毒にまみれた地獄のような生活を送っている。

ならば、いつか必ず祖国へ戻り、今度こそリリアナを救い出そう。

そして彼女への想いを遂《と》げて、もう誰にも奪われないよう自分のものにするのだ。自分の全てを懸けて、たとえどんな手段を使ったとしても——。

そう強い覚悟を抱きながら、デュランは八年もの長きに渡って耐え忍び、憎きマクレーガン公爵に許しを請う手紙を書き続けた。

リリアナに対する想いは捨て去った。未練も消え失せた。今はただ、祖国へ戻って公爵家のためだけに尽くし、罪を償《つぐな》いたい——と、ひたすら下手に出て書き連ねたのだ。

無論、全て虚偽《きょぎ》である。

しかし、文字でなら何とでも書ける。口でも、何とでも言える。嘘をつくことに罪悪感の欠片も抱かなかった。

とにかくアクナイト王国へ帰る許可が下りなければ、動きようがない。

公爵に働きかけながら、同時にデュランは厳しい騎士学校を首席で卒業し、タリスで騎士の称号を得た。

タリス王の住まう城にも招待され、そこで出会ったのがギデオンだ。

二人は意気投合し、目的達成のために手を組むことになったが、その矢先にマクレーガン公爵から早めに帰国しろと手紙が届いた。

どうやらタリスの騎士学校を首席で卒業し、騎士の称号を得た功績が認められて許されたらしい。

デュランはギデオンと綿密に計画を立て、一足先に帰国した。

祖国に帰ったら、まず、秘密裏にリリアナと連絡をとるつもりだった。

だが、アクナイト王国では予想外のことが起きていた。

デュランが帰国する直前に、リリアナが兄のヒューゴと婚約したのだ。

定期的にルーベンから届く手紙で彼女が未婚であることは知っていたが、まさかヒューゴと婚約するとは思いもしなかった。王女の婚約発表の席で、美しく成長したリリアナがヒューゴと並んで立つ姿を見て、デュランは腸が煮えくり返るほどの怒りを覚えた。

——よりにもよって、何故、ヒューゴが彼女の婚約者なんだ？

公爵に似ておぞましく、理性のない獣のような男が夫となれば、リリアナがどんな結婚生活を送るのかは目に見えている。

デュランの母と同じだ。暴力による支配下に置かれて、あとは壊されるだけ。

リリアナの腰に腕を回して得意満面のヒューゴを遠目に見ながら、デュランは怒り以外の感情も抱いた。

ヒューゴがリリアナにキスをして、彼女の肌に触れる光景を思い描いただけで、胸の奥深くで醜い嫉妬《しっと》の感情が渦巻いた。

——そんなことはさせない、させるものか。一刻も早く、ヒューゴの魔の手からリルを救い出すんだ。

そうは言っても、デュランは簡単に動くことができなかった。

二人の婚約が発表された瞬間も、マクレーガン公爵がデュランの側を離れず、妙な動きをしないかと監視しているのを肌で感じていた。

感情に任せた向こう見ずな真似をして以前のような過ちを繰り返したら、これまでの八年が無駄になるとデュランは分かっていた。ギデオンと立てた計画も失敗する。

だから、この時はぐっと堪えた。

しかし、彼が動けぬ間に大事件が起きてしまう。

リリアナがヒューゴに麻薬クロユリを飲まされ、一時的に危篤《きとく》状態に陥ったのだ。

『毒の効かないリリアナに、麻薬を飲ませたらどうなるのか知りたかった』

屋敷の書斎で、ヒューゴがマクレーガン公爵にそう説明しているのを立ち聞きしたデュランは憤激した。

——そんな短絡的な好奇心で、リルを殺しかけたのか。

目の前が真っ赤になるほどの怒りに焼かれ、とうとうデュランは我慢の限界を迎えた。

——順番は変わるが、あいつを先に……。

そして、ヒューゴは死んだ。

毒の入った紅茶を飲んだことによる毒死だった。

犯人は同時期に失踪したメイドということになったが、それは城仕えをしていたメアリーや、他の協力者たちに証言させた情報だ。城の使用人は数が多いぶん出入りが激しく、一人くらいメイドが失踪したとしても把握しきれない。

本当は誰がヒューゴを殺したのか、もちろんデュランは知っている。

だが、ヒューゴの死は、始まりに過ぎなかった。ヒューゴのせいで彼女が倒れてから、より一層〝リリアナ〟が最優先となったデュランは、彼女を害した者たち——王妃と公爵も、けして許すつもりはなかった。

この八年、デュランはひたすらリリアナを想い、彼女のためだけに血を吐くような訓練に耐えて生きてきたのだ。

おそらくジゼル王妃の仕業《しわざ》であろう国王の暗殺は不測の事態だったが、大切なリリアナさえデュランの庇護下に置いてしまえば、あとは遠慮なく行動できた。

地獄から這い上がってきた死神が王妃と公爵の首を狙っていることを、能天気な本人たちは何も知らずにいる。今のうちに、せいぜい、いい夢を見ておけばいい。

たった一瞬で、全てを悪夢に塗り替えてやろう。

死神が、その首を刈りに行くから。

◆◇◆

アクナイト王の死から十日あまり。

王都で葬儀が執り行なわれ、先代王を悼《いた》むために多くの国民が詰めかけた。

王の死因は混乱を招かぬよう〝急死〟とだけ公表されて、第一王女のリリアナも行方不明という噂が出回っていた。

それについて国民は「国王は暗殺ではないか」「リリアナ王女が関与しているらしい」と真に迫る憶測を立てていたが、貴族や城仕えの者たちには厳重な緘口令《かんこうれい》が敷かれていたこともあり、どれも噂の域を出なかった。

葬儀の終わり際に、ジゼル王妃が城のバルコニーに出て、三ヶ月後にフレディ王太子の戴冠式を行なうと宣言した時、詰めかけた国民はざわついた。

王位継承権の順位で考えると、フレディ王太子が即位するのは至当な流れだった。

しかし国民の中では、フレディ王太子には先代王ほどの統治力がないことや、王妃と宰相の言いなりであることが疑問視されており、アクナイト王国の未来は大丈夫なのかと不安の声を上げる者が多かったのだ。

死んだとされている第一王子のギデオンは人望があって、国民に支持されていたからこそ、余計にフレディ王太子の即位に対する不安が大きくなっていたのだろう。

せめて、ギデオン様が生きていらっしゃったら。

どこへ行ってしまわれたのか。

あちこちで、そんな囁き声が聞こえる中、アクナイト王の葬儀は粛々《しゅくしゅく》と終了した。

王の葬儀で人が押し寄せた王都は夜更けになると寝静まり、昼に葬列が通った大通りは閑散としていた。

そんな静けさの中を、黒い外套を纏って目深にフードを被ったデュランは足早に進んで大通りを脇に逸れた。外灯の少ない裏通りに足を踏み入れると、夜半まで開いている酒場が何軒も現れる。

デュランは賑《にぎ》やかな声がする数軒の酒場の前を素通りし、入り組んだ路地の最奥《さいおう》にある煉瓦造りの酒場の前に立った。いつもは営業中を示す看板がかかっているが、今日はそれが裏返しになっており『本日休業』と、流暢《りゅうちょう》な文字で書かれている。

デュランが入り口の扉を五回ノックして「デュランです」と小声で言うと、鍵を開ける音がし、ギイイと軋んだ音を立てて扉が開いた。

中から現れたのは金髪に浅黒い肌、そして銀灰色の瞳を持つ男、ギデオンだった。

「よく来たな、デュラン。中へ入れ」

「はい。失礼します」

休業中の酒場は薄暗かったが、奥の大きなテーブルに淡い光を放つランプが置かれていて、数人の男が腰を下ろしていた。テーブルには麦酒《ビール》の瓶が置かれている。

ギデオンにテーブルまで連れられていき、デュランは男たちと短く挨拶を交わしてから席につく。

ギデオンがデュランの隣に座ると、入れ替わりのように男たちが立ち上がり、壁際に佇んで控えた。彼らは総じて浅黒い肌を持つタリス人であり、ギデオンの護衛だった。

麦酒の瓶を手に取ったギデオンが一口呷り、口火を切った。

「お前からここへ足を運ぶのは珍しいではないか、デュラン。何かあったか？」

「ルーベンから報告がありました。どうやら、公爵が動くようです。また畑を広げるつもりらしく、畑を任せる管理者との間で契約書を交わす手筈《てはず》になっているとか。その契約書を、ルーベンが手に入れられるかもしれません」

「ほう。ルーベンのやつめ、そんな情報をよく手に入れたな」

「あいつには公爵の監視を任せていましたから。深夜にどこかへ出かけていくのに気づき、尾行したようです。いつものように行きつけの娼館かと思ったら、当たりだったみたいですね」

「やりおるわ。ルーベンは密偵の素質があるな」

「子供の頃から、弟は気配を消して隠れるのが得意でしたからね。腕も立ちますし、頭がよくて機転も利きます。最近になって、ようやく公爵も弟の才能に気づき始めたようですよ。マクレーガン家の領地管理を任せているみたいですしね」

「息子の才に、気づくのが遅すぎだな」

　ギデオンは鼻で笑うと、酒瓶を一本、デュランに寄越す。

「飲むか、デュラン」

「いえ、結構です。話が終わったら、すぐに屋敷へ戻りますので」

　丁重に断ったら、ギデオンは「そうか」と瓶を引っこめた。

「リリアナの調子はどうだ。お前が保護してから二週間ほど経っただろう」

「だいぶ会話ができるようになりました。飲まされていた毒の影響が強く、これまでは思考力も低下していたようです。定期的に薬湯を飲ませて毒抜きをし、健康的な食事を用意しているので、体調も回復してきましたよ。ただ、心のほうは癒えるのに時間がかかりそうですね」

「仕方あるまい。とにかく、あの王妃のもとから離すことはできたんだ。時間はかかろうとも療養に専念すれば、いずれ回復するだろうさ。今より酷くなることがないよう目を配ってやれ」

「分かっています」

　デュランが噛みしめるように応えると、ふっと笑ったギデオンに背中を叩かれる。

「あまり肩に力を入れすぎるなよ。……リリアナに関して、城内の反応は？」

「捜索が打ち切られました。捜索隊に所属する知人から聞き出したところ、あれだけ探しても遺体が出ませんし、崖下の川に沈んで死亡したと判断したようですね。今は王の葬儀や戴冠式の件でごたごたしていますから、落ち着いた頃、王女失踪の件は公表するつもりでしょう」

「国王を殺害した犯人が王女かもしれないという情報は、どうせ伏せるつもりだろうな」

「そのつもりでしょうね。まぁ、噂好きの貴族たちの口から、いずれ国民まで話は広がるはずです。緘口令なんて無意味ですよ」

「だろうな、貴族は口が軽い者ばかりだ。真犯人については、やはり王妃が裏にいるか」

「十中八九そうですね。国王の死因を調べる調査隊に探りを入れたら、毒殺に使われた毒を手配した男がいると情報を手に入れました。ただ、王妃と繋がりのある上層部から圧力がかかっていて、それ以上の調査は難しいようです。すでに口封じをされている可能性もありますが、そのあたりは詳しい情報屋に聞いてみます。それに、リルが当日のことを思い出すかもしれませんし」

「なるほど、了解した。引き続き、国王暗殺の犯人とリリアナの件はお前に任せよう」

「はい。そちらの首尾はどうですか？」

「戴冠式を行なうと発表されたから、それに出席するためタリスから使者が来ることになった。私が変装し、そこに紛れこめるよう手筈を整えている。クロユリの件も、ルーベンが証拠を手に入れたらかなり助かるぞ。公爵が資金援助している麻薬栽培と、それに関わる密輸組織を摘発《てきはつ》できれば、タリスに流入するクロユリの大元を絶《た》てるだろう」

　ギデオンが物憂げに言って、はぁ〜と深いため息をつく。

「密輸の件は、叔父上……タリス王が随分と立腹しているからな。ここで手を打っておかないと、たとえ私が玉座を手に入れたとしても、両国間の不和のもとになりかねん」

「この国でも一時期、大きな問題になっていました。今はクロユリをはじめとする麻薬の取り締まりが厳しくなったので、だいぶましになりましたが、安価で手に入るため貧困層でのクロユリ中毒者は多いです」

「私が王になったら、真っ先に麻薬の取り締まりを強化しよう。まったく、国王暗殺の犯人探し、麻薬密輸の摘発、王位奪還と、やることが多すぎて敵《かな》わんな。お前が協力してくれて助かった、デュラン」

　ぐいと酒を呷ったギデオンが、空になった瓶をコトンと置いた。

　ギデオンの本名は、ギデオン・アクナイト。死んだことになっている第一王子だ。

　彼の母――アクナイト王の側室として嫁いできたサマンサ妃は、長年、ジゼル王妃から執拗な嫌がらせを受けていた。

　先に世継ぎの王子を産んだことが、ジゼル王妃にとっては我慢ならなかったらしい。

　その嫌がらせが段々と過激なものに変わっていき、終いにはジゼル王妃に殺されるだろうと、サマンサ妃は息子のギデオン宛てに手紙を書き遺していた。

ギデオン自身も何度か暗殺未遂に遭っており、母の死にジゼル王妃が関わっていることを突き止めたが、明確な物的証拠は摑めなかった。そして自分の身も危ういと判断し、密かに出奔して母方の血筋にあたる隣国タリスへ身を寄せたのだ。

現タリス王は、妹であるサマンサ妃を溺愛していた。

その妹の死にジゼル王妃が関わっていると知り、タリス王は甥にあたるギデオンを手厚く受け入れて、報復の機会を虎視眈々《こしたんたん》と狙っている。

しかし、サマンサ妃の死は事故死と公表されており、ジゼル王妃が裏で糸を引いていたとしても二国間の外交問題に発展しかねない出来事だから、慎重に行動しなくてはならなかった。

ゆえにギデオンは祖国を出てからの数年、母の死に嘆く暇もなく、叔父であるタリス王の機嫌を窺《うかが》いながら、王子の権利として、アクナイト王国の王位を奪取するという目的を掲げて密かに動いていたのだ。

そこへ、突然アクナイト王の訃報が届いた。

それを好機ととらえたギデオンはタリス王の支援のもと、こっそりとアクナイト王国に入国し、戴冠式に合わせて王位奪還の計画を練り直した。

以来、ギデオンは素性を隠して、王都の下町で潜伏している。

「ひとまず戴冠式でマクレーガン公爵の悪事を摘発し、ジゼル王妃を捕縛してタリスへ身柄を引き渡すことができれば、タリス王も溜飲は下がるはずだ。そのまま、タリス王は私の即位の後押しをするつもりだろうが……少し気が重い」

「即位後に、タリス王が恩着せがましくあれこれと口を出してきそうですね」

「ああ。しかし、私はタリス王の言いなりになる気はない。対等な立場で外交ができるよう、今から考えておかないとならんな」

　先のことを考えているギデオンの顔には、苦いものを飲み下したような複雑な表情が浮かんでいた。デュランも釣られて口元を歪める。

「私が無事に王位を継ぐことができたら、デュラン。お前も手を貸してくれ。何なら、宰相の座もやるぞ」

「できるだけお手伝いはしますが、俺は宰相という柄じゃありません。できれば一介の騎士として、貴方のもとで職務に励みたいですね」

「欲のないやつめ。まぁいい。全てが終わったら、考えが変わるかもしれんしな」

「俺は一度そうすると決めたら、よほどの理由がないと考えを変えませんよ」

　ギデオンがくっと笑って「頑固者め」と呟く。

　それに、デュランは伏し目がちに「ええ、頑固です」と応えた。

　デュランとギデオンの出会いは、タリス王の住む城で行なわれた夜会だ。

死んだはずの第一王子と対面して、デュランは驚きこそすれ、すぐ意気投合した。

ギデオンはジゼル王妃を糾弾する場を欲していて、マクレーガン公爵が資金援助をしている麻薬密輸を摘発し、アクナイト王の座を望んでいる。

デュランはジゼル王妃とマクレーガン公爵の排除を願い、王女のリリアナを手に入れようとしている。

彼らは互いにアクナイト王国を出た身であり、どちらも明確な目的をもって祖国へ戻りたがっていた。

何よりもデュランがギデオンに出生の事情を打ち明けたことが大きく、彼らは互いを信頼して、目的達成のために手を組んだのである。

「それじゃ、俺はそろそろ戻ります。また報告に来ます」

「ああ。私も折を見て、屋敷へ顔を出そう。リリアナとも話がしたいからな」

デュランは曖昧に笑んで無言を貫き、外套のフードを被って酒場を後にした。

薄暗い路地を進んでいくと、物陰から呻き声が聞こえた。麻薬中毒者と思しき男が蹲《うずくま》っているのを横目で見ながら、デュランは別の酒場に寄った。

先代王の話をして弔い酒を飲み交わす者たちで賑わう中、カウンターに座る。

麦酒を注文し、酒場内へ視線を走らせた。出された酒の瓶を持ち、酒場の奥の丸いテーブル席でちびちびと飲んでいる男のもとへ行く。

「ニストロ」

「……ん？　ああ、アンタか」

　ニストロは初老の男で、情報屋だ。薄汚れた格好をして髭も剃っていない。髪は洗っていないのかぼさぼさで、かなり臭った。そのせいかニストロの周りの席は空いている。

　デュランは気にせずニストロの向かいに座ると、麦酒の瓶を差し出した。

「仕事を頼みたい。探してほしいやつがいる」

「人探しか。いくら出せるんだい？」

　デュランは懐から革袋を出して、中を見せた。

　身を乗り出して覗きこんだニストロが「ひひっ」と満足げに笑う。長いこと磨いていないのか、汚れがついて黄色くなった歯が見えた。

「探してほしいやつってのは、誰だ？」

　デュランはニストロを手招き、声をひそめて囁く。

「国王暗殺の件で、王妃が毒を盛ったという証言が欲しい。協力した男がいるはずだが、そいつが行方不明になっている」

「へぇ～。やっぱ、あの女が国王を殺《や》ったのか。それくらいはやると思っていたよ」

「探せそうか？」

「ひひ、任せてくれよ。以前から、王妃には黒い噂があったしな。腕が鳴るぜ」

「黒い噂というのは？　詳しく聞きたい」

「王妃は、王女が子供の頃から毒を飲ませているんだろ。あの毒も、はじめは薬師の指示で盛っていたらしいんだがよ、途中から裏で出回っている猛毒に替えたって聞いたぜ。王女を殺すつもりじゃねぇかって、情報屋の間でも噂になってた。その毒を手配して王妃に流していた男と、アンタの探しているやつは同一人物かもしれねぇな。……まぁ、目ぼしい情報が手に入ったら報告するよ。一週間後に、またここへ来てくれ」

「分かった。もしかすると、ルーベンが来るかもしれないが」

「ひひっ、了解。ルーベンは元気にしているかい？」

「元気にしてる。随分、逞しくなった」

「ルーベンは昔から根性があった。娼館の用心棒に体術を教わっていた時も、枝みたいにやせっぽっちのくせに、あざだらけになって飛びかかっていたもんだ」

ニストロが懐かしそうに目を細める。この情報屋とは、ルーベン繋がりで知り合った。

下町の娼館で育ったこともあって、ルーベンは裏の世界に顔が広いのだ。

「その光景が目に浮かぶな。……金は半分を前払いでいいか。ほら」

デュランが革袋を押しつけると、ニストロは「これ全部いいのかい」と目を輝かせながら受け取った。

「情報を手に入れたら、もう半分くれてやる。頼むぞ」

小声で密談を終えて、デュランはすぐに席を立った。去り際、思い出したように言う。

「お前、たまには風呂に入ったほうがいいぞ。臭すぎる」

「臭いほうが、おれの居場所を見つけやすいだろ」

「見つけやすいどころか、却って目立つぞ」

フケだらけの頭をがしがしと掻くニストロに、デュランは薄らと笑みを向けて賑わう酒場を後にした。

第五章

深夜、城で生活していた頃のことを悪夢に見て飛び起きることがある。

そういう時、リリアナは大抵パニックに陥り、まだ悪夢は終わっていないと錯覚して衝動的に部屋から逃げ出しそうになった。

だが、いつも闇の中から腕が伸びてきて、宥めるように背中をさすられる。

「――大丈夫ですよ、リル。ただ、怖い夢を見ただけです」

デュランに宥められると気分が落ち着いて、すーっと眠気が訪れる。そうして彼の腕の中で眠ると、その夜はもう悪夢を見ない。

だから、リリアナは自分からデュランに抱きつき、もう離れるまいと身を寄せるのだ。

だが、それが当たり前になると、今度はデュランのいない夜が怖くなる。

彼が側にいてくれないと、リリアナは悪夢に打ち負けそうになるから。

朝、目が覚めると横にはデュランが寝転がっていて、艶が戻ったリリアナの髪を撫でていた。

昨夜は仕事で帰りが遅かったはずだが、帰宅後、ベッドにもぐりこんできたのだろう。

ここのところ毎日添い寝をされているから、リリアナも彼と同じベッドで目覚めるのは慣れつつあって、無防備に欠伸《あくび》をする。

「おはようございます、リル」

「……おはよう、デュラン」

ベッドを出るデュランは上半身が裸だ。服を脱いで寝る習慣があるらしい。

引き締まった身体をぼんやり見ていたら、彼が椅子の背にかけてあったシャツに袖を通しながら「リル」と呼ぶ。

「俺の身体に、そんなに興味がありますか？」

「……たぶん、興味はあるわ」

「触ってみてもいいですよ。ただし触られたら、触り返しますが」

デュランがシャツのボタンを留めながら近づいてきて、意地悪そうな顔で言うので、リリアナはわずかに眉を寄せた。

「今、表情が変わりましたね。嫌そうな顔をした」

「嫌そう、だった？」

「眉間に少し皺が寄っていました」

リリアナが眉間をさすっていたら、デュランが身を乗り出して額にキスをする。

「どんな感情であれ、顔に出るようになったのはいいことです。その調子で、どんどん顔に出してください」

「…………」

「また眉間に皺が寄っていますね」

「……顔が、近いわ」

デュランが至近距離で話すから、リリアナが咎めると彼はあっさり身を引いた。

身支度を整えるデュランを横目に見ながら、リリアナはゆっくりとベッドを下りてクローゼットに向かう。適当にドレスを取り出し、デュランが手を出す前に着替えを始めようとしたが、もたもたしている間にドレスを取り上げられて、あっという間にネグリジェを脱がされてしまった。

デュランが出仕すると、リリアナはメアリーを連れて温室へ向かった。

適温に保たれた温室には花壇が並んでいて、多様なハーブと薬草が植えられている。

リリアナは散歩がてら温室を見て回り、薬草の花壇の前で立ち止まった。メアリーが説明してくれる。

「この薬草で、いつも薬湯を淹れています。このまま食べることもできるそうですよ。ただ、ものすごく苦いらしいですが」

「メアリー。薬湯は、あなたが摘んで、淹れているの？」

「はい。毎朝、新鮮な薬草を摘んで淹れています。薬湯の淹れ方は、きちんと薬師に教えてもらいました」

「そう……いつも、ありがとう」

礼を言うと、侍女が嬉しそうに頷く。

ここのところ、リリアナは自分からメアリーに話しかけることが多く、徐々に会話も増えてきた。話しすぎて喉が痛くなることも減り、途切れ途切れでぎこちなかった話し方は滑らかになった。

リリアナは自分でも、体調が良くなってきたのを感じている。慢性的にあった嘔吐感や頭痛といった症状は出なくなり、食事の量が増えて身体つきはふっくらとした。

ただ、身体の不調はなくなっても、相変わらず表情は乏《とぼ》しくて感情の起伏が少ない。窓辺に座ってぼんやりと一点を見つめていたり、午睡をしても悪夢を見て飛び起きることもあって、心の調子がどうなのかは自分でも分からなかった。

リリアナは緩やかな足取りで温室を出ると、今度は庭を散歩する。

隅のほうに小さな野薔薇が咲いているのを見つけて、なにげなく手を伸ばした。

蔦《つた》の棘でピッと手の甲を傷つけたが、リリアナは反応せずに薔薇を手折ろうとする。

メアリーが鋭い声を上げた。

「リリアナ様！」

遮るように手首を摑まれて、ハッと目を瞬く。

「薔薇には棘があります。お気をつけください」

「あ……ごめん、気づかなくて」

「とんでもありません。私のほうこそ、不躾な真似を致しまして……手当ての支度をしてまいりますので、お待ちくださいませ」

メアリーが小走りで屋敷へ戻っていくのを見送り、リリアナは手元に視線を戻した。

もう一度、棘だらけの蔦に触れてみる。手のひらで包むように握ると、ほんの少し痺れる感覚があったけれど、それ以上は何も感じない。

そっと手を開いてみれば、手のひらにぷつぷつと赤い痕があって血が滲み出る。

——やっぱり、痛みがない。

ここへ来てから一度だけ、街から医者が来た。

デュランもリリアナの様子を考慮して、さすがに医者に診てもらったほうがいいと判断したのだろう。口の堅い医者を呼び寄せて、リリアナを診察させた。

診断結果は――体調は良好だが、生理が来ないのと、痛覚がないのは精神的なものだと言われた。

特に痛覚に関しては、長期間、拷問などで苦痛を与え続けられた場合や、事故で大怪我をしてトラウマになるほどの激痛を味わった場合、何かのきっかけで痛みがフラッシュバックしてパニックに陥ることがあるらしい。

そういった精神的な問題から心を守ろうとして頭が神経に指令を出し、ごく稀であるが痛覚を感じなくなる事例があるのだとか。リリアナの状況に当てはまる。

再び痛覚を思い出すには、心に引っかかるトラウマを乗り越えるか、それに準ずる精神的な問題を解決する必要があるようだ。

リリアナは血まみれの手を見つめながら、小さなため息をついた。

足早に戻ってきたメアリーが、リリアナの手のひらを見るなり仰天する。

「リリアナ様！　もしかして、素手で薔薇の蔦を握ったのですか？」

「ええ……痛みがあるか、確かめたくて」

「二度としないでくださいませ。私の心臓が止まりそうになります」

日中、痛みに鈍いリリアナは先ほどのように怪我をすることも多いので、最近のメアリーは遠慮なく叱ってくる。

――なんだか、懐かしい……昔は、悪戯《いたずら》をしたら、よくハーバーに叱られたから。

リリアナは手当てをしてもらいながら、メアリーの顔を見つめた。

こうやって侍女の顔をじっくり見るのは初めてだったが、ふと、どことなくハーバーに似ている気がして、リリアナは首を傾げる。

「メアリー。あなた……ハーバーっていう女性を、知ってる？」

手当てを終えたメアリーが肩を揺らし、弾かれたように顔を上げた。

「リリアナ様。叔母のことを覚えていらっしゃるのですか？」

「叔母？　ということは、あなたはハーバーの姪なの？」

「おっしゃる通りです。ハーバーは、私の叔母の名です」

「彼女は、元気？」

メアリーが口を噤む。数秒の間があった。

「いえ、叔母はすでに亡くなりました」

「亡くなった？　いったい、どうして？」

「王女付きの侍女を解雇されたあと、床に臥《ふ》せってしまいまして――」

メアリーが言葉を濁したので、リリアナは愕然とする。

「解雇されたあと、って……まさか、私のせいで……」

「いいえ！　リリアナ様のせいではありません。それに、叔母は王女殿下にお仕えできたことに誇りを持っておりました」

続きを促すと、メアリーはぽつぽつと語ってくれた。

「私の母と叔母は貧しい子爵家の生まれでした。とても仲がよく、叔母は侍女を辞めたあと、母を頼ってきたのです。当時、幼かった私は叔母の看病をしていました。叔母はあなた様がどんな扱いを受けているのかを、よく涙ながらに語っていました。独身で子もおりませんでしたから、恐れながらリリアナ様を娘のように思っていたのでしょう」

時には優しく甘やかし、厳しく叱ってくれたハーバーのことを思い出して、リリアナは胸が締めつけられるような感覚を抱く。

「私にとっても、ハーバーは大切な人よ。……亡くなった原因は、病気？」

「いえ……解雇の際、叔母は王妃様に呼び出されて厳しく叱責されたようなのです。そして、どうやら鞭打ちの罰を受けたらしく、その傷が悪化してしまって」

――鞭打ちの罰？　私は、何も知らされなかった……ただ、彼女が辞めたとだけ。

「罰を受けている間、王妃様が笑って見ていたと叔母は言っておりました。リリアナ様のことも、城から逃げようとするなんて愚かだと笑っていたようで、それが心底悔しくて堪らなかったと」

だから、とメアリーが大きく息を吸って続けた。

「叔母は王妃様を、ひどく恨んでおりました。そして、いつもあなた様の身を案じておりました。私は優しい叔母が大好きで、リリアナ様のお話もたくさん聞かされました。できることなら、あなた様の助けになってほしいと託されたのです」

——ハーバーは、私を恨んでもおかしくはないのに……そんなにも、私を想ってくれていたのね。

リリアナは両手を胸に押し当てた。表情の乏しかった顔が自然と歪み、更に胸がぎゅうと苦しくなる。

「私の母は、とある伯爵家に嫁ぎました。そのつてを辿ってデュラン様と知り合い、叔母の縁者と知られないよう侍女としてお城に上がりました。叔母の意思を引き継ぎ、リリアナ様のお側にお仕えするためです」

「メアリー……あなたは、私を恨まなかったの？」

リリアナの侍女にならなければ、大切な叔母が死ぬことはなかったのに。

そう尋ねれば、メアリーは首を横に振った。

「リリアナ様がおつらい目に遭ってきたことは、叔母の話を聞いていれば分かりました。叔母が愛して慈《いつく》しんだ王女殿下を、どうして恨むことがあるでしょう」

「っ……」

——胸が、苦しい……苦しすぎて……。

痛い、と。

リリアナの頭にはポンッと、その単語が飛びこんできた。身体の痛みじゃない。心が痛かった。

幼い頃から、ずっと側にいてくれたハーバーが最期までリリアナを案じてくれていたこと。そして、その想いを姪が引き継ぎ、今もリリアナの支えとなってくれていること。

実の母ではないハーバーの想いの深さに心打たれるのと同時に、血の繋がった母であるはずのジゼル王妃が笑いながらハーバーを虐げたことが、許せないと思った。

リリアナが胸を押さえて顔を伏せると、メアリーが慌てたように言った。

「申し訳ありません、リリアナ様。私、余計なことまで話してしまったかもしれません」

「……いいえ……聞けてよかった……話してくれて、ありがとう」

リリアナは俯いたまま、消え入りそうな声で応じた。

愛してくれた大切な人の死を知り、想いを託された姪の献身を感じ取って、これまで揺らぎ一つなかった感情が小さく波打ち始めていた。

だが、それをどう言葉にしたらいいか分からず、リリアナは心配そうに寄り添うメアリーに「大丈夫よ」としか言えなかった。


しばらくハーバーのことで頭がいっぱいになり、おぼろげな思い出を拾いながら庭園を散歩して過ごしたが、午後になってようやく気分が落ち着いた。

リリアナは離れのリビングで窓辺に立ち、森を眺めながら思考の海に沈む。

――ここへ連れて来られてから、どれくらい経ったかしら……一ヶ月か、それ以上か、時間の感覚が分からない。私がいなくなって城がどうなっているのか、デュランは何も言わないし……この穏やかな時間は、いつまで続くんだろう。

ここでの生活において、朝と夜はデュランが必ず側にいる。出仕するデュランを見送り、昼はゆったりと過ごして、夕方になると彼が帰ってくる。そして共に夕食をとり、湯浴みを手伝ってもらい、最後はベッドで寄り添って眠りに落ちる。

肌に触れられる夜もあった。リリアナが健やかに眠ってしまうまで、彼は慰撫《いぶ》するように優しく触れてくるのだ。

――今後、私をどうするつもりなのか、デュランは話そうとしない。ただ、心配いらないとだけ言う。そして、ゆっくり休めと……彼はたぶん、私がまだ不安定なことに気づいている。だから、余計な話をしないのね。

夜に悪夢を見て飛び起きるたび、リリアナはデュランに宥めてもらっていた。

彼が寝ている間に、悪夢から目覚めて部屋を飛び出し、ふらふらと廊下を歩いていたらデュランが追いかけてきて連れ戻された夜もある。

そんなことがあってから、デュランはリリアナを抱きしめて寝るようになった。

――私は……ほんの少しずつでも、良くなっているのかしら。

自分の異変に気づいていながら、どうしようもないというのは存外つらいものだった。

何も気づかず、何も考えずに生きていた頃のほうが、いっそ楽だったのかもしれない。

窓の向こうから、さわさわと葉のこすれる音がする。

――そういえば、デュランは……国王の葬儀が終わったと、それだけは教えてくれた。

アクナイト王、リリアナの父親。だが、ほとんど口を利いたことがない。

王はいつもよそよそしく、リリアナと目を合わせようとしなかった。ジゼル王妃を諫めることもせず、父親らしいことは何一つしてくれなかったのだ。

ジゼル王妃に不義の子だと言われてからは、彼を父として慕う気持ちも薄れていった。

そのせいだろうか。国王が死んだ事実を受け止めても、リリアナは悲しいとは思えなかった。

ハーバーの死を知った時に感じたような胸の痛みもない。

――私が、おかしいのかしら。仮にも、父であった人の死に何も感じないなんて。

死体を見た時のことを思い出すと恐怖で身震いが生じるが、それだけだった。

――それに、どうして私はあの場にいたのだろう。しかも、血まみれのナイフを持っていた。あの日は、確か……。

リリアナは眉間に皺を寄せながら、トントンと頭を叩いた。

当時は心を閉ざして廃人のようになっていたから、城にいた頃のことは、ぼんやりとしか思い出せない。

――そう、確か……私が部屋に一人でいた時、見知らぬ迎えの侍女が来て……国王が私と話したいことがあるから呼んでいると言われて……それで、私は一人で侍女についていった。それから……突然、頭の後ろに衝撃が走った。

リリアナは緋色の目を瞬かせた。

後頭部に衝撃が走ったということは、もしかして背後から殴られたのだろうか。

――意識が遠のいて、倒れながら振り向いて……気絶する前に、誰かの顔を見たわ。

「……お母様？」

青ざめた顔をした男の隣で、母が笑っていたような気がする。そのまま気を失ったリリアナが再び目覚めた時、ナイフを持って国王の死体の隣にいたのだ。

ならば、リリアナが国王を殺したと見せかけるために母が仕組んだことなのだろうか。

――どうして、お母様がそんなことを？　国王を殺して、私に罪を着せるなんて……そんな恐ろしい真似が、お母様にできたの？

『あなたは誰からも愛されない子なの。だって罪の末にできた子なのだから』

そう言い放つジゼル王妃の顔が過ぎって、リリアナは唇を噛みしめる。

——お母様には、できるのかもしれない……国王を裏切り、私を産んだのだから。

罪の末にできた子。誰からも愛されない不義の子。

今は母にぶつけられた言葉がどれほどの悪意に満ちた、毒の言葉であるかが分かる。

リリアナは窓枠に縋りつき、震える口を開いた。デュラン、と無意識に彼の名を呼ぶ。

今すぐにでもデュランに話を聞いてもらいたかった。彼の意見を聞き、また息が苦しくなるほど強く抱きしめてもらいたかった。

——そもそも、私が思い出した記憶は本当に現実なの？　夢と混同していない？

現実だと言いきれる自信はなかった。

リリアナは首を横に振りながら、カウチに倒れこむ。考えることが多すぎて頭がパンクしてしまいそうだ。

——考えすぎたわ。少し、休もう……起きたらもう一度、頭を整理するの。

思考をリセットするために、リリアナはゆっくりと瞼を閉じた。

そして、また夢を見た。

いつもの凄惨《せいさん》な悪夢ではない。幸せだった頃の記憶をなぞるような夢だ。

『デュラン、見て！　箒星よ！』

山奥の静かな教会で、デュランと一緒に濃紺の空を見上げて箒星を追いかけた夜。

リリアナは空を見上げながら笑っていた。デュランも笑っていた。

教会の半開きになった扉の陰に隠れて、侍女のハーバーがひっそりと二人を見守りながら微笑んでいたのも知っていた。

『——箒星を見つけたら、心の中で願いを三回唱えると叶うらしいですよ』

——私の願いは、何だったかしら……ああ、そうだ。デュランとずっと一緒にいたい。それが、私の願いだった。

王女はいずれ他国へ嫁がされる。結婚適齢期になれば、おのずとデュランと一緒にいられなくなっていただろう。

しかし、当時のリリアナはそんなことを考えてもおらず、本気で願っていたのだ。

デュランやハーバー、そして自分の身に、どんな悲劇が起こるか知りもせずに——。


「っ……！」


リリアナはパチリと目を開けた。

開け放たれた窓から午後の日射しが入り、涼しい森の風が吹きこんでいる。

そのあまりの心地よさに、リリアナはぼんやりとした頭で〝まだ夢の続きを見ているのかもしれない〟と思った。

室内にメアリーの姿はなくて、リリアナがカウチから起き上がると、かけてあったブランケットが床に落ちる。

夢か、現か――その判断ができないまま彼の名を呼んだ。

「……デュラン？」

さっきまで夢の中で話をしていた恋しい人を探して、リリアナは部屋を見回した。ふらふらと立ち上がって離れを後にする。

長いこと毒の影響で意識が朦朧としながら生活していた後遺症により、未だに眠りから目覚めた直後、夢と現実の区別がつかなくなる時があった。

離れは温室と繋がっていて、温室を抜けると庭園に出ることができる。そして庭園からは敷地の外に出られた。

リリアナは誰もいない庭園を覚束ない足取りで進み、デュランを探しながら屋敷の外へと続く門を見つけた。凭れかかるようにして鉄の門を押すと、ギイイと開く。

門の向こうには林道が続いていた。その先は木が生い茂っていて見えない。

「屋敷の、外……」

リリアナはぽつりと呟き、鉄の門に囲まれた屋敷の外へ出るかどうか、迷った。

出仕するデュランを見送る時、彼はいつも馬に跨って門の外へ出ていく。

だから、だろうか。

「デュラン……」

夢と現実の境界線を誤認し、これを夢だと信じて疑わないリリアナは、彼の幻影を追って門の外へ足を踏み出した。

行く当てもなく林道を進んでいき、途中の分かれ道で小さな立て看板を見つける。

薄れた看板に記された文字の羅列に『教会』の単語を読み取ったリリアナは、看板が示す道を選んだ。

前へ、前へと歩を進めて、やがて鬱蒼とした木々の向こうに佇む建物が見えてくる。

「あ……」

リリアナは小走りで建物を目指し、ほどなく重厚な佇まいの教会が現れた。

あたりにひとけはなく、中へ続く木製の扉は半開きになって廃墟と化していたが、確かに見覚えのある教会だった。

「ここは、あの時の……？」

デュランと一緒に夜空の箒星を眺めた場所。

——そういえば、あの教会は公爵家の別荘の近くにあるって、彼が話していたような気がする。

それで、デュランも別荘周辺の探索をして教会に辿り着き、星が見える穴場を見つけたのだと得意げに語っていたのだ。

「これは……夢の続き？　それとも、現実？」

リリアナは頭をトントンと叩いてから、今度こそ確かな足取りで教会に近づく。壊れかけた木製の扉に触れると、指先にしっかりとした感触があった。軋んだ音を立てながら押し開いて中に入る。

教会の内部は荒れ果てて、あちこちに草が生えているが、構造はあの時のままだった。天井付近の窓には、白いユリの花があしらわれた大きなステンドグラスがあり、そこから太陽の光が射しこんで砂だらけの床に模様を作っている。

祭壇は崩れ落ちていたが、祈りを捧げるための長椅子はそのまま残っており、リリアナはゆっくりと腰を下ろした。

天井を仰ぐと、一部だけ屋根が落ちていて空が見える。

――朽ちかけた教会……私がここを訪ねてから、長い時が経ったのね。

何度も深呼吸をする。教会の壁は崩れてすっかり風通しがよくなり、梢を揺らす木々の香りがリリアナの鼻腔を満たした。

教会は朽ちかけていたが、ステンドグラスや静謐《せいひつ》な空気は昔のままで、たとえ外観が崩れようとも神聖さは失われていなかった。

あまりのリアルさに、リリアナは嘆息《たんそく》して呟く。

「これは、夢じゃないわ」

今はもう、リリアナの頭にも十分な酸素が行き届いて覚醒しており、これが現実であると判断できるようになっていた。

——勝手に屋敷の外へ出てしまったから、メアリーが心配しているわ……デュランが帰ってきたら、きっと慌てるでしょうし、早く帰らないと。

そう思うのに、リリアナの足は動かなかった。楽しい思い出だけが残る教会の天井をひたすら見上げながら、屋根のない部分から空を仰いだ。

——ここで過ごした思い出は、私の中にしっかりと残っている。

やがて空が茜色に染まり、あたりが薄暗くなってきても、リリアナがぼんやりと動かずにいると、どこからか声が聞こえる。

その声がどんどん近づいてきて、デュランのものだと分かった時、リリアナはハッとして立ち上がった。

足早に教会の外へ出ると、すっかり空は暗くなっていて、山道を駆ける馬蹄の音が近づいてくる。

「リル！　リルーッ！」

彼女を捜《さが》すデュランの声。

リリアナは少し躊躇ったが、息を吸って久しぶりに声を張り上げる。

「……デュランッ！」

馬蹄の音が迫ってきて、山道の向こうからデュランが現れた。宵闇の中でもリリアナを見つけられるようにと、ランプを片手に掲げている。

教会の前に立つリリアナを発見したようで、デュランは馬から飛び降りると、その場にランプを置いて駆け寄ってきた。その勢いで抱きしめられる。

「デュラン……ごめ――」

「どうして、誰にも言わずに屋敷の外へ出たんだ！　屋敷へ戻って、貴女がどこにもいないと聞いた時、もしかして誘拐されたのか、それとも森へ出て危険な目に遭っているんじゃないかと心配したんだぞ！」

あたり一帯に響き渡るほどの怒鳴り声だった。

普段は冷静で、声を荒らげることのないデュランに怒鳴られたのは初めてだったから、リリアナは目を丸くする。

「ごめんなさい……私も、ぼんやりしていて……」

「っ……ぼんやりしていて、じゃないだろう！　右も左も分からないくせに、ふらふらと外へ出て獣にでも襲われていたら、どうするつもりだったんだ！」

よほど心配をかけてしまったらしい。息を切らし、憤りを露わにしたデュランの口調からは敬語が抜けていた。しおらしく黙るリリアナをひとしきり叱りつけると、デュランはもう一度、強く彼女を抱きしめる。

手加減なくぎしぎしと締め上げられ、リリアナは息苦しさに顔を歪めながらも、デュランの背中に腕を回して受け入れた。

「貴女が無事で、本当によかった……死ぬほど、心配した……」

「……心配かけて、ごめんね……もう、勝手にどこへも行かないわ」

デュランの胸に顔を埋める。どく、どくと彼の鼓動は速くなっていた。

やがてデュランも落ち着いたのか、反省するリリアナの髪をぐしゃぐしゃと撫で回してから、地面に置いたランプを取りに戻った。隻眼でじろりと睨んでくる。

「ぼんやりしていたと言っていましたが、もしかして寝ぼけてここまで来たんですか？」

「……夢の中だと、思ったのよ。たまに、夢と現実が分からなくなる時があって。私、おかしいわよね」

リリアナが小さくなって囁くと、デュランは首を横に振った。

「貴女はまだ心を休めている最中で、本調子じゃありません。目を離したメアリーにも責任があります。そのメアリーは貴女がどこかへ行ってしまったと、取り乱して泣きじゃくっていましたよ。あとで謝っておいてください」

「ええ。ちゃんと、謝るわ」

「ただ、気になることも言っていましたが。『私がリリアナ様に余計なことを話したせいかもしれない』と……メアリーから、何を聞いたんですか？」

「ハーバーのことを、聞いたの」

「他には？」

「それだけよ。ただ、それだけ」

沈んだ声で繰り返したら、彼が片目を細めた。

「……そうですか。ひとまず屋敷へ戻りましょう。メアリーや、他の使用人も心配していますから。そのあとで貴女の話を聞きます。もし、よければ――」

星でも見ながら、と。デュランは教会を見上げて、短く付け足した。


紺色の空には銀砂のごとく、星がキラキラと輝いている。

リリアナは教会の階段に腰を下ろし、毛布に包まりながら満天の星を見上げた。

ランプを足元に置き、隣に座っているデュランも空を仰いでいる。

「デュラン……聞いてほしいことがあるの」

耳を傾けるデュランに、リリアナは国王の死体の隣で目覚めるまでの記憶を話した。

「後ろから殴られた時、確かにジゼル王妃の顔を見たんですね」

「ええ。城にいた頃のことは、はっきり覚えていないことが多いんだけど……あれは、やっぱり夢じゃないわ。殴られて気を失ったのは事実で、あまりにも現実じみている。それに……お母様なら、それくらいやるんじゃないかと思う」

殴られて意識を失う直前に見た、王妃の顔。

実の娘を、夫だった国王殺害の犯人に仕立て上げる。

ジゼル王妃ならそれくらいはしてのけるだろうと、これまで母に与えられる毒に耐えてきたリリアナは思うのだ。

「母親の罪を認めるだなんて、私、おかしいことを言っているかしら」

「貴女はおかしくありません」

デュランは即答して、冷たくなったリリアナの手を握りしめる。

「その記憶は大事な証言になります。でも、今はまだ胸の内に秘めておいてください。俺以外には話さないで。念のためです」

「……うん、分かったわ」

頷くと、デュランが微笑して空に目線を戻した。ランプの燈火《ともしび》により、眼帯をつけた彫りの深い横顔には、濃い陰影ができている。

しばし彼に見惚れたあと、リリアナも夜空に顔を向けた。

「昔、ここで一緒に箒星を探したことを、覚えてる？」

「もちろん覚えていますよ。貴女と過ごした大切な時間ですから」

「その時のことが、よく夢に出てきたの。普段は、悪夢ばかり見たけど……その夢を見たら、起きた時にいつも、夢だったんだとがっかりした」

リリアナは空に向かって片手を伸ばし、散らばる星を摑む仕草をした。

「箒星に願うのは、間に合わなかったけど……あなたと、ずっと一緒にいたかった。それができると思っていたの。無知だったのね。あの頃から、もう色んなことが変わってしまった……大切なものを、幾《いく》つも失ったわ」

「俺もですよ、リル」

デュランがぽつりと言った。

「俺も貴女と一緒にいられると思っていました。浅はかで無知だったんです。その結果、貴女と引き離されて、異国の地へ送られた」

「デュラン……」

「あれから今に至るまで、俺は貴女をこの手に取り戻すために生きてきました」

デュランがリリアナに顔を向ける。リリアナも彼を見つめた。

「これからの人生は、貴女と共に生きていきたい。そう思っています」

「……本気で、そう思ってるの？」

「本気です。貴女はどう思っているんですか？」

リリアナは目を逸らし、お腹に手を当てた。身体の調子はいいが、未だに月のものは来なかった。

「あなたの気持ちは、嬉しいわ。嬉しいけど……私には〝問題〟がありすぎる」

身体のこと、心のこと、そして――。

『あなたは誰からも愛されない子なの。だって罪の末にできた子なのだから』

唇を引き結び、リリアナは俯く。彼女は、本当はアクナイトの王女ではなかった。母親が不義を働いて生まれた娘で、父親が誰なのかさえ知らない。

今更、知りたくもなかったが――自分は父の顔も知らぬ不義の子だと、彼にどう打ち明けろと言うのだ。

リリアナが黙りこむと、デュランは彼女をじっと見つめて声を低くする。

「言い方が悪いかもしれませんが、俺は貴女の身体の問題については、正直どうとも思っていません。どうでもいいという意味じゃなく、気にしないという意味ですが」

「今のままじゃ、子供も産めないわ」

「構いません。貴女がいれば、それでいい」

「私の身体は、毒に侵されているかもしれない。キスも、それ以上の行為も、あなたに害を与えるかもしれない。ヒューゴだって、キスをしただけで、死んで――」

「貴女は、誰にも害を与えたりしない。ヒューゴも、貴女のせいで死んだわけじゃありません。あいつは、紅茶に毒を盛られて死んだんです。自業自得です」

デュランが抑揚のない声で吐き捨てるから、リリアナは目を瞬く。

「自業自得って……あなたの、お兄様よ」

「──あんな獣《けだもの》は、兄じゃありません」

彼は素早く顔を背けてしまったので表情は見えなかったが、声色が更に低くなった。

「リル。何を言おうとも、俺は貴女を手放すつもりはありません」

「……じゃあ、もし……私が……罪を犯《おか》した親のもとに生まれた、不義の子でも？」

囁く声が震えてしまう。リリアナが膝を抱えて丸くなったら、少し沈黙があった。

固唾《かたず》を呑んでデュランの答えを待っていると、太い腕が肩に巻きついてきて、ぐいと抱き寄せられる。

男らしく美麗な面が急接近し、顎をぐっと摑まれた。

「馬鹿にしないでください。貴女がどんな生まれだろうが、俺は全く気にしません。親の罪は、親が贖《あがな》うべきものだ。子供に罪はありません。それを贖えと子供に強要する親がいるのなら、それはもう〝親〟じゃない」

「っ……そう思う？」

「はい、俺はそう思います。……貴女の欲しい答えは、得られましたか？」

リリアナは顔を歪めながら右手を胸に当てる。また、胸の奥がぎゅうっと苦しい。

だが、それはハーバーが亡くなったと聞いた時の感覚とは違い、どこか切なく疼《うず》くような苦しさだった。

「いい加減、観念してください。俺は、もう二度と貴女を手放さないと決めているんです。これでも、だいぶ紳士的に接してきたつもりですよ。これ以上、ああだこうだと言うつもりなら——俺も最終手段をとります」

「……最終手段？」

「口で言っても聞かないから、身体に教えこませるんです」

デュランは最後まで言い終わらないうちに、リリアナの頭を両手で固定して唇に齧りついてくる。

突然のキスに固まるリリアナを、デュランはしっかりと腕の中に抱きこんで強引な口づけを深めていった。口内に舌を捻じこんで、ぬるぬると刺激を与える。

「んっ、んんっ……だ、めっ……」

「毒の影響はありませんよ。貴女とキスをしたり、体液を交換しただけで死ぬのなら」

デュランが唇の端をぺろりと舐めて、皮肉げに口角を歪めた。

「俺はとっくの昔に死んでいます」

「……それは、どういうっ……ん、ふっ……ううっ……」

「リル、俺も限界なんです。貴女を抱きたい。抱いて、俺がどれほど貴女を想っているのか伝えたい。だから、お願いします。貴女に触れる許しをください」

しつこくキスをされて、リリアナがぐったりと弛緩してもデュランは放さなかった。口内に捩じこまれた舌が好き勝手に動き回っていて、頭も動かせないよう固定されているから、リリアナは呻き声を上げることしかできない。

――これは〝お願い〟をしている態度じゃ、ないわ……。

飢えて暴走した獣に襲われたら、こんな感じがするのかもしれない。

覆いかぶさるように口づけを強いてくるデュランの腕の中で、後ろに倒れかかったリリアナの目線が空に向けられた。

濃紺の天空に銀砂のごとくちりばめられた、数多《あまた》の星。

その中の一つが箒星となり尾を引いて横切っていくのを見つけ、リリアナは心の中で唱える。全てのしがらみを取り払った先にある、彼女の夢、彼女の願い。

――彼の側にいたい。

今度は、三回唱えることができた。

宵闇の中を屋敷まで連れ戻され、リリアナはベッドに転がされた。

デュランがボタンを引き千切る勢いでシャツを脱ぎ捨てて、覆いかぶさってくる。リリアナのドレスを乱暴に剝ぎ取り、邪魔そうに薄手のシュミーズも床へ投げ捨てると性急に愛撫を始めた。

リリアナも抵抗はせず、まっさらな素肌に彼の手が這い回るのを許した。

教会では舌を搦めて濃密なキスをしたというのに、デュランが死ぬことはなかった。

顎を摑んだデュランに、獲物に食らいつくように唇を重ねられて、たっぷりと唾液を交換しても、ヒューゴの時のような異変は見られない。

――私とキスをしても、デュランは死なない。

ならばヒューゴが亡くなったのは、本当にリリアナのせいではないのだ。

こうしてデュランと触れ合っても彼を害することはない。

それが分かっただけで、リリアナは心から安堵した。

デュランがぴったりと唇を重ねたまま体重を乗せてきて、ギシッ、とベッドが軋む。

全てを奪うようにリリアナを押さえつけながら、彼の舌は口内を縦横無尽にかき混ぜていった。クチュクチュと、唾液が混ざり合う淫らな音がする。

「はっ……はぁ……」

満足に呼吸をする間も与えられず、リリアナは息も絶え絶えになって彼の背中にしがみついた。

大柄な彼の身体に押し潰され、うまく酸素が吸えない。とても、息苦しい。

――でも……これが、いい。

デュランの重みを感じて、しつこすぎる口づけをされながら息苦しいと思えるから、リリアナは安心する。

「抵抗しないんですね、リル。今までみたいに、俺を押しのけようともしない」

「……どこも、具合は悪くないの？」

「俺は元気ですよ。元気すぎるくらいです……ほら」

ぐっと硬くなった下半身を押しつけられて、リリアナはわずかに顔を顰めた。

彼女の表情が変化したのを見逃さず、くっと笑ったデュランが掠れた声で続ける。

「このまま、貴女を俺のものにしますよ」

「……デュラン……私は——」

「ああ、何も言わないで。貴女はただ、俺を受け入れてくれたら、それでいい」

身体のほうを先に説得すると、デュランは不穏な囁きを落としてリリアナの肌を撫で回していく。

彼はふっくらと張りのある乳房を揉みしだき、先端にちゅっと口づけた。舌の先でころころと転がしながら、淫猥な手つきで丹念に柔らかさを確かめる。

リリアナは目線を下に向けて、デュランの手の中でかたちを変える乳房を見つめた。

これまでも肌には触られていたが、乳頭を舐めてしゃぶられるのは初めてだった。

リリアナの視線に気づいたデュランと目が合ったが、彼は無視をする。じっくりと胸を可愛がりながら、白くすべらかな肌を堪能するように指先を滑らせた。

「は……」

腰をなぞられた時、かすかな吐息が漏れる。身体の奥がじんじんと疼く感覚があった。

リリアナは痛みの他にも〝触れられて気持ちがいい〟という感覚が、いまいち分からない。そよ風に身を委ねて感じる心地よさとは、ちょっと違うらしい。

ただ、デュランに肌を撫でられると気分がふわふわとして、自然と呼吸が乱れる。そして身体が内側から火照り、汗がぶわりと噴き出して肌がしっとりと濡れるのだ。

それが〝気持ちいい〟ことなのだ、とデュランは言う。

胸の頂をきゅっと摘まれて甘噛みされると、リリアナの下腹部がじわりと熱くなる。

そう、この感覚だ。

――ああ……私は、今……気持ちがいい、のね……。

心が鈍くなっているから、身体の声に耳を澄ます。

抵抗はしなかった。上に覆いかぶさっているデュランを押しのける気もない。

リリアナに触れてもデュランに害がないのならば、身を委ねるのを厭わなかった。

デュランを想う気持ちは昔と変わらず、これほど求めてくれるのなら応えたかった。

何より彼女が心身ともに問題を抱えていたとしても、デュランは引き下がらない。手放さないと断言してくれた。

――だったら……私も、覚悟を決めないと。

母が犯した不義の末にできた子だと言われようが、誰にも愛されない子だと罵られようが、デュランはリリアナを想ってくれている。

優しく肌に触れて、たくさんキスをして、今こうしてリリアナだけを求めてくれる。

それは確かな事実だと、リリアナは思うのだ。

残酷で非情な母の言葉よりも、幼い頃から想い合い、まごうことなき一途な愛をくれるデュランの言葉を信じるべきだ。

「……デュラン」

身を起こしたデュランに向かってリリアナが両手を広げたら、彼が身を屈めてキスをしてくれた。太い腕が身体に巻きつき、ぎゅっと抱擁される。

「もっと、強くていい」

大好きな人に抱かれながら、リリアナは掠れきった声で懇願した。

「もっと強く、抱きしめて」

――あなたの腕の中で、苦しくて、息ができなくなるほど。

デュランの腕に力が籠もり、ぐっと締め上げられた。その力強さに安心する。

「貴女を抱きしめる時、たまに力を入れすぎてしまうんです。苦しくないんですか」

「これが、いいの……安心するから」

「いつか抱き潰してしまいそうだ」

文字通り、その腕で締め上げてしまいそうになると、デュランは苦笑交じりに呟いてリリアナに口づけた。その唇で、肌の探索を始める。

デュランは身体の位置を下げて腹部のあたりへ愛おしげに唇を押し当てると、右手をそろりと太腿の間へ滑りこませた。

内腿を撫でられて足のあわいを探られた時、リリアナはぴくりと震える。

排泄に使う場所をなぞられているうちに、濡れた音がし始める。

「ん……は……」

リリアナは天井を仰ぐ。デュランの指が動いて秘部に刺激を受けると、勝手に息が上がった。

ほどなくぴたりと閉じていた秘裂に、ずぶずぶと異物が入ってくるのを感じた。

デュランの指が体内に挿入されたと分かり、リリアナは身震いする。出たり、入ったりする指がわななく内壁をこすって、狭い蜜路を広げていった。

彼が手を前後に動かすと、グチュグチュと水をかき回すような音が聞こえる。

「ちゃんと濡れていますね。よかった」

デュランが独り言みたいに零して、身動ぎ一つしないリリアナの顔を覗きこんだ。

「今、何をされているのか、分かりますか？」

「……足の間を、触られているわ……そこを、使うのね」

「そうです。ここで俺と繋がります」

「変な感じ……なんだか、息が上がるの」

とくとく、と心臓がいつもより速く鳴っている。身体が興奮しているらしい。

リリアナが吐息交じりに身体の異変を伝えたら、デュランは顔を綻ばせる。

「気持ちよくなってきたんですね。その感覚を、身体で覚えてください」

「……そこに、あなたのを、いれるのよね」

顔を背けながら、あけすけに問う。身体の繋げ方くらいは、さすがに知っていた。

デュランの笑みが深くなる。アイスブルーの隻眼が弓なりに細められた。

「はい。ここに、いれます」

「子供、できないのに」

小さな声で言うと、デュランは指を緩やかに出し入れしながら声色を和らげる。

「分かりませんよ。貴女の体調がもっとよくなれば、子供を作れる身体に戻ります」

「……子供が、欲しいの？」

「貴女との子なら。でも、貴女が俺のものになるなら、それで十分です」

俺のもの。デュランはよく、その言葉を使う。

リリアナにちゅっと音を立ててキスをし、デュランが指を抜いた。そのまま身体の位置

をずらして、押し開いた足の間へ顔を埋めてくる。

先ほどまで指を押し入れていた女陰へ舌を這わせ、中にぬくりと入れてきた。指よりも柔らかい舌で敏感な秘裂を広げていく。

「んん……はぁー……」

ぷくりと膨れた秘玉をぐりぐりと刺激され、お腹の奥がじんじんと熱くなる。呼吸が乱れて、玉のような汗が肌に浮いてきた。

――これも……気持ちいいの、かしら……。

頭は混乱していても、彼の愛撫で間違いなく身体は興奮している。

リリアナの秘所を丹念に舐め回し、十分に濡れてほぐれたのを確認して、デュランが起き上がった。口元を手の甲で拭うと、窮屈そうにズボンを脱ぎ捨てる。筋肉質な下腹部に当たるほどそそり勃っている雄芯が現れた。

デュランはリリアナにのしかかり、やや性急な手つきで彼女の足を押し広げると、とろとろに蕩けた蜜口に男根の切っ先を押し当てる。

「いきますよ」

その合図で、デュランは腰を押し上げた。ズンッと大きな圧迫感がある。

リリアナはかすかに眉を寄せたが、ずぶずぶと硬いもので身体の奥を抉じ開けられてもやはり痛みは感じなくて、根元まで押しこまれるまでデュランの肩に手を添えていた。

デュランが腰をぴったりと重ねて、熱い吐息をつく。

「はぁっ……入りましたよ、リル」

「うん……」

筋肉質な肩に腕を絡めて、リリアナは目を閉じた。どくん、どくんと、彼の一部がお腹の奥で脈打っている。

毒を飲まされてどれほど苦しい思いをしても、心を閉ざして人形のように生きていた時も、デュランのことだけは忘れられなかった。

そのデュランと今、こうして一つになっている。

そう考えたら、リリアナはまたしても胸が苦しくなった。

――何故、かしら……何故、こんなに、胸が切なく締めつけられるの？

「……苦しい……」

「リル？」

「デュラン、私……胸が、苦しくて、堪らない」

でも、どうして苦しいのか分からない。

リリアナは消え入りそうな声で囁き、表情の乏しかった顔をぐしゃりと歪める。

デュランが息を整えながら、そんな彼女の頬をするりと撫でて言った。

「苦しいなら、ここでやめますか」

「どうして？　俺に抱かれて苦しいなら、やめたほうがいい」

「だめよ、やめないで」

「だから、どうして？」

「苦しくても、やめてほしく、ないの」

リリアナは駄々を捏《こ》ねる子供みたいに繰り返し、歪んだ顔のまま幾度も首を横に振る。切ないほど胸が苦しかった。でも、その感覚はたぶん、デュランとこうして身体を繋げることが嫌だというわけではないのだ。

むしろ、その逆だった。

「デュラン、私……あなたに抱かれたい」

「リル……」

「最後までして、お願いよ」

リリアナは彼の首にしがみつき、切々と懇願した。

デュランがごくりと喉を鳴らして唇を噛みしめたかと思うと、腰を揺らし始めた。大きく開いた足の間へと、力強く腰を打ちつけていく。

太腿と臀部が当たる打擲音《ちょうちゃくおん》と共に、ギシッ、ギシッとベッドのマットレスが揺れた。

リリアナは両手をデュランの首に絡みつけたまま、奥を突かれるたびに「はっ」と息を吐く。硬い男根で奥を抉られると、爪先が跳ねた。

「はっ、はぁ……リル……リル……」

デュランの荒い息が耳にかかる。

まるで縋るような切なげな声で、幾度も名を呼ばれた。

限界まで怒張した肉槍が、男を初めて受け入れた隘路《あいろ》を無遠慮にかき混ぜていく。

ズンッと奥まで押し入った拍子に、結合部から先走りと愛液が入り混じった体液が溢れてきた。

「んんっ、あぁ……デュラン……」

「ふっ、リル……」

デュランはリリアナの肩と腰に腕を巻きつけ、隙間なく密着する体勢に変えると、ベッドと自分の身体でリリアナを押し潰すようにして腰を揺すっている。

もう、どこへも行かせない。

これで、貴女は俺のものだ。

けして手放すものか。

荒々しい情交の中で、熱に浮かされたデュランは自制の留め金が外れたのか、リリアナの耳元でそう繰り返していた。

リリアナは彼にしがみつき、ひたすら「うん、うん」と応えた。

やがて、お腹の奥で雄芯が大きく膨れて、何度か腰を強く叩きつけたデュランが呻き声を漏らした。

リリアナの胎内でどくんっと熱い飛沫《しぶき》が放たれ、子種が溢れるほどに注がれていく。

余韻に浸りながら緩やかに腰を揺らしているデュランの背を撫でて、リリアナはそっと目を閉じた。弛緩した四肢を搦めてぴったりとくっつき、体温が溶け合うのが心地よい。

と、その時——デュランがぎゅっとリリアナを抱き寄せて、耳に口を寄せる。

「リル……貴女を、愛している」

リリアナはぴたりと動きを止めた。

固まる彼女の耳を甘噛みして、もう一度、デュランは告げた。

「ずっと前から、貴女を愛しているんだ。貴女さえ手に入れば、もう他に何も要らない」

リリアナは緋色の目を見開いて「ああ……」と声を漏らす。

胸が、とくんと、大きな鼓動の音を立てた。

『あなたは誰からも愛されない子なの』

「愛している、リル」

母が口にした、呪いにも似た〝毒〟を浄化する言葉——愛している。

その、たった一綴りの言葉を、デュランは惜しみなく繰り返した。

まるで息を吹き返したように心臓が、とくん、とくん、と軽やかな音を立てる。

あれほど胸が苦しかったのに、今はただ、優しくて温かい感覚に満たされていた。

――そうだったのね……。

リリアナは、ようやく理解する。

胸が締めつけられて苦しかったのは、彼のことが切ないほどに愛おしかったからだ。

そしてデュランのくれる言葉や、リリアナを想う行動に胸が震えていたからだと。

「……あいして、る」

なんて、美しい響きだろう。

なんて、嬉しい響きだろう。

胸がきゅっと締めつけられる。それは、リリアナの死にかけた心が動いた合図だった。

デュランが身を起こし、リリアナの顔を見て瞠目する。

「リル？」

デュランの指が、リリアナの目尻をそっと撫でた。ぽろぽろと溢れる雫を拭い取り、彼が困ったように顰め面をする。

「泣いていますよ。急に泣かれると、困るんですが」

「……ごめん、ね……」

リリアナは手の甲で溢れる涙を拭いながら、デュランを抱き寄せて頬を押しつける。

「勝手に、溢れてくるの……許して」

「許すも何も……リル、泣けるようになったんですね」

「うん……泣くって……確かに、こんな感じだった」

リリアナがぽろぽろと零れる涙を放置して噛みしめるように呟くと、デュランが顰め面のままコツンと額を押し当ててくる。

「そろそろ泣きやんでください。どう反応したらいいか分からなくて、困るんです」

「……もう少しだけ」

「もう一度、貴女を抱きたいんです。だから、早く泣きやんで」

「ん……もう少し」

リリアナは困り顔のデュランに抱きつき、目を閉じてはらはらと涙を流し続けた。

◆◇◆

そっとカーテンを開ける。まだ夜は明けていない。外には黒々とした森が広がっている。

窓を開けて夜風を入れながら、デュランは肩越しにベッドを振り返った。

毛布に包まったリリアナが泣き腫《は》らした顔で寝息を立てている。二度目の交合の最中も彼女は泣いていた。

——リルが、泣けるようになった……よかった。

とはいえ、リリアナに泣かれると、デュランはどうしたらいいか分からなくなる。

——俺が対処に困るのなんて、リルを相手にした時くらいだな。

ベッドの端に腰かけてリリアナの髪を撫でながら、デュランは苦笑する。

だが、すぐに顔を引き締めた。

——彼女が屋敷からいなくなったと聞いて、本当に生きた心地がしなかった。

リリアナから目を離したメアリーには罰を与えなくてはならない。

ただ、メアリーもよくやってくれているし、結果的にあの教会でリリアナと話す機会をもうけることができたから、今回は減給程度で済まそう。

「次は、ないが」

デュランはぽつりと呟き、ふと視線を落とす。リリアナの色が抜けた前髪を梳いて、その手を細い首に滑らせた。

リリアナが感情を取り戻していくのは喜ばしいが、昔の溌剌さが戻ってきたら、一人でどこかへ飛んで行ってしまいそうな気がする。

だから、そうなる前に、自分のもとに繋いでおきたかった。

それを見れば、必ずリリアナがデュランを思い出すようなものを使って。

デュランはリリアナの華奢な首をじっと見つめてから、昔の記憶を掘り起こす。

隣国タリスで騎士の訓練を積んでいた頃、座学で多種多様な拷問方法を学び、その知識が今の職務にも役立っていた。

頭の中にある知識の引き出しを開けて熟考する。

――そういえば……教本に、囚人《しゅうじん》が脱走できないための鉄製の首輪が載っていたな。

「リルに似合う首輪、用意するか」

もちろん、囚人に使用するものをリリアナに使うつもりはない。

あくまでそれを模したもの。傍からは、そう見えないような代物だ。

リリアナの首をするりと撫でたら、彼女がむずがるように身じろぎをした。

デュランは口端を歪めると、リリアナの隣にもぐりこんだ。どこへも行かないように腕の中へ包みこんで、すべらかな額にちゅっと口づける。

「――おやすみ、リル」

第六章

――余すことなく、貪《むさぼ》られてしまう。

天蓋のカーテンが降ろされた夜陰の中で行なわれる情事は、ひとたび熱が灯ると烈火のごとく荒々しいものへ変貌する。

一度、肌を重ねてから、デュランは情交の味を覚えたばかりの獣みたいにリリアナを抱いた。大きな身体に押さえつけられて腰を叩きつけられると、リリアナは捕食される小動物になった気分になる。

「あぁっ……」

吐精《とせい》しても萎《な》えない陰茎《いんけい》で最奥を突かれて、リリアナの口から切ない声が零れた。

繋がった部分から白濁した液が溢れ出し、デュランが腰を揺するとグチュグチュと攪拌《かくはん》する音が響く。

延々と続くような揺さぶりの果てに、彼は低い呻き声を漏らしながら精を放った。

「う……っ……」

「あ、っ……あ、ぁ……っ」

月のものが来ず、子を孕めぬ胎内にデュランの子種がたっぷりと注がれる。飲みこみきれなかった白濁液が愛液と混じり合い、深々と繋がった結合部から溢れてきた。

腰を押しつけて残滓まで残さず注いだデュランが、ぶるりと身震いして嘆息する。

リリアナは目尻から泉のごとく溢れる涙を、震える手で拭った。

デュランに抱かれると、いつも勝手に泣いてしまうのだ。ぽろぽろと溢れる涙に気づいて、デュランが唇で拭い取る。両手を取られて、彼の首に回すよう指示された。

「リル、腕をこうして……貴女を抱きしめたい」

「デュラン……」

リリアナが抱きつき「もっと強く」と請うと、デュランは彼女を腕の中に捕らえるように強く、抱きしめてくれた。

「デュラン……デュラン」

「ああ、そんなに泣いて……」

身体を重ねるたびにリリアナが泣くものだから、デュランが「泣き虫な人ですね」と笑って、幼子をあやすように髪を撫でて宥めてくれる。

「ほんとは……泣きたく、ないのよ……」

「いいですよ、もっと泣いても……泣いている貴女は――」

可愛いから、と抑えた声で囁かれて、リリアナは頬を紅潮させた。

今まで、デュランに可愛いなんて言われたことがない。戸惑いと羞恥がこみあげる。

それが顔に出ていたのだろう。デュランが隻眼を瞬かせて、甘い笑みを浮かべた。

「リル、嬉しそうですね」

「……え……？」

「前よりも、表情が変わるようになって……俺も、嬉しいですよ」

そこからはキスが降り注ぐ。額、頬、唇……とことん彼女を甘やかすキスの雨だ。

初めて肌を重ねてから心の距離がぐっと縮まり、離れ離れになっていた時間を取り戻すように、デュランと睦み合うひとときは濃密で甘やかだった。

リリアナがお返しとばかりにデュランの頬にちゅっと唇を押し当てたら、彼は目尻を下げて声を低くする。

「今のキスで興奮しました。もう一度、いいですか？」

挿入されたままの雄芯が膣内でふるりと嵩《かさ》を増したのを感じ、リリアナはハッと息を呑んだが、応える前に揺さぶりが再開した。

弛緩する身体を横向きにされ、片足を担がれる。体位が変わった。

「ほら、突きますよ」

興奮して怒張した肉槍で、何度もお腹の奥を突き上げられる。

行為に慣れてきたリリアナが達することを覚えてから、彼女を絶頂に追い上げて気を失うまで、デュランは攻め立ててくることが多い。

リリアナに抵抗する力はなく、へとへとになるまで抱き潰される。

淫らな腰の動きに合わせてベッドが小刻みに揺れ、徐々にその間隔が短くなっていき、リリアナの熱は追い上げられていく。

「あ、っ……んんっ！」

デュランに唇を塞がれながら充血した花芽を指で押し潰され、リリアナは達した。

びくびくと四肢を震わせて背中を仰け反らせると、デュランが露わになった白い首に顔を埋めてかぷりと甘噛みし、そのまま雄芯を数度揺らして精を放つ。

逞しい腕で肩と腰をがっちりと拘束されながら、囁くような愛の言葉が聞こえた。

「リル、愛している」


ふっと、目が覚めた。羽毛の枕に突っ伏していたリリアナは顔を上げる。

室内は薄暗く、まだ夜更けのようだ。デュランの温もりを探すが、隣はもぬけの殻《から》。

「……デュラン？」

近ごろは、朝も夜も起きると必ずデュランがいるから、彼がいないと不安になる。

リリアナはベッドを降りて、椅子に掛けてあるネグリジェを手に取った。気だるい身体を動かして袖を通し、ふらふらと扉に向かう。

暗い廊下に出ると空気がひんやりとしていた。裸足で壁伝いに歩いていき、玄関ホールへ続く階段を降りていくと、客間から明かりが漏れていて話し声がする。

――こんな時間に、お客？

少し躊躇ったが、耳を澄ますとデュランの声も聞こえてきたから、意を決して客間に向かう。

「――捕まえられそうか、ルーベン」

「ニストロが居場所までバッチリ突き止めてくれたからね。ギデオン様の協力もあるし、もう少しで捕まえられる」

「私の協力など微々たるものだ。捕まえてからが大変だぞ。口を割るかが、問題だ」

「尋問なら、俺に任せてくれ」

「ああ、お前の得意分野だったが。拷問と尋問のスペシャリスト……死神騎士、と、そんな呼ばれ方もしているそうだが」

――ルーベンに、ギデオン？　それに、死神騎士って……。

リリアナは首を傾げながら客間の前に立った。薄く開いた扉の中を覗く。

デュランと、あと二人の男がいる。黒髪の若い青年と、金髪に銀灰色の目を持つ男。

「あっ……！」

思わず声が出てしまった。その瞬間、三人が一斉にこちらを向く。

「あ、リルだ！」

「リリアナか？」

「っ……」

デュランが怖い顔をして近寄ってきて、扉を開け放つ。立ち竦むリリアナを素早く肩に担ぎ上げた。

「デュラン兄さん！　リルと話をさせてよ！」

「デュラン、待て」

リリアナは足早に階段を上っていくデュランの肩の上から、客間を飛び出してくる黒髪の青年と、戸口でやれやれと首を振っている金髪の男を見下ろす。

──あの黒髪の人が、ルーベン？　それに、金髪の人は、まさか……。

「ルーベンと……ギデオン兄様……？」

「リル、黙って」

デュランが冷たい口調で咎めて、リリアナを寝室まで連れ戻した。ベッドに下ろし、唖然とするリリアナの顎を摑んで唇を押しつけてくる。

「んっ……」

「貴女は、この部屋で大人しくしていてください」

「……デュラン。あれは、ルーベンとギデオン兄様でしょう？　ルーベンは成長していたし、ギデオン兄様が生きているなんて……っ」

最後まで言わせてもらえなかった。またキスで口を塞がれてしまい、腰が抜けるほど濃厚な口づけをされる。

リリアナがキスに屈してぐったりと身を投げ出した頃、デュランが身を引いて天蓋のカーテンを下ろした。

「俺が戻るまで、勝手に部屋を出ないでください」

「どうして……」

「貴女は、俺の――いや、まだ本調子じゃないので人に会うのは許可できません」

冷ややかな声でそう告げると、デュランは出て行ってしまった。


屋敷へ来てから、二ヶ月が経過していた。

その日は、仕事が休みだというデュランに遠乗りに行こうと誘われ、リリアナは乗馬用のドレスに身を包み、彼の馬に乗せてもらった。

「デュラン。私、一人で馬に乗れるわ。よく乗馬もしたし」

「何年前の話ですか」

十年近く前だと答えたら冷たい目を向けられたので、リリアナは素直に口を噤み、横向きで座り直す。

デュランが身軽に乗馬した。右手で手綱を握り、左腕をリリアナの腰に回して支える。

メアリーに見送られて屋敷を発ち、馬に揺られて山道を進んだ。

思い出の教会の近くを通り過ぎ、デュランが向かったのは景観のいい丘だった。

リリアナは馬から降ろしてもらった。涼しいそよ風が吹き、邪魔にならないよう後ろで一つに纏めている黒髪が靡く。

「リル」

デュランに手を引かれて、連なる山々が見える丘の端へと案内された。その先は崖になっており、あまり近づかないようにと言われる。

リリアナはデュランと手を繋ぎながら、眼前に広がる山の景色に目を奪われた。

生い茂る木々で緑一色に染まった山間には、石造りの建造物が幾つも見えた。城砦や大貴族の館といった、古い時代に建造された遺物である。

おそらくこの丘から見える建物の中に、城が改築されて療養施設として使われている場所があるはずだ。

　そこに、本来ならばリリアナは収容される予定だった。

「私が行くはずだった施設は、どれなの？」

　デュランが無言で指さす。山の中腹に、大きな建物の屋根が見えた。

「ここからだと近く見えますが、馬で行くには遠いです。山道も繋がっていないので、一度、麓に出ないといけません」

「そう……ねぇ、デュラン。まだ、お礼を言っていなかった。私を助けてくれて、ありがとう」

　ドレスの裾を持ってお辞儀すると、デュランは鼻梁に皺を寄せる。

「俺は自分の望みを叶えるために、貴女を攫ってきただけですよ」

「あのまま施設へ連れて行かれていたら、二度と出てこられなかったかもしれない。そして、国王を殺したと濡れ衣を着せられて罰を受けていたわ。あなたは、その最悪の状況から私を救ってくれた」

　リリアナは風に靡く髪を押さえながら、沈黙するデュランを見上げる。

「私がこうして自分を取り戻すことができたのも、デュランが支えてくれたお陰よ」

「リル。貴女は完全に回復したわけじゃありません。昔の溌剌としていた頃のようには、まだ笑えないでしょう。それに、国王暗殺の真犯人も見つかっていません。俺に感謝するのは早すぎますよ」

デュランは仏頂面だった。しかし、怒っているからではない。対応に困った時や、リリアナの言動で照れた時に、彼は無愛想になる。昔からそうだった。

眩しげに目を細めたリリアナは景観に視線を戻した。

「だったら、私が笑えるようになって、全てが解決したら改めてお礼を言うわね。それで……今日、わざわざ私を遠乗りへ連れ出したのは、何か理由があるの？」

「察しがいいですね」

「私を誰にも会わせてくれない。屋敷の外へも出してくれない。そんなあなたが、遠乗りに誘うなんて珍しいから」

先日の夜半、ルーベンとギデオンが屋敷を訪ねていたところに出くわしたが、まともに話もさせてもらえなかったのだ。

リリアナが顔を前に向けたままチラリと一瞥をやれば、デュランが頭をかく。

「実は、貴女に協力してほしいことがあります。そのために見せたいものがあって」

――協力してほしいことと、見せたいもの？

デュランがリリアナの手を引いて、再び馬に乗せた。

それから丘を降りて、しばらく山道を進む。パッカパッカと馬蹄の音が響き、どこからか鳥の羽ばたきが聞こえた。

リリアナが目を閉じて自然の音に耳を澄ませていると、デュランが声をひそめた。

「ここから見えます。馬から降りましょう」

デュランの手を借りて馬を降りた時、リリアナは鼻腔を擽《くすぐ》る甘い香りに気づく。

「この香りは……」

「リル、こっちへ」

肩を抱かれて木々の隙間から覗くよう言われる。

リリアナは身を屈めて目を凝《こ》らした。生い茂る木々に隠れるようにして、黒い花が植えられている畑があった。首を垂れ、ラッパのような形の花を咲かせている黒い花々は、なだらかな傾斜地をびっしりと埋め尽くしている。

畑は木製の柵に囲まれていて、明らかに人の手が入っているが、山中にこんな畑があるのは違和感がある。そして漆黒の花を咲かせる植物が密集している光景はおぞましく、それを〝花畑〟と呼ぶには、あまりに不気味すぎた。

――あんな真っ黒な花は、初めて見たわ……でも、花の形状は、城に飾られていたユリの花に似ている。

「あれは、ユリ？」

「貴女の知るユリではありません。巷《ちまた》ではクロユリと呼ばれている、麻薬のもとになる花ですよ」

「っ！」

リリアナはびくりと身を震わせた。

クロユリ――それをヒューゴに飲まされて、リリアナは生死の境をさ迷ったのだ。

思わず、じりと後ずさって口元に手を当てる。今ほのかに馨《かお》っている甘い香りは、麻薬の香りなのだ。

強引にクロユリを飲まされた時のことを思い出し、強烈な吐き気がこみ上げてきた。

「デュラン……すごく、気分が悪いわ……ここを、離れたい……」

デュランが素早くリリアナを抱き上げて、その場を離れる。

馬に乗って畑を後にすると、ようやく甘い香りがしなくなり、リリアナは清浄な木々の匂いを胸いっぱいに吸いこんだ。

「すー……はー……」

「リル、大丈夫ですか？　すみません。畑を見てもらうのが一番分かりやすいかと思ったんですが、俺が軽率でした」

「いいの、大丈夫よ。……さっきのは麻薬の畑なのね」

「そうです。あの畑を維持するために、マクレーガン公爵が資金援助をしています」

「マクレーガン公爵？」

リリアナは一驚し、デュランを見上げた。彼は無表情で正面を向いている。

「先ほど見たクロユリの畑が、まだ幾つもあります。あそこで栽培されたクロユリが出回り、隣国タリスにまで密輸されて莫大な金を生んでいます。公爵は、それで私腹を肥やしているんですよ」

「マクレーガン公爵は、この国の宰相よ。本来なら、密輸を取り締まらなければならない立場なのに」

　リリアナは手綱を握るデュランの手に触れて、声をひそめる。

「だけど……正直、納得した。デュランのお父様を悪く言いたくはないけれど、幼い頃、公爵はあなたやルーベンにまで暴力をふるっていたでしょう。そういうことを平気でする人なんだと、思っていたから」

「リル、知っていたんですか？」

「あなたも、ルーベンも、よく身体に痣《あざ》を作っていたから。転んだとか、ぶつけたとか、あなたたちは誤魔化していたけれど、あれが殴られた痣だってことは分かったわ……私には言いたくないのかと思って、黙っていたの」

　リリアナは目線を伏せる。デュランとルーベンは、リリアナの前では公爵家でどんな暮らしをしているのか、一度も話さなかった。

　だが、リリアナも馬鹿ではない。ましてや自分も母に虐待まがいの行為をされていれば、親に敵愾心《てきがいしん》を持つ同年代の子の気持ちは分かるのだ。

　そして極めつけは、逃げるのに失敗した夜だ。

　マクレーガン公爵がデュランを打ち据える姿は、恐ろしい記憶として思い出せる。

「どうするつもりなの？」

「一ヶ月後に、城で戴冠式が行なわれます。そこで公爵が麻薬栽培と密輸に関わっているという証拠を提示し、摘発します。マクレーガン公爵が悪事を働いているということを、国中に知らしめるんです」

「確かに、公爵のしていることは、公の場で知らしめるべきだとは思うけれど……そんなことをしたら、デュラン。あなたの家は爵位を返上することになるかもしれない。前代未聞の醜聞よ」

「もしかして、俺のことを心配してくれているんですか？」

　デュランが馬の歩調を緩めて、横から顔を覗きこんでくる。彼が笑っているので、リリアナは柳眉を寄せつつ横目で睨んだ。

「その表情は初めて見ます。貴女も、だいぶ感情が戻ってきましたね」

「デュラン。笑い事じゃないのよ」

「分かっていますよ。公爵家については心配いりません。それに、俺がやろうとしていることは他にもあるんです。その場でジゼル王妃も糾弾し、フレディ王太子の即位を阻止します」

公爵の摘発だけでも大事《おおごと》だというのに、更に話が大きくなった。

思考が追いつかずにリリアナが目を白黒させていると、デュランは笑みを消した。

「このままフレディ王太子が即位すれば、マクレーガン公爵が政務の実権を握り、ジゼル王妃も裏から口を出すようになります。無能な王のもと、強欲な宰相と王妃が政権を好き放題にすれば、あっという間にこの国は傾くでしょう」

――フレディ……弟のはずなのに、あまり交流がなかった。あの子は私と違って、国王の血を引いているはず。王家の男系に現れる、銀灰色の目をしているし……でも、気が小さくて、お母様の言いなりになっていた印象があるわ。

リリアナはジゼル王妃の人柄をよく知っている。フレディを意のままに操ることなど容易いだろうし、アクナイト王国の明るい未来が想像できない。

「デュラン。私は、何をすればいいの？」

「俺と一緒に戴冠式の場へ足を運んで、ジゼル王妃に罪を着せられたと証言してもらいたいんです。貴女の証言以外にも、王妃に毒を手配した男を連れていきます。今、ルーベンがその男を捕らえようと動いてくれています。しかし、やはり男の証言だけでは不十分ですからね。王女が大々的に王妃の罪を告発すれば、疑惑の目はジゼル王妃に向けられるでしょう。もともと、ジゼル王妃の評判はよくありませんから」

国王の死体の隣で目覚めるまでの記憶を、リリアナはもう一度、遡《さかのぼ》ってみた。

後頭部を殴られて、振り返ったところで見た、母の顔。

――ハーバーのこともあるし、正直、お母様を許せないわ。この国の未来を思えば、フレディの即位も止めなくてはならない。

これまで母がしてきたことや国を思えば、リリアナはさほど迷うことなく決断できた。

「分かった、協力するわ。王太子の即位を阻止するというのも、何か計画があるの？」

「ギデオンが戴冠式で名乗りを上げます。王位継承権を持つ第一王子が生きていて、衆人環視のもと自分の権利を主張するために現れたら、戴冠式どころではなくなるでしょう」

「ギデオン兄様が……そう、やはり生きていらっしゃったのね。この間、屋敷にいたのも兄様なんでしょう」

「ええ。公爵の悪事の摘発、王妃の糾弾、そして即位の阻止。実はどれも繋がっていて、ギデオンに関係しています。ギデオンの目的と俺の目的が合致したので、協力しているんです」

デュランは馬を歩かせながら、繋がりについても説明してくれた。

麻薬密輸の告発は、隣国タリスとの関係を良好に保つためであり、ジゼル王妃はサマンサ妃の殺害にまで加担している。その件で王妃を捕縛できずとも、国王暗殺は大罪だ。王妃の座を奪い取り、厳罰に処することができる。

ギデオンは死亡したことになっているが、王位継承権を剝奪《はくだつ》されてはいない。王妃に命を狙われて身を隠していたのだから、無論、己の権利を主張することもできるだろう。

隣国タリスも加わった複雑な関係を、デュランは嚙み砕いて話してくれたので、リリアナもすんなり理解することができた。

「事情は大体分かったわ。私の知らないところで、あなたは色々と動いていたのね」

リリアナは深呼吸をして、肩越しにデュランを見上げる。

「他に、私に手伝えることはある？」

「貴女は当日まで、ゆっくり心身を休めてください。公の場に出て、ジゼル王妃と対峙するんです。そのための心の準備もしておいてください。大仕事ですからね」

「……分かったわ」

そう応えたものの、リリアナは彼の言葉を額面通りに受け取ることはできなかった。

――心の準備以外は、何もするなと言われているのね。まぁ、本調子じゃないっていうのは確かだし、実際、私にできることはないんだろうけど。

「リル。俺は少し安心しました」

「安心？」

「貴女は俺の話をきちんと理解し、頭で考えて協力すると答えた。少し前までは、それさえもできなかったはずです」

「確かに、そうね……自分でも、だいぶ回復してきたと思う。だけど、昔の自分には戻れないかもしれない。あなたが言っていたような、溌剌と笑っていた頃みたいには、ね」

リリアナが表情の変わらない顔を指で摘まんでみせたら、デュランはかぶりを振る。

「無理をして昔のリルに戻る必要はありません。素直で聡明なところは昔のままだし、根本的なところで貴女は変わっていない。それに、泣き顔は今のほうが可愛――」

「そのくらいにして。分かったから、ありがとう」

咄嗟に遮ると、デュランが目を弓なりに細めた。

更なる追撃がくると予感したリリアナは、すぐさま話を変える。

「ねぇ、デュラン。一ついいかしら。全てがうまくいったあと……私は、どうしたらいいのかしら。死んだことになっているんでしょう」

「今と変わらない生活ができますよ。ギデオンが即位すれば、俺と貴女のことも許しをくれるでしょう。俺とルーベンはギデオンに協力してきましたし、マクレーガン公爵が摘発されても、公爵家は処断されないと思います」

リリアナは緋色の目を瞬かせて、デュランの頬に手を添える。

「あなたと私のこと、って？」

彼が不思議そうに「ん？」と声を漏らした。

「貴女と俺の結婚ですが」

「…………」

「まさか、嫌なんですか？」

「あ、ううん。嫌じゃないわ。ただ……ちょっと、気にかかることがあって」

「気にかかること？」

「あなたはいいと言ってくれているけど、もし公爵家を継ぐのなら、私が子供を産めない状態なのは少し問題があるでしょう。それから……私の出生も明らかにしておいたほうがいいと思って」

——デュランには、きちんと話しておくべきだわ。

リリアナはデュランの手に自分の手を重ねた。深呼吸をし、思いきって告げる。

「デュラン。どうか、驚かないで聞いてほしいんだけど、私ね……実は、国王の血を引いていないの。お母様がそう言っていたのよ。嘘を言う必要はないだろうし、あそこまで私を嫌っていたのも、それが理由じゃないかって思うの。本当の父親が誰かなんて、今更知りたくはないけれど……結婚する前に、自分の身体に誰の血が流れているのかは把握しておくべきだわ」

デュランが黙ってしまう。重たい沈黙が落ちた。

おそるおそる彼の反応を窺うと、デュランは無言でリリアナを見下ろしている。真面目な表情をしているが、何を考えているのかは読み取れない。

——想像していた反応と違う……もっと、驚かれると思っていたのに。

リリアナが戸惑っている間に、彼が首肯する。

「そうでしたか、驚きました。じゃあ、それもジゼル王妃に直接聞きましょう」

デュランがやけにあっさりと受け入れ、何事もなかったように馬を進め始めた。

淡白すぎる反応に、リリアナのほうが面食らう。

――え、それだけ？

緩やかに進む馬の背で揺られながら、リリアナはデュランの顔を盗み見たが、彼はひたすら正面を見ていて、それ以上の反応を見せてくれなかった。


ルーベンが屋敷を訪ねてきたのは、翌日のことだった。

いつものようにデュランが出仕し、リリアナが離れのリビングでハーブティーを飲みながら読書をしていた時、来客だとメアリーが知らせてきた。

客人なんて滅多に来ないので、まさかと思って客間へ向かうと、黒いジャケットに身を包んだ黒髪の青年がそわそわして待っていた。

ルーベンはリリアナを見るなり、勢いよく立ち上がった。

「リル！」

「ルーベン？」

「ひ、久しぶりだね、リル。元気だった？　いや、元気じゃないか……君を、ずっと心配していたんだ。だけど、会う許可がもらえなくて、こっそり会いに来ちゃった。それで、その、僕のせいで、色々と本当にごめん……！」

ルーベンがリリアナに詰め寄りながら、息せき切って言った。

その勢いに圧されて壁際まで追い詰められてしまい、見かねたメアリーが強引に割りこんでくる。

「お下がりください、お客様。リリアナ様が驚いていらっしゃるではありませんか」

「あっ、ご、ごめん……会えたのが嬉しくて、つい……」

ルーベンが後ろに飛びのき、恥ずかしそうに頬を染めながら俯く。

照れくさそうな仕草が、引っ込み思案だった少年時代のルーベンを彷彿とさせて、リリアナは懐かしさに目を細めた。

「ううん、わざわざ会いに来てくれてありがとう……懐かしいわ、ルーベン」

両手を広げたら、ルーベンが嬉しそうに顔を輝かせて、親愛の抱擁をしてくれた。

メアリーがお茶の支度をしている間、リリアナは久しぶりにルーベンと話をした。

「あの夜、僕のせいで計画が失敗しただろう。ずっと、後悔していたんだ」

「計画が失敗したのは、ルーベンのせいじゃないわ。うまく城を抜け出したとしても、たぶん私たちは捕まっていたのよ。計画もずさんだったし、考えが甘かったの」

「だけど、あれが失敗してから、リルはつらい目に遭ってきたんだろう。兄さんだって国を追われてしまって……僕も公爵に監視されていて、君に会うことさえ許されなかった。ヒューゴがリルと婚約すると聞いた時だって、何もできなかったんだ。本当に、君には申し訳ないと思っているよ」

長いこと責任を感じていたのだろう。ルーベンが意気消沈して肩を落とす。

リリアナも、どう言葉をかけたらいいか分からなかったが、そこへメアリーがティーポットを持って現れた。

「なんだか、重い空気ですが……入ってもよろしいでしょうか」

「ええ、入って。ルーベンも、そんなに落ちこまないで。今こうして、あなたに会えて嬉しいのよ」

「ほんとう?」

「うん。……嬉しいっていう感情も、最近やっと思い出したの。ここへ来たばかりの私は、何も分からなくなっていてね。デュランに話しかけられても、まともな反応すらできなくなっていたわ」

だけど、デュランとここで暮らすうちに、少しずつよくなってきた。

そう続けると、ルーベンは「そっか」と相槌《あいづち》を打ち、ようやく笑みを見せてくれる。

「デュラン兄さん、なかなかリルと会わせてくれないんだ。かなり体調が悪いんだなって心配だったから、本当によかったよ」

「デュランは、そんなに私と会う許可をくれなかったの？」

「うん。今はだめだって、毎回つっぱねられたよ。たぶん、君の体調を考えてのことだと思うよ。兄さんはリルを宝物みたいに大事にしているから」

「少し過保護な時もあるけれどね」

「そりゃ過保護にもなるよ、ずっと離れ離れだったんだから。タリスへ遊学中も、僕のところへ手紙が届いてさ、よく君のことを聞かれたんだ。僕もリルには会えなかったから、あんまり近況は書けなかったけどね」

「そうだったの……」

「うん。デュラン兄さんの手紙を読むたび、ずっとリルを想っているんだって伝わってきたよ。――たぶん兄さんは、君のためなら何でもする」

ルーベンはハーブティーのカップを手に取り、最後のほうは声を小さくした。

聞き返そうとして顔を上げると、ルーベンが「熱っ！」と、その場で跳び上がる。

「このハーブティー、まだ熱いね……舌が痺れる。リル、よく飲めるね」

「……ええ。熱いお茶が好きなのよ」

リリアナは飲みかけのハーブティーを見つめた。湯気が立っている。一口飲んだが、舌にじんわりと温かさを感じても、熱いとまでは思わなかった。

――まだ、だめなのね。

頭が〝痛み〟と判断するものは、未だに感じ取ることができない。

「あ、そうだ。折角リルに会えたし、お願いがあるんだけどさ」

「お願い？」

ルーベンが足元に置いてある鞄を引き寄せて、ごそごそと紙の束を取り出す。

どうやら羊皮紙に穴を空けて、革紐で結んである手作りのスケッチブックのようだ。

「最近、絵を描くんだ。リルがモデルになってくれないか」

「構わないけど……ルーベン、絵を描けるの？」

「デュラン兄さんみたいに、上手には描けないけどね。ただの趣味だよ」

それから庭園に移動して、ルーベンは芝生で胡坐をかき、リリアナがベンチに座った姿を描き始めた。シャッ、シャッ、と木炭筆を動かしていく。

リリアナは真剣な表情で手を動かすルーベンを横目で見た。

「ルーベン。デュランは、もう絵を描かないのかしら。再会してから、一度も絵を描いている姿を見ていないの。彼、とても絵が上手だったでしょう」

なにげなく尋ねた時だった。ルーベンの手の動きが鈍り、透き通った碧眼がリリアナを真っ直ぐに射貫く。

「デュラン兄さん、何も言ってなかった？」

「うん、特には……どうして？」

「隠しているわけじゃないと思うから話すけど、兄さん、もう絵を描けないんだ」

「え？」

「公爵に捕まった夜に、僕たちは折檻を受けたんだけど、あの時に利き手を痛めたんだ。だけど普段の日常生活には問題ないし、剣を振ったり、文字を書くこともできるようになった。ただ、絵が描けない。描こうとすると、うまく手が動かないんだって。絵って見たままを描くだけじゃなく、その人の感性とか心に秘めたものを形として表現するものだろう。だから、心の問題かも」

「それは、知らなかったわ……絵の話は、しなかったから」

「それもあって、じゃあ、僕が描いてみようかなって思ってさ。リルと兄さんが一緒にいるところを、今度はスケッチしたい。幸せな家族の絵を描きたいんだ」

——幸せな家族……私には無縁だったもの。

リリアナだけじゃない。ルーベンとデュランもそうだろう。

「うーん……ねぇ、リリアナ。ちょっと笑ってみて。やっぱり笑顔を描きたい」

「無理よ。笑えない」

「即答しないでよ。表情が乏しすぎるからさ、口角を少し上げるだけ」

ルーベンが木炭筆を振って急かすので、リリアナはため息をつき、自分の指で口の端を摘まんで持ち上げた。ルーベンがぷっと吹き出す。

「ああ、いいよ。それでいこう」

「本当に、この顔で描くつもり？」

楽しそうなルーベンは「んー」と生返事をして、木炭筆を動かしていた。

そんな姿に触発されて、リリアナは思いつく。

——私も、また……何か物語でも書いてみようかな。

昔は、頭の中で物語を考えるのが大好きで、デュランと絵本を作ろうと約束したこともあった。

リリアナが物語を書き、デュランが挿絵を描く。ささやかな夢だったのだ。

リリアナはベンチに凭れながら、いつになく穏やかな心地で晴れた空を仰いだ。

◆◇◆

牢の中には錆びた鉄みたいな血の匂いが充満して、足元には血だまりができていた。

天井からぶら下がった鎖を外してやると、傷だらけの身体が力なく崩れ落ちる。倒れた囚人はぴくりとも動かないが、ひゅーひゅーとかすかな呼吸音が聞こえた。

倒れた囚人と血だまりを、デュランは感情のない瞳で見下ろした。拷問した際、頬に飛び散った血痕《けっこん》を無造作に指で拭うと、彼は踵を返す。

ギイイと牢の扉が開いて、部下が入ってきた。

「手当てをしてやれ」

そう部下たちに指示をして牢を後にする。地下牢を出たら、別の隊の騎士とすれ違って一礼された。

隣国タリスで騎士学校を首席で卒業し、騎士の称号を得て帰国したデュランはアクナイト王国でも特別待遇だ。隊長に就《つ》いているから、年上の騎士でも階級がデュランより下ならば、城内ですれ違う際は一礼する。

だが、若くして隊長の座に就いたという点以外にも、デュランは騎士の中で有名だ。

いわく、死神のような仕事ぶりだと。

尋問部隊という特殊な位置づけにある隊で、顔色一つ変えずに囚人を痛めつけるので、血も涙もない男だと思われているらしい。

平時のデュランも近寄りがたい雰囲気を醸《かも》し出しており、容姿端麗なことに加えて、片目の眼帯も不気味に見えるようだ。

それゆえ、いつの間にか〝死神騎士〟と呼ばれるようになった。

仕事が長引いたため、宵闇の中をデュランは帰宅の途につく。屋敷へ帰る前に王都の繁華街へ足を運んだ。

遅い時刻だったから店は軒並み閉まっていたが、女性ものの服飾品を売っている店はぎりぎり開いていて、前もって注文していた品物を受け取る。リリアナへの贈り物だ。

小さな箱だったので大事に懐へしまうと、デュランは馬を駆った。

ここのところマクレーガン公爵家の屋敷には顔を出していないが、デュランが譲り受けた別荘を屋敷として改築し、そこで過ごしているのを公爵も知っている。

だが、もともと公爵は息子たちの私生活に興味がなく、デュランが愛人でも連れこんでいると考えているようで気にしていない。彼にとっては好都合だった。

月明かりを頼りに自分の屋敷へ続く山道を駆けながら、デュランは血の臭いを嗅ぎ取って眉を寄せた。おそらく服に臭いが付いたのだろう。そういえば、服飾店でも店員が顔を顰めていた気がする。

——帰ったら湯浴みをしよう。リルには気づかれたくない。

デュランはより一層、馬の足を速めた。

屋敷に帰宅する頃には、かなり遅い時間になっていた。

真っ先に自分の部屋へ向かったが、その途中で帰り支度をしたメアリーに会う。

「お帰りなさいませ、デュラン様。リリアナ様は、先にお休みになられました」

「ああ。何も変わりなかったか」

「今日は、昼前にルーベン様がお見えになり、リリアナ様とご歓談されておりました」

デュランは踏み出しかけていた足を引っこめ、メアリーを一瞥する。

「今、ルーベンと言ったか？」

「はい。お二人で、和《なご》やかに過ごしておられました」

「……そうか。ご苦労だったな、帰っていいぞ」

報告を終えたメアリーを帰らせて、デュランは自分の部屋ではなくリリアナの部屋へ向かった。扉を開けると室内は明かりが消されていて、静かだった。

音を立てずに部屋へ入り、ベッドを覗きこむとリリアナが寝息を立てている。

枕元のサイドテーブルに一枚の紙が置いてあった。廊下の明かりに透かすと、それはリリアナが穏やかな表情でベンチに座っている絵だった。ルーベンが描いたのだろう。

デュランは無言でリリアナを見下ろす。

――ルーベンに会って、絵を描かせたのか……こんな表情を浮かべて。

ルーベンはずっとリリアナに会いたがっていた。久しぶりの再会だ。笑って許してやれ。

理性はそう促すが、感情は許容できなかった。気づくと外套を床に落とし、軍服のようにかっちりとした騎士服の上着を脱ぎ捨てていた。

性急な手つきでシャツのボタンを外しながらベッドにもぐりこみ、寝息を立てるリリアナの上に覆いかぶさる。

「リル」

小さく呼んでも、リリアナは目を覚まさない。深い眠りに入っているようだ。

普段、デュランは感情を抑えるのがうまい。冷静沈着で、ぼろぼろの状態で保護したリリアナに対しても紳士的に接してきた。

心配して怒ったりはするが、激情に駆られて彼女に乱暴を働くことはなかった。

その一方で、デュランの心の内にはリリアナに知られたくない衝動が眠っている。


『お二人で、和やかに過ごしておられました』


——ああ、許せない。

デュランはそう思った。だって、そうだろう。自分のいないところでリリアナが異性と〝和やか〟に過ごしていたのだ。

その異性は、ルーベンで——もちろんルーベンはデュランにとっても大事な存在だし、リリアナに手を出すことは絶対にないだろう。

だが、和気藹々と絵を描かせている光景が脳裏に浮かぶと、どうしようもなく苛立ちがこみ上げてきた。

——リルは俺のものだ。他の男と親しくするのは許せない。相手がルーベンだろうが、関係ない。俺はずっと彼女が欲しくて、欲しくて……やっと手に入れたんだ。

澄んだ泉に黒いインクを一滴垂らしたみたいに、どす黒い感情が胸の内をじわじわと浸食していく。

――今のうちに、俺のものだと、しっかり教えこませないと。

デュランはリリアナのネグリジェに手をかけた。裾を持ち上げて、柔らかな太腿に指を這わせる。寝る時に、彼女は下着をつけない。

すべらかな太腿を撫で回して足の間に触れたら、リリアナがぴくんと震えた。

「あ……」

――起きたのか？

反応を窺うが、小さく身じろぎをしただけだったので、デュランはくっと喉を鳴らして笑うと、細い足を肩に担ぎ上げて秘められた場所へと顔を近づけた。

◆◇◆

闇の中でギシッと、ベッドの軋む音がする。重たいものが乗ってきて、足の間に違和感を覚えた。

そして硬いものが、身体の中に入ってくる――。

「うっ……」

リリアナは薄目を開ける。誰かが上に覆いかぶさっていた。

起き抜けで頭が回っておらず、はじめは何が起きているのか分からなかった。

「誰……？」

周りが暗いから、よく見えない。だが、大きな身体が乗っていることだけは分かる。

さらさらの髪が顔に触れて、ほんのりと鉄の錆びたような臭いがした。

「……デュラン？」

リリアナが寝ぼけた状態で名を呼ぶと、口を塞がれる。強引に舌が捻じこまれ、腰をズンッと押し上げられた衝撃でようやく身体が繋がっていることに気づいた。

「んんっ……んっ……デュ、ラッ……あっ……」

ぴったりと重なった腰が揺すられる。

いつの間にか濡れた蜜路に、硬度を増した雄芯が根元まで埋没していた。

「あ、っ……あ、あ……」

いったい、何をしているのか。

どうして、こんなことをしているのか。

リリアナの頭の中にはぐるぐると疑問が渦巻いていたが、乗っている彼――デュランを押しのけようとはせずに、両手を彼の肩に乗せた。

デュランはリリアナの身体に腕を巻きつけており、軽く浮かした体勢で腰を押しつけてくる。結合部からズチュ、ズチュッ、と淫猥《いんわい》な音がする。

まるでリリアナに罰を与えるみたいに、デュランの硬く脈打つ男根は一定のペースで奥を抉っていた。

リリアナがあえかな喘ぎを上げて猥《みだ》りがましく身をくねらせると、挿入の速度が少し上がる。暗がりに目が慣れてきて、宙に浮いた彼女の白い足がデュランの動きに合わせ、小さく上下に揺れていた。

甘い睦言《むつごと》はなく、淫《みだ》らな熱気の籠もったベッドの上では荒い息遣いだけが響く。

デュランの手が伸びてきて、しとどに濡れて繋がった部分を探った。ぷくりと膨らんだ陰核を探り当てると、容赦なく指の腹で弄り回す。

「あっ！」

そこをぐりぐりと摘ままれた瞬間、リリアナは短く声を上げてビクンッと震えた。頭が一瞬真っ白になって、爪先がピンと伸びる。

首を仰け反らせて小刻みに震えていると、デュランが動きを止めて穿っていた楔をずるりと抜いた。力なく弛緩するリリアナをうつ伏せにし、腰を持ち上げる。

後ろから奪われる——リリアナが回らない頭でそう察した瞬間、またもやズンッと衝撃があって、背後から雄々しい陰茎で深々と貫かれた。

「あっ……！」

また、短い声が出た。太い腕が腰に巻きついて固定し、背中に汗ばんだ胸板が当たる。

そこからは乱暴に腰を打ちつけられた。肌のぶつかり合うパンッ、パンッという音が響き渡る。

「あ、あ、あぁ……っ」

「――リル」

耳元で、デュランの掠れきった声がした。耳朶を甘噛みされながら、腰の前後運動に合わせて揺れる乳房が彼の両手で包みこまれる。

強弱をつけて感触を堪能するように揉みしだかれて、うなじに鼻をこすりつけられた。

「リル、リル……」

「っ、ん、ん……デュラ、ンっ……」

「貴女が誰のものか、教えておく」

デュランが耳の真横に口を寄せて、言い聞かせるように囁く。

「リル、貴女は俺のものだ」

「……あぁっ……私、は……」

「誰のもの？　答えてくれ」

「うっ、んんっ……あ、どうして、そんなことっ……」

「言ってほしい。貴女の口で、しっかりと」

絶えず押し寄せる快楽の波に呑みこまれ、リリアナは唇をわななかせた。

──そんなこと、わざわざ言うまでもない……だって、私は、もうとっくに……。

「……あなた、の……ものよ……」

朦朧としながら答えた瞬間、柔らかい乳房をぎゅっと握りしめられ、頬に口づけられる。

「愛している、リル……俺の最愛……可愛い人」

先ほどまで一方的に欲望をぶつけるような行為だったのに、急に緩やかで優しい動きに変わり、歯が浮くような愛の睦言を囁かれた。

リリアナは、どうしてだろうと思う。

デュランの言葉は嬉しいはずなのに、今の彼が囁く〝愛している〟は、少し怖かった。

ただ、リリアナに愛おしいと伝えるための言葉ではなくて、彼が一方的に自分のものだと主張するための、ひどく執着じみた宣言のように思えてならない。

「あぁ、っ、ああ……あ……！」

腰の突き上げが速くなり、デュランが何も話さなくなって、しばらく荒い息をしながら動いていた。

ほどなく、リリアナの蜜壺を深く刺し貫いた雄芯が、最奥で熱を放った。

後ろから身体をがっちりと固定されたまま、彼のものだと思い知らされるように精液がどくどくと注がれているのを感じながら、同時に気をやったリリアナは意識を飛ばしてしまった。


涼しい夜風が頬を撫でて、リリアナはゆっくりと目を開ける。

天蓋のカーテンの隙間から窓辺に佇むデュランの姿が見えた。

彼の横にあるテーブルには燭台《しょくだい》が置かれていて、蝋燭の明かりが頼りなくゆらゆらと揺れた。羽織っただけの真っ白なシャツが妙に浮いている。

デュランは開け放った窓の向こうを眺めていた。少し風が吹いて、燭台の火と彼の前髪を揺らす。

その時、小さな違和感を覚えたリリアナは、彼が眼帯をしていないことに気づいた。

デュランはリリアナとベッドを共にする時でも眼帯を外さない。

昔、右目に大怪我をしたと説明してくれたことがあったから、リリアナも人に見せたくないのだろうと気を遣って、眼帯については一度も触れたことがなかった。

——もしかして、いつも寝ている間は、眼帯を外していたのかしら……私よりも寝るのが遅いし、起きるのも早いから……気づかなかっただけなのかもしれない。

リリアナが横になったまま、寝ぼけた頭でそんなことを考えていたら、デュランが顔の向きを変えた。夜風で燭台の明かりが消えそうになったせいか、こっちを向く。

燭台の明かりが消えないよう、デュランが片手で風を遮る仕草をする。

その瞬間、真正面から彼の顔が見えて、リリアナは凍りついた。

伏し目がちになったデュランの顔に影ができていた。大怪我をしたという右目には傷がない。それどころか、左目とは瞳の色が違う。

氷河みたいなアイスブルーではなく、色素が薄い独特の――銀灰色。

それは、アクナイト王家の男系にのみ受け継がれる特別な瞳だ。

「っ……」

リリアナは思わず声を上げそうになったが、咄嗟に両手で口を押さえる。

デュランがこっちを見てきたが、寝返りを打って寝たふりをした。

――どういうこと？　あの瞳は王族の証……しかも、直系の男子だけに遺伝される瞳。

ということは、もしかしてデュランは……。

アクナイト王家の血を引く、王子なのだろうか。

◆◇◆

王妃に毒を手配した男を捕らえたと知らせを受けて、デュランはギデオンの潜伏している酒場を訪れた。

縄でぐるぐる巻きにされて床に転がっている男は、かなり抵抗して殴られたらしく顔に痣を作っていて、怯えたように震えている。

デュランは壁に凭れているルーベンに話しかけた。

「ルーベン、よく捕まえたな」

「逃げ回っていたから、結構大変だったけどね。ニストロにも手伝ってもらったんだ。どうやら、そいつにも家族がいたみたいでね。それで必死に逃げ回っていたんだ」

「っ、か、勘弁してくれっ……おれは何も知らないんだ！」

「この一点張りで、何も話そうとしない。デュラン、お前に任せるぞ」

足を組んで悠々と椅子に座っていたギデオンが、面倒そうに肩を竦めてデュランに丸投げする。

デュランは頷き、おもむろに上着を脱いでルーベンに渡した。シャツの袖が汚れないよう捲り上げて、男の前に片膝を突く。

「ジゼル王妃に毒の調達を頼まれただろう。その件でお前に幾つか訊きたいことがある。訊かれたことに正直に答えたら、痛い目に遭わずに済む」

デュランの顔をじっと見ていた男の顔が、何かを思い出したのか一気に強張る。

「あ、あぁ……その眼帯……お前のことは、知っている……」

「だったら、話が早いな。何をされるか想像がつくはずだ」

男が「ひっ」と悲鳴を上げる。

デュランは表情一つ変えずに、男を縛り上げている縄を軽く引っ張った。

「この縄を使って首を絞められそうだな。ルーベン、手伝ってくれ」

「う、うん……」

「デュラン、殺すなよ」

「大丈夫、殺したりはしませんよ。ギデオン」

渋面を作るギデオンに、デュランは昏い眼差しを向ける。

「人間は、自分が死ぬと思った時にいちばん口が軽くなるんです。俺はただ、その状況を作るだけですから」

第七章

「リル、貴女に贈り物があります」

王太子フレディの戴冠式が差し迫った、前日の夜。

デュランが小箱を取り出し、リリアナの首に贈り物を着けてくれた。

黒くて細い革紐を二重に巻いたチョーカーで、デュランのアイスブルーの瞳とよく似たアクアマリンの宝石がついている。革紐の裏地は柔らかいレースがついており、軽いので普段使いができそうだ。

「貴女のために作りました。この間の夜のお詫びです。寝こみを襲ってしまったので」

「……あの夜は、本当に驚いたわ。何か、あったの？」

デュランはかすかに笑って「何もありませんよ」と、小声で答えた。

「よければ、普段から身に着けてください」

「うん。素敵な贈り物を、ありがとう。私も、何かお礼がしたいわ」

「お礼なんて要りませんよ」

デュランが後ろからリリアナを抱きしめて、チョーカーを着けた首に触れる。冷たい指先に首筋をするりと撫でられ、小さな震えが走った。

「っ……触り方が、くすぐったい」

デュランの頬を軽く抓ったら、彼は苦笑しながら身を引く。

「さて、そろそろギデオンが来ます。客間へ行きましょうか」

手を引かれて一階へ向かい、リリアナは歩きながら首に触れた。彼の冷たい指の感触が残っていた。

一階の客間で待っていると、闇夜に紛れて護衛を連れたギデオンが現れた。

「ギデオン兄様、お久しぶりです。わざわざ来てくださって、ありがとうございます」

「久しぶりだな、リリアナ。なに、私のほうから言い出したことだ。お前とは一度、話しておきたかった」

ギデオンと向かい合ってカウチに座る。実はリリアナは、ギデオンとはほとんど話をしたことがない。それこそ公の場で二言、三言、挨拶をする程度だった。

ギデオンが行方不明になったと知らせを聞いた時も、リリアナは親しい人たちと引き離された直後で失意の底にあり、詳しい事情を知らせてくれる者もいなかった。

「私が兄様とお呼びしてもいいのか、分からないのですが……」

「構うな、兄と呼べ。事情がどうあれ、お前は王女として育ち、周りもそう接してきた。私もそのつもりで接する」

リリアナが国王の血を引いていないことは、予《あらかじ》めデュランに頼んでギデオンに伝えてもらっていた。

どんな反応をされるかと緊張していたが、ギデオンは気にしていないようだ。

「兄様が行方不明になられたと聞き、当時は何があったのだろうと思っていたのです」

「母の件で色々あったんだ。お前の母親には散々な目に遭わされたぞ。だが、お前もだいぶつらい目に遭っていたようだな。それを知っていれば、国を出る時、お前も一緒に連れていったんだが」

ギデオンが苦い笑みを浮かべる。リリアナは緩くかぶりを振った。

――ギデオン兄様は、命の危険を感じて国を出奔した。私は失敗してしまったけれど、彼は無事に逃げ延びたのね。

当時から、ギデオンは頭がきれて人望があり、優秀な後継者だと言われていた。ジゼル王妃には邪魔な存在だったのだろう。

「体調がよさそうで何よりだ。明日の計画については、デュランから聞いているだろう」

「ギデオン兄様が戴冠式に乗りこむと聞いていますが、詳しい流れはまだ知りません」

「ふむ。明日は友好国である隣国タリスから使者が来る。私はその使節団に紛れて、戴冠式の最中に身分を明かす手筈になっている。お前はデュランと共に城へ向かい、私と合流しよう」

「どのタイミングで身分を明かすのかは、決めているのですか？」

「戴冠式が始まった直後だ。頃合いを見計らって、私が口火を切ろう。連中の度肝《どぎも》を抜くように、目立つ登場の仕方をするつもりだ」

ギデオンがメアリーの支度したハーブティーを口へ運ぶ。一口飲んで「熱い……」と呟いた。

「リリアナ。お前、よく平気な顔で飲めるな」

「熱いお茶が好きなのです」

リリアナはカップに口をつけて、さらりと応える。ルーベン然り、メアリーの淹れる熱いお茶に対する客人の反応にも慣れてきた。

ギデオンはカップを戻し、静かにハーブティーを飲むリリアナと、彼女の背後で影のように控えるデュランを見比べた。

「お前たち、明日はよろしく頼むぞ。デュラン。万事、抜かりなくな」

「ええ、分かっています」

「しかし、何と言うか……お前たちを見ていると不思議な縁だなと思う。運命めいたものさえ感じるな」

足を組んだギデオンが、ぽつりと意味深なことを言う。

デュランは正面を向いたまま反応しなかったが、リリアナは目線を伏せた。

——もしかすると、ギデオン兄様はデュランの出生も知っているのかしら。

そう考えると、ギデオンがデュランに信頼を置く理由も分かる気がした。

もし、デュランが血の繋がりのある弟で目的が合致したのならば、これほど頼りがいのある相手もいないだろう。

——戴冠式が終わって全てが済んだら、デュランに出生のことを尋ねてみよう。いずれにせよ、明日には決着がつくわ。お母様とも対峙することになる。

母に対して抱いてきた不信感と、もはや怒りなのか恨みなのかも分からなくなっている感情を、本人にぶつけたかった。母が何を思って国王を手にかけたのかを明らかにし、リリアナの出生の秘密についても聞き出して、全てを終わらせたい。

そうすることでようやく、リリアナの心に巣食う根本的な問題も解決に向かうのではないかと思うのだ。

翌日、リリアナはおよそ三ヶ月ぶりに王都へ足を運んだ。

リリアナの容姿は目立つため、外套のフードを目深に被って顔は隠していた。誰かに素性がばれないかと少し不安だったが、王都の混雑具合を見て杞憂に終わる。

新王の戴冠式を見るために、多くの国民が王都に集まっていた。

特に城へ続く大通りがひどい混みようで、途中から馬を降りなくてはならなかった。

「リル、こっちです」

迷子にならないようデュランに腕を摑まれて、リリアナは人ごみを縫って進んだ。

戴冠式のため、城のロータリーは開放されて混雑していたが、デュランは騎士や使用人が行き来できる隊舎のほうへ回りこんだ。

高台に建てられた城の裏手は森になっており、隊舎の脇を通って行ける。

いつもは城の裏手で見張りに立っている騎士たちも、今日は警護と混雑緩和のために人手を割かれているらしく、交代の隙を狙って森の中へ足を踏み入れることができた。

デュランの案内で、見覚えのある地下道の入り口を見つけた。

扉は錠前で厳重に施錠されていたが、どこから手に入れたのか、デュランが鍵を取り出して開ける。

「仕事柄、牢や地下道の鍵の管理を任されることがあるので」

そう説明し、デュランは抜かりなくリリアナを連れて城内へ入りこんだ。

薄暗い地下道は入り組んでいて、途中に幾つも分かれ道があった。上階へ続く細い階段も見かける。おそらく外から見ると壁の中に階段が作られている設計なのだろう。

地下道の図が頭に入っていなければ行き先を見失ってしまいそうだが、デュランは迷いのない足取りで進んでいった。

ランプの明かりを頼りに静かな地下道を歩いていると、リリアナは昔を思い出す。

あの時は城を出るために、デュランに手を引かれて走った。

しかし、今日はその逆だ。

苦い思い出しかない城の中へと、自分から決着をつけるために足を踏み入れた。

「この城の地下道は、城内の様々な部屋へ繋がっています。有事の際に、王族がここを通って外へ逃げるために作られたようです」

「私も、あの夜に連れ出されるまで知らなかったわ……誰から聞いたの？」

「城の図書室で城内の見取り図を見つけて、自分で調べました。どうにかして貴女を連れ出せないかと、その方法を必死に探したんです」

ふと、リリアナは傍らのデュランを見上げた。

城にいた頃、夜になると誰かが忍びこんできた記憶がある。

あれは夢だと思っていたが、この地下道を使えば、リリアナの部屋に入ることも可能だったのではないだろうか。

「ここですね。使節団の控え室です」

古びた引き戸を開けると、目の前に壁のようなものが現れた。トントンと叩いたら、内側から本棚が動いて見覚えのある顔が覗く。

「本棚の裏に抜け道があるとはな。城で育った私も、知らなかったぞ」

出迎えたギデオンが、そう言ってにやりと笑った。


戴冠式は城の大広間で行なわれる。大広間には貴族が参列し、友好国であるタリスからの使節団も最前列に並ぶ。

ギデオンは甲冑を着けて顔を隠し、タリス王の名代として訪れた使者の護衛に変装しており、リリアナはタリスの侍女らしく頭巾《ウィンプル》を被ってギデオンの傍らに控えた。

マクレーガン公爵は通路を挟んだ反対側の最前列にいて、その横にはデュランが騎士の職務を抜けてきたという体で、しれっと立っている。傍らにはルーベンもいた。

そこへ、美しく着飾ったジゼル王妃が姿を現した。

久しぶりに母の姿を見たリリアナは動悸《どうき》を覚える。ジゼル王妃にかけられた言葉や嘲《あざけ》るような視線を思い出して少しふらついたら、ギデオンが腕を握って支えてくれた。

「ここで倒れたら全て終わりだぞ、しっかりしろ」

ギデオンに小声で囁かれて、リリアナはくっと唇を噛みしめる。

――そうよ、しっかりしないと。やるべきことをしなくては。

「これより、アクナイト王国、新国王陛下の戴冠式を行ないます」

天井の高い大広間に、その口上が響き渡り、フレディ王太子がアクナイト王国の紋章が入った天鵞絨《ビロード》のマントを翻して入ってきた。

戴冠式は亡き先代王の代わりにジゼル王妃が最高位の貴人として、フレディ王太子にアクナイト王国の王冠を被せる。それからテラスに出て、ロータリーに詰めかけた国民に新王を披露するのが一連の流れである。

準備が整った王妃の前へと、フレディ王太子が進み出て片膝を突く。

ジゼル王妃が新王の即位を高らかに宣言し、満足そうな表情で王太子に王冠を被せようとした、その時――リリアナの隣で、ギデオンが声を張り上げた。


「その王冠を被せるのは、お待ちいただこうか」


厳かな空気に包まれていた大広間に、その声が響き渡る。

周りの視線が一斉にギデオンに向けられ、彼が被っていた甲冑を外した。使者が道を空けたので、ギデオンは堂々とした足取りで前に進み出る。

ジゼル王妃がハッと息を呑み、鋭い声を上げた。

「まさか、あなた……ギデオンッ！　生きていたの!?」

「はい。私は生きていましたよ、義母上《ははうえ》。お久しぶりです」

ギデオンがわざとらしく胸に手を当てて、一礼する。

――いよいよだわ。

アクナイト王国の未来を左右する罪の摘発と、駆け引きが始まる。

死んだはずの第一王子の登場で、貴族たちの中には動揺が広がった。

マクレーガン公爵も完全に度肝を抜かれている。

「義母上。私が今日この場に現れたのは、王位継承権を持つ王子として名乗りを上げるためです。どうやら、私は死んだことにされていたようですが、事情があって国を離れていました」

ジゼル王妃が絶句している間に、ギデオンが参列者に向き直り、朗々たる声で演説を始めた。

「皆の者、お前たちに聞いてほしいことがある。私は姿を消す前まで、何者かに幾度となく命を狙われていた。ゆえに自分の身を守るため、タリス王の支援を受けて身を潜めていたのだ。長らく国を空けてしまい、本当にすまなかった。しかし、ご健勝だったはずの父上が突然崩御されたと聞き、こうして戴冠式の場に馳せ参じた。私も王位継承権第一位の身として、新王に即位する権利がある。そのため、こうして名乗りを上げたのだ」

ざわめきが大きくなっていく。

自らの権利を主張したギデオンが一拍おいて、更に続けた。

「しかし、改めて次期王を選別する前に一つ明らかにせねばならんことがある。父上の死についてよからぬ話を耳にしたのだ。父上が、実は何者かに命を奪われたのだと」

マクレーガン公爵が我に返って、警備の騎士にギデオンを黙らせろと指示を出すが、騎士たちも相手が第一王子のため右往左往していた。大広間が混乱に包まれる。

だが、それもギデオンの「静まれ」の一喝で収まった。

「私は国が混乱する前に動かねばならないと決心し、父上の死の真相も突きとめるべく独自に調査を進めた。そこで、とうとう父上の御命を奪った犯人を見つけた」

ギデオンの力強い声は自信に溢れていて、聞く者たちの注目を集めた。

固唾《かたず》を呑んで見守る参列者の前で、彼はジゼル王妃を見据える。

「その犯人というのが、義母上。あなたです」

「っ……ギデオン、何を言っているの？　わ、わたくしが陛下の御命を奪ったと？　そのような恐ろしい真似をするわけがないわ！　それに真犯人なら他にいるのよ。血を流して倒れていた陛下の横に、ナイフを持ったリリアナがいたのだから。犯人は、あの子よ！」

ジゼル王妃の甲高い声が響き、リリアナはそっと目を閉じた。

――お母様……あなたは娘の私が国王を殺したと、公の場でも堂々と嘘をつくのね。全ての罪を私に着せようとして……きっと良心の呵責《かしゃく》もないのでしょう。

母に何かを期待していたわけではない。しかし、王妃が保身のために放った言葉にはひどく失望した。心から軽蔑《けいべつ》もした。

この瞬間、リリアナの中で改めて覚悟が決まった。

どこからか視線を感じて顔を横に向けると、通路の向こうからこっちを見ているデュランと目が合う。

――私なら大丈夫よ。心配しないで。

デュランに頷きかけると、彼は小さく頷き返し、混乱に乗じてルーベンと共にその場を離れる。次なる手を打つためだろう。

リリアナも凛と顔を上げた。すると、ギデオンと視線が絡む。

彼の堂々とした演説を聞いた後だ。リリアナは臆するなと自分を鼓舞する。

ここで真実を語り、壊れかけた心のねじを巻き直して堂々と生きていくのだ。

――全てを話し、終わらせよう。

一度は諦めた明るい未来を手に入れるため、頭巾を外したリリアナは足を踏み出した。

「私は国王陛下を殺《あや》めてはおりません、お母様」

王女として名乗りを上げたことで四方八方から視線を感じたが、リリアナはしっかりとした足取りでギデオンの隣に並んだ。

ギデオンに続き、死んだはずのリリアナまで現れたことで、今度こそジゼル王妃がたじろいだ。参列者の中でも驚きの声が上がる。

「リ、リリアナ……あなたも、生きて……」

「はい、お母様。お久しぶりです。私はこうして無事に生きております。そして、あなたの罪を告発するために、私はここへ参りました」

「わたくしの罪ですって？」

「国王陛下が亡くなられた日のことです。私は侍女に呼び出され、ひとけのない廊下で頭を殴られて昏倒しました。しかし気を失う直前に、お母様と見知らぬ男の顔を見ました。再び目が覚めた時、ナイフを握らされていて国王陛下のご遺体の隣にいました。私を犯人に仕立て上げるために、お母様、あなたが全て仕組んだことなんでしょう」

王女の告発に、大きなどよめきが起きた。

ジゼル王妃も心神喪失状態で失踪したリリアナが生きて戻り、公の場で証言するとは夢にも思わなかったのだろう。青ざめた顔でくっと顎を引き、言い返す。

「……いきなり現れたかと思えば、何を訳の分からないことを言い出すのかしら、リリアナ。自分の罪を認めたくないばかりに、あなたこそわたくしに罪を着せようとしているのでしょう！　大体、あなたは心を病んでいて、何があったのかと問うても反応すらしなかったわ。そんなあなたの言葉が真実であると、どうやって証明できるのかしら」

「義母上、残念ながらリリアナの他にも証人がいるんですよ。そして、確かな証拠も手に入れました」

ギデオンが割って入り、大広間の入り口に向かって手で合図する。

そこには、いつの間にかデュランとルーベンがおり、二人に挟まれるようにして顔色の悪い男が立っていた。

男を見た途端、ジゼル王妃が目を見開く。狼狽《ろうばい》しているようだ。

「そこにいる男が父上に飲ませた猛毒を調達し、殺害する際に手を貸したそうですね。全て話してくれましたよ」

「私が頭を殴られた時に、お母様と一緒にいたのはあの男だわ」

リリアナも驚きの声を上げる。もう一人の証人がいるとは聞いていたが、今日に至るまで顔を見ていなかったのだ。

デュランに「話せ」と小突かれて、男がわななく唇を開いた。

「お、おれは、王妃様に命じられて手を貸したんです。もともと、王女殿下に飲ませる毒の調達係をやらされていて……だけど、国王陛下に飲ませる毒を調達しろと命令された時、おれは断ったんです。そんなこと、とても手を貸せねぇって……そしたら、おれの妻と娘がどうなってもいいのかって、脅されて……結局、使用人に変装して、王妃様に手を貸しました。全て終わったあとは、目が飛び出るような大金を渡されて、身を隠せと言われたんです……でも、おれ、もしかしたら口封じで消されるんじゃねぇかと思って、家族を連れて必死に逃げ回っていました」

「っ、わたくしは、その男は知らないし、そんなことを命じた覚えもないわ！」

「それはどうでしょう。リリアナもその男がいたのを見ているようですし、証言は合致していますよ。それから……実はここに証拠の手紙が何通かあります。ある人物と義母上のやり取りの手紙です。あなたが読み終えて暖炉に投げこんだものを、この男が焼け落ちる前にかき集めて隠し持っていたようですよ。何かあった時に、義母上の脅しに対抗できるようにと証拠を手元に置いておきたかったのでしょう」

ギデオンが柔らかい布に丁寧に包まれた、焼け焦げた手紙を取り出した。

端っこのほうが焼け落ち、文面も茶色に変色しかけていたが文章は読み取れる。

「この男は手紙の連絡係もこなしていたようですね。宛名はあなたで、国王暗殺の事後処理は任せろと記されていました。調査をする騎士団の上層部に手を回し、犯人もリリアナとして処断すると。そして、この手紙の差出人は——宰相のマクレーガン公爵です。どうやら公爵も、義母上がしたことを知っていたようだ。筆跡を調べれば、偽造でないことはすぐに分かりますよ。便箋《びんせん》には公爵家の紋章も入っていますからね」

——まさか、そんな確実な証拠まで手に入れていたなんて。

リリアナは驚き、傍らのギデオンを見上げてから、証人の男を捕まえているデュランに顔を向けた。彼は底冷えのするような目で、マクレーガン公爵を睨んでいる。

傍観に徹していた貴族たちも、ジゼル王妃と公爵に猜疑《さいぎ》の視線を向け始めた。

「当日、リリアナを呼びに行ったという侍女も捜《さが》せば見つかるでしょう。義母上、これらの証拠に対して反論がないのなら、父上の御命を奪った犯人として捕縛し、詳しい事情を聞かせていただきます。国王暗殺は大罪です。王妃の地位を剥奪して然《しか》るべき処罰も受けていただきますよ」

ジゼル王妃が唇を噛みしめながら、ぶるぶると震えている。

それまで完全に空気になっていたフレディ王太子が「母上、父上を殺したなんて冗談ですよね」と、縋るように王妃の腕を摑んだ。

「マクレーガン公爵にも話を聞く。どうやら色々と知っているようだからな」

「くだらん！　私は何も知らない！」

突然、マクレーガン公爵が声を荒らげて踵を返す。参列する貴族を退かして、足早に大広間を出て行こうとした。

しかれども、その前にデュランが立ちはだかる。

「どこへ行かれるのですか、公爵」

「退け、デュラン！　このような場で侮辱《ぶじょく》されて、我慢ならん！」

デュランが退かそうとするマクレーガン公爵の腕を摑み、絶対零度の低い声で言った。

「退きませんよ。貴方には、他にも訊きたいことがあります」

「何だと？」

「公爵……いや、父上。実は僕、こんなものを拾ってしまいました」

わざとらしく〝父〟を強調したルーベンが懐《ふところ》から折り畳まれた羊皮紙を取り出した。無造作に紙を開くと、高らかに読み上げる。

「畑を管理するにあたり、支払う管理料について……この畑というのは、麻薬のクロユリを栽培する畑のようですね。その畑の管理者と父上が交わした契約書みたいです。畑の広さと栽培可能なクロユリの量が記されていて、隣国タリスへの密輸する際の運搬費や、公爵が受け取る利益金額についても細かく書かれています。文面の最後には公爵の名と、畑の管理者という男の名も書かれていますね。僕、父上の書斎の前でこれを拾って、本当にびっくりしたんですよ」

「そんなはずはない！　それは金庫に……っ……」

マクレーガン公爵が血相を変えて途中まで言いかけ、慌てたように口を塞ぐ。

「……いま、クロユリを栽培する畑と言ったのか？」

「まさか、そんな……じゃあ、昨今問題になっているクロユリ栽培と、隣国タリスへの密輸に公爵が関わっていると？」

「信じられない。宰相の立場で、そのような真似をするだなんて……」

王妃だけでなく宰相の犯した罪まで明るみに出て、貴族たちの声がどんどん大きくなってきた。

たった今、余計なことを口走ったことで言い逃れできない状況に陥りつつあると公爵は察したのか、苦々しい表情を浮かべた。デュランとルーベンを睨みつける。

「お前たち……育ててやった恩も忘れて、こんな真似をして、ただで済むと思うな」

「あいにくと、俺は育てられた恩なんて一切感じていませんよ」

「僕も恩は感じていませんね。一日三食、うまい食事を食べさせてもらえたことは感謝していますけど、食事を作っていたのも公爵じゃありませんし」

「……くそっ、退け！」

公爵が悪態をつき、デュランを押しのけて出ていく。今度はデュランも止めずに冷ややかな目で見送る。

ジゼル王妃もフレディ王太子の腕を摑み、足早に大広間を出ていこうとした。

一連の成りゆきを無言で見守っていたリリアナは、母を呼び止める。

「お母様、どちらへ行かれるおつもりですか」

「わたくしに話しかけないでちょうだい！　あなたのせいで、わたくしはっ……」

──私のせい？　また、そうやって、私を一方的に詰《なじ》るのね。

リリアナは思わず足を前に出した。母と対峙すると覚悟を決めて、ここにいるのだ。

これまでのように心を殺し、毒にまみれた母の言葉を黙って享受するのではなく、きちんと話をしなくてはならない。

「何が、私のせいなのですか？」

ギデオンが肩に手を置いてきたが、リリアナはそれを振り払い、ぴたりと足を止めたジゼル王妃のもとへ歩み寄る。

「私こそ、あなたのせいで酷い目に遭いました。城での生活は、延々と続く悪夢そのものでした。あなたが私のためだと言いながら強いてきたことは、どれも悪意に満ちていた。私は自分の頭では何も考えられなくなり、感情も、痛みも……色んなものを失って、挙げ句に国王を殺した犯人だと濡れ衣まで着せられそうになりました。何故、そんなにも私を疎《うと》むのですか？」

積もりに積もった感情が昂ぶり、思わず語尾を荒らげたら、ジゼル王妃が振り返った。

血のような深紅の瞳は敵意の籠もった鋭さを帯びていたが、眉尻を下げて唇をわななかせており、感情が入り混じってぐちゃぐちゃになった顔をしていた。

「何故、あなたを疎むのかですって？　いいわ、教えてあげましょう。あなたを見ていると、わたくしがこれまで味わってきた苦しみを思い出すの。だから、あなたのことは、たとえ血の繋がった娘であろうが愛することなんてできないのよ」

――お母様の苦しみの象徴が私ということ？　それが、お母様の答え。

かすかに胸の痛みを覚えたが、すぐに消えてなくなる。

一生、母に愛されることはない。

そんなことは、とっくの昔に分かっていた。

リリアナはジゼル王妃と、国王との間に何があったのかは知らない。王妃が、どんな苦しみを抱えてきたのかも分からない。

ただ、これだけは明白だ。

何度も失望させられ、軽蔑さえ覚える目の前の人は、リリアナを産んだだけの人。

きっと最初から母親でも何でもなかったのだ。

――不義を働いて私を産んでおきながら、勝手な人なのね、本当に。

先ほどまで感情的になっていた頭が一気に冷めていく。

経口投与される毒だけじゃない。母から与えられ続けられた〝言葉の毒〟で、リリアナの心は幾度となく殺されてきた。

だが、デュランに愛されていることを実感した今となっては、ジゼル王妃に何を言われても、リリアナは動じなかった。

リリアナは表情の乏しい顔でジゼル王妃を見つめる。

赤の他人を見る冷めきった視線を送っていると、娘にそんな目で見られたことがなかったからだろう。

ジゼル王妃が一歩後退し、虚勢を張るように声を張り上げた。

「あなたが誰かに愛されることだって、ありえないのよ！　だって、あなたは――」

その時、足早にやって来たデュランがリリアナを背後へ隠し、抑揚のない声でジゼル王妃に言い放つ。

「それ以上はおやめください、王妃様。ここには多くの目があります。貴女の不用意な発言一つで、今後の貴女の処遇が左右されますよ」

「……もう、何を言おうが、わたくしの処遇は決まったも同然でしょう。証拠もあるのだから」

「それでは、ご自分の犯行だと認めるということですね。義母上」

ギデオンも前に出て、ジゼル王妃の視界からリリアナを隠す。

恋人と慕う人と、兄と尊敬する人――二人に守られながら、リリアナは耳を澄ませた。

「ええ、そうよ。わたくしが陛下を殺したのよ。毒を飲ませたあと、リリアナの犯行だと偽装するために、この手で胸にナイフを突き立てた。これで満足かしら」

「っ、母上！　まさか、本当に父上を……！」

「フレディ、あなたのためでもあったのよ。けれど、もう終わりね」

ジゼル王妃が嘲笑《ちょうしょう》を浮かべて、恐れおののくフレディを連れ出そうと腕を引く。

「どこへも逃げられませんよ、義母上」

「分かっているわ。わたくしはフレディと共に自分の部屋へ戻るだけよ。そのあとで、捕縛でも何でもしたらいいわ」

ふと立ち止まったジゼル王妃が、振り向きざまにデュランを見据えて言った。

「マクレーガン家の次男、デュラン。本当はね、わたくしがいちばん殺してやりたかったのは、あなたなのよ」

それは、どろどろと渦巻く憎悪の念が籠もった、毒の言葉。

「わたくしはギデオンも、リリアナも疎ましくて堪らなかったけれど……本当は、あなたが、いちばん」

憎らしい。

そう吐き捨てて、ジゼル王妃は黒髪を靡かせながら大広間を後にした。

戴冠式は中止となり、ロータリーに集まった国民たちの前にはギデオンが出て事情を説明した。これまで自分が姿をくらましていた理由、次期王となる覚悟、王妃の悪事とマクレーガン公爵の容疑について彼は簡潔に話をした。

そして後日、王妃とマクレーガン公爵の処遇と、戴冠式の件について改めてお触れを出すと国民に約束した。

国民はギデオンの帰還を喜び、一国の若き指導者たる堂々とした姿に歓声で応えた。

かくして計画は滞りなく成功し、長い一日が終わりを告げようとしていた。

リリアナはデュランに連れられて、かつて私室として使っていた部屋へ向かった。

「今宵はここで過ごしてください。抵抗があるようなら、別の部屋も用意させますが」

「ううん、ここでいいわ。……たった三ヶ月、城を離れていただけなのに懐かしい」

リリアナは王女の私室にしては殺風景な部屋を見回し、窓辺に立つ。

窓の向こうには城下の街並みが広がっているが、懐かしさ以外の感慨は覚えず、デュランと過ごした屋敷から見える青々とした森が恋しかった。

「デュラン。お母様と話をした時、間に入って止めてくれてありがとう」

リリアナは窓の外を見つめたまま礼を言う。

「少し感情的になってしまったの。たくさんの人がいる前で、お母様は私の出生について話そうとしていたわよね。あなたは、それを止めてくれたんでしょう」

「あんな大勢の前で妙なことを口走られたら、貴女が傷つくと思ったんです。礼を言われるようなことじゃありません」

デュランが背後に立ち、ぎゅっと抱擁してくれた。

いつもみたいに、もっと強くしてと請うと、彼は願いを叶えてくれる。

息ができなくなるほどきつく抱きしめられて、リリアナはほっと息をついた。

「落ち着いたら、改めてお母様と話をするわ。……そういえば、最後の言葉は何だったのかしら。あなたが憎いって言っていたけれど、デュランはお母様と何かあったの？」

デュランの返答には、ほんの少し間があった。

「さぁ、俺には心当たりがありません。……のちほどメアリーが来ます。今日は疲れたでしょうし、早めに休んでください。ジゼル王妃も監視がついていて、しばらく面会はできないはずですから」

途端に話を切り上げて、身を離したデュランがリリアナの額に口づけていく。

「そうね、今日はもう休むわ。デュランは、このあとどうするの？」

「俺は片づけなくてはならない仕事があります。今宵はご一緒できませんが、寝られそうですか？」

「大丈夫よ。一人で寝られるから」

そう返したものの、最近はデュランに添い寝されることに慣れてしまい、悪夢を見るたびに宥めてくれる彼がいないと不安になる。そんな心情が顔にも出ていたのだろう。

デュランが長身を屈めて、顔を覗きこんできた。

「リル。ちゃんと一人で寝られるんですか？」

「私は子供じゃないのよ。寝られるわ」

「本当に？」

「私に何を言わせたいの。あなたは仕事があるんでしょう。変なことを言って困らせたくないわ」

「じゃあ、行く前にキスをしましょうか」

「え――」

いきなりデュランがキスを仕かけてきたので、リリアナの言葉は呑みこまれた。

唇がぴったりと重なり合い、抱きすくめられて足の間にデュランの膝が入ってくる。

「んっ、ん……デュラ、ン……」

口内に舌が滑りこんできて動き回り、リリアナの腰が抜けたところで抱き留められた。

そのまま、ひょいと抱き上げられてベッドに横たえられる。

「ちょっと、デュラ……うっ、ふ……」

リリアナに覆いかぶさってキスを堪能していたデュランが、首元のチョーカーを撫でながら甘い声で囁く。

「明日、ギデオンから貴女を屋敷へ連れ帰る許可をもらうつもりですし、また添い寝できますよ。離れ離れなのは今宵だけです」

「……デュラン。何度も言うけど、私は子供じゃないし、王女として戻ったのよ。しばらくは城で過ごすことになるわ」

「ならば、枕を抱えて夜這いに来ましょう。貴女を甘やかす時間を作らないと」

「あのね……あまり私を甘やかそうとしないで。何というか……昔みたいに、素直に反応できないの」

リリアナが眉を八の字にして表情の出づらくなった顔を撫でていると、デュランはくっと喉を鳴らして笑い、もう一度、彼女の唇をたっぷりと味わってから身を引いた。

「分かりました。貴女が素直に反応できるようになるまで、たくさん甘やかします。だから、今宵はいい子にしていてください。明日の朝、また来ますから」

「何も分かっていないわね……もういいわ、早く行って。お仕事、頑張ってね」

薄らと顔を赤らめたリリアナが片手を振ると、デュランが笑って、またチョーカーに触れた。満足そうに小さな宝石《アクアマリン》を撫でてから、ひらひらと手を振り返して出ていく。

――いい子にしていろ、か……まぁ、ちょうどよかったのかも。今日は色々あったし、一人のほうが頭の整理もできるから。

リリアナは吐息をつき、メアリーが来るまで窓の外を眺めていた。

戴冠式が中止となってからゴタゴタしていたため、すでに外は日が暮れかけていて、茜色の空を漆黒の闇が浸食しつつあった。

◆◇◆

ギデオンに断りを入れて城を後にし、公爵家の屋敷に到着したデュランは日が落ちた空を仰いだ。キラキラと星が瞬いている。

——リル、今夜は一人で眠れるだろうか。

悪夢に魘されて飛び起きるたび、震えてしがみついてくるリリアナの姿を思い返し、面倒事は早く終わらせねばならないなと思う。

屋敷に入ると、子供の頃からよく知る初老の執事が出迎えた。二階から怒鳴り声が聞こえる。

「公爵は荒れているのか」

「はい。ご帰宅されてから、ずっとあの調子です。お酒を飲まれて少し静かになりましたが、先ほど目を覚まされたようで、今はルーベン様がお相手をしていらっしゃるのだと思います」

長年、公爵家に仕えてきた執事の顔には痣ができていて、デュランは声をひそめた。

「お前も殴られたのか」

「はい。メイドを怒鳴りつけていらっしゃったので、お止めしたところ手を上げられました。もう私ではどうにもできません」

顔を伏せる執事の後ろには、疲れきった表情のメイドたちが控えている。

顔見知りの使用人たちを見回し、デュランは柔らかい声で告げた。

「ご苦労だったな、お前たち。今日は皆、もう帰れ。俺とルーベンで対処する」

怯えるメイドと厨房のコックや下働きの者たちを早々に帰らせ、屋敷には執事だけが残った。

「皆、帰ったようだな。……重要書類や印鑑は、公爵に知られずに運び出せたか？」

「はい。残らず屋敷の外に保管してあります」

「よし、すぐに準備を始めてくれ」

執事が恭しく一礼して足早に厨房へ向かうのを見届け、デュランは二階にある公爵夫人の部屋へ向かう。部屋の前では腕組みをしたルーベンが待っていた。

「デュラン兄さん。公爵はかなり荒れているよ。さっき部屋に入ったら怒鳴りつけられて追い出された。もうどうにもならないって分かっているんだろうね」

「公爵は、母上には手を出していないな」

「手を出していないよ、今のところはね」

デュランは頷き、母——イライザ公爵夫人の部屋へ入った。

イライザ夫人は車椅子に乗っており、ぼんやりと窓の外を眺めている。

「母上、お久しぶりですね」

母の前に膝を突いたデュランは静かな声で話しかけた。

イライザ夫人は濁ったアイスブルーの瞳をデュランに向けて「ああ」と声を漏らし、痩せた手を彼の頬に添えてきた。しかし、その口から零れた名は息子のものではない。

「サミュエル……」

それは、今は亡き国王の名。

イライザ夫人が、愛おしむように彼の顔を撫でていく。

「俺はデュランですよ。貴女に似たので、そこまで父親とは似ていないはずですが」

「サミュエル……サミュエル……」

過酷すぎる生活で精神を病んでしまい、ただ一人、心を動かす者の名だけを口にする。

虚ろな目でデュランを見つめて名前を呼び続ける母の姿は、攫った直後のリリアナの様子とそっくりだった。

戸口に立って眺めていたルーベンが声をひそめた。

「兄さん。こんなこと言いたくないけど、イライザ様にはもう誰の声も届かないよ。心が粉々になって壊れちゃったんだ」

唯一、壊れたイライザに声が届いたはずの人物も、今はいなくなった。

デュランは陰鬱な面持ちで「分かってる」と頷くと、ゆっくり立ち上がる。

「ルーベン、母上を頼むぞ」

「任せて。他に何か手伝えることは？」

「ない。全て俺がやる。お前は一切手を出すな、ルーベン」

いつだって聞き分けのいい弟は頷き、イライザ夫人の車椅子を押して部屋から連れ出す。

デュランは腰に提げた剣を確認し、外套のポケットに手を入れた。そこにある堅い感触を確かめてから、マクレーガン公爵の書斎の前に立つ。

——とうとう、この時が来た……今日という日を、ひたすらに待ち焦がれていたんだ。

デュランは大きく息を吸うと、書斎の扉を開け放った。

暖炉の火で室内は淡く照らされており、マクレーガン公爵は革の肘掛け椅子に座っていた。足元の絨毯には書類が乱雑に散らばっていて、割れた蒸留酒《ウイスキー》の瓶が転がっている。そのせいで酒の匂いがあたりに充満していた。

デュランは腰の剣に手をかけて、ゆっくりと椅子に近づいていく。

「明日の朝、麻薬調査を担当する騎士隊が貴方を捕らえに来るそうです。誰も貴方に手を貸さないし、どこへも逃げられませんよ」

顔を伏せていたマクレーガン公爵が肩を揺らし、幽鬼のごとくゆらりと顔を上げた。

宰相として議会の場に立つ時の自信に溢れた姿はどこにもなく、顔は歪みきって荒んだ目をしていた。

あれだけ多くの貴族がいる前で罪を暴露されて、公爵としての矜持まで粉々にされたためか、完全に人相が変わっている。

妻と息子を虐待し続け、長年尽くしてくれた執事やメイドにまで手を上げる。

ニストロから手に入れた情報だと、麻薬の密輸がらみで口封じのため消した者も両手では数えきれなかった。

それが、マクレーガン公爵の本性だ。

「昨日まであれほど威張り散らしていたというのに、今日から貴方は麻薬密輸を主導し、国王暗殺にも加担した罪人です。宰相の地位は剝奪されて、厳しい処罰が待っているでしょう。まぁでも、あの場で見苦しい言い訳をしなかったことだけは感心しましたよ」

デュランが酷薄な笑みを浮かべると、公爵の顔が険しくなった。

「デュラン……お前が、こうなるように仕組んだのか……リリアナ王女を匿《かくま》い、王妃が陛下を殺した証拠を集めて、私のことまで調べ上げた」

「俺だけじゃありませんよ。ギデオンが計画を主導し、ルーベンが協力してくれました。貴方のようなプライドの高い方には、だいぶ応えたでしょう」

公爵が覚束ない足取りで立ち上がると、金髪をぐしゃりとかき混ぜてデュランに背中を向け、窓辺に立つ。

「ふんっ……明日、騎士が私を捕らえに来るのか。私が罪人として牢に放りこまれれば、お前もさぞ嬉しかろうな。だが、私は尋問されようが何も吐かぬぞ」

肩を揺らしながら笑う公爵に、デュランはゆっくりと近づいていく。すらりと腰の剣を抜いた。

「一つ訊きたいのですが、密輸で稼いだ金はどこへやったんですか？」

「知らん。私は無実だからな。契約書をねつ造され、濡れ衣を着せられたと主張し続けてやろう。けして、己の罪は認めん」

公爵が開き直ったように言い放ち、くっくっく、と笑い声を上げる。

しかし、ズプッと肉を刺す音が聞こえると、その笑い声が途中で不自然に途切れた。

デュランは公爵の真後ろに立ち、握りしめた剣を彼の腹に深々と突き刺しながら平坦な口調で言う。

「罪を認めなくても構いませんよ」

公爵が絶句し、剣の切っ先が突き出した腹を見下ろしている。


「――どうせお前は、ここで死ぬ」


デュランは剣をゆっくりと引き抜き、噴き出す血がかからないよう後ろに下がった。

「っ、ぐうっ……き、さまっ……よくも、こんなっ……！」

公爵が血の溢れる腹を押さえながら執務机に手を突くが、膝から崩れ落ちてガタンッと鈍い音が響く。

デュランは剣の血を払って鞘に納めると、静かに後退した。呻き声を上げながら這い寄ってくる公爵を見下ろす。

かつて笑いながら妻を殴り、デュランやルーベンを打ち据えてきた時、マクレーガン公爵は怪物のように大きくて恐ろしく見えた。

だが、ぜえぜえと息をしながら生に縋りつこうとする公爵は死人も同然で、デュランは冷めた表情で「お前は人間じゃない、獣だ」と呟く。

「俺は一度だけ、母の悲鳴の聞こえる寝室を覗き見たことがある。お前は母に覆いかぶさって首を絞め、顔を拳で殴り、母が泣き叫んで苦しむ姿を見て笑っていた。あんな残虐な仕打ちができるのは、心のない獣だけだ」

「ぐ、っ、ううぐっ……デュラ、ンッ……ふふっ、ははは、っ……」

公爵がゆっくりと上半身を起こし、腹を押さえて執務机に寄りかかりながら笑い始めた。

「私が、獣か……よく言うものだっ……私を殺せば、貴様とて、非情な人殺しだぞ！」

「俺は人に害を成す獣を一匹、排除するだけだ。それに、お前の死体は屋敷ごと燃やす。罪を悔やんで自殺したことにしてな」

「っ、この屋敷ごと、燃やすだと……？」

顔面蒼白で愕然とする公爵を睥睨しながら、デュランは外套のポケットから小ぶりなナイフを取り出した。

それは、暗殺された国王の胸を突き刺したナイフとよく似た凶器。

デュランはナイフを握って再び公爵のもとへ歩み寄る。硬いブーツが床を叩き、コツ、コツと足音を立てた。

死神の足音が緩やかに近づいていく……公爵の顔に初めて恐怖が過ぎった。

デュランは膝を突き、公爵の首を摑み上げた。片手でナイフを弄びながら、心臓のある場所に狙いを定める。

マクレーガン公爵の瞳が恐れに揺れて唇がわななないた。

一秒でも長く生き永らえたいのか、公爵はデュランの顔を押しのけるようにして苦し紛れにこんな言葉を口走る。

「っ……お、お前っ……未だに、リリアナ王女に懸想《けそう》しているのだろう……匿っていた、ようだからなっ……」

リリアナの名を出せば、デュランも反応すると踏んだのだろう。

デュランがぴたりと動きを止めて目線で話を促すと、マクレーガン公爵がごふっと血を吐き出して続ける。

「あの方の、父親を、知りたくはないか……私を、助けたら……教えてやろうっ……」

「リルの、父親？」

「ああ、そうだ……前に、言っただろう……陛下の子では、ないとっ……」

デュランは底冷えのするような眼差しでマクレーガン公爵を見つめると、緩やかに口角を吊り上げた。重低音の声で応える。

「リルの父親が誰なのかは、もう知っている」

「っ、なん、だとっ……」

「王女の侍女だったハーバーが死ぬ間際、その秘密を姪に言い遺《のこ》した。俺は姪の口から聞いた」

暗鬱な目で公爵を睨み、デュランはナイフの切っ先を憎い男の左胸に当てる。

「それを知ったあと、お前と王妃が全てを分かった上で、リルの婚約者としてヒューゴをあてがったと気づいた。本当に腐りきった連中だと、殺意が湧いた」

「あれは、ジゼル王妃から、言い出したことだ……っ」

「どちらが言い出したかなんて、どうでもいい。それと何か勘違いしているようだが、俺がお前を殺す一番の理由は、母と俺を虐げたからじゃない」

デュランはナイフを握る手にぐっと力を籠めて、地を這うような声で囁いた。

「お前みたいな獣のせいで、またリルが傷つけられないよう消しておくためだ」


マクレーガン公爵家の屋敷がゴオオと音を立てながら炎上していた。激しく火柱が上がり、野次馬の悲鳴が聞こえる。

わざと腕に火傷を負って屋敷を見上げるデュランの隣には、イライザ夫人の車椅子を押すルーベンがいた。

デュランの後ろには屋敷の中に油を撒いた執事が佇んでいて、声をかけてくる。

「デュラン様。こちらをお渡ししておきます」

横暴な公爵の素顔を知っていても、長いこと耐えてきた有能な執事は、執務を手伝うために公爵とそっくりな筆跡で文章を綴ることができた。

デュランは公爵家の紋章が入った封筒を受け取ると、燃え上がる屋敷に視線を戻す。

夜空に向かって焔が渦を巻き、数多の紙片が巻き上げられて空を舞っていた。金だった。

おそらく、屋敷に隠し部屋でも作って貯めこんでいたのだろう。

紙吹雪のごとく炎の中で舞う紙幣を眺めながら、デュランは周りの誰にも気づかれぬよう、ほんのわずかに口角を緩めた。

第八章

　朝いちばんにマクレーガン公爵死亡の一報を受けたリリアナは、部屋を訪ねてきたデュランを見て瞠目する。

「デュラン、その手はどうしたの？」

「大したことはありませんよ。昨夜、屋敷が炎上して、母上を助け出す際に火傷を負ってしまったんです。軽傷なので、そう心配するほどじゃありません」

　デュランが袖を捲り、包帯の巻かれた腕を見せてきた。

　リリアナは眉を寄せながら、彼の腕にそっと触れる。

「あなたが無事でよかったけど、火傷は痛むと聞いたわ。無理はしないで」

「リル、俺を心配してくれているんですか」

「心配するわ、当たり前でしょう。それで、昨夜は何があったの？」

リリアナをカウチに座らせて、デュランが事のあらましを聞かせてくれた。

マクレーガン公爵が罪を悔いて自殺を図り、罪の証拠である金と家族もろとも屋敷を燃やそうとした。

その時はデュラン、ルーベン、イライザ夫人が屋敷にいたため、使用人と共に急ぎ避難したのだと。

「そう、公爵が火を付けたの」

「いきなりのことで本当に驚きました。公爵の他に犠牲者が出なかったことが、せめてもの救いですね」

苦虫を噛み潰したような表情を浮かべるデュランを、リリアナは緋色の瞳で射貫く。

「リル。そんなに俺の顔を見て、どうしました？」

「……公爵は本当に自分の罪を悔いて、自殺したのかしら」

「どういう意味です？」

「私はあなたほど公爵のことは知らないけど、罪を犯した自責の念で命を絶つような人には、思えなくて」

――暴力的な面があり、宰相の座にありながら密輸に手を出していた人が、罪を摘発されただけで自殺するのかしら……可能性はないとは言えないけど。

リリアナの指摘を聞いても、デュランの表情は変わらなかった。

ただ、そのアイスブルーの目だけは妙な鋭さを帯びたが、一瞬で消える。

「それは杞憂ですよ、リル。公爵直筆の遺書が残っていますし、火事の直前に公爵と話した執事の証言もあります」

「……そう。じゃあ、やっぱり自殺なのね」

――公爵には悪い印象を抱いていたけど、自ら命を絶つなんて複雑な気持ちだわ。

暗い面持ちで黙すると、デュランが傍らに腰を下ろして肩を抱いてきた。

「貴女がそんな暗い顔をする必要はありません。公爵は自業自得なんです」

「ええ、そうよね」

「……そういえば、リル。昨夜は俺がいなくても、一人で眠れたんですか？」

リリアナを気遣ったのか、彼が話題を変えてくれる。

「ちゃんと眠れたわ。デュラン、昨日も言ったでしょう。私は子供じゃないのよ」

「俺はただ、貴女が心配だっただけです。ここのところ夜はずっと一緒でしたからね」

「心配しすぎよ。それに、デュランがくれたチョーカー……これがあると、あなたが側にいる感じがするの。そのお蔭か、夜もちゃんと眠れたわ」

リリアナが小声で答えると、デュランは口端を吊り上げながら首元のチョーカーに触れた。そして甘やかすようにリリアナを抱きしめ、頬ずりしてくる。

「リル。色々と面倒事が片づいたら、俺と屋敷に戻りましょう。その後はもう、俺の側から離さない」

彼の声が低くなり、抱きしめる腕に力が籠もった。遠慮なく締め上げられた途端に息苦しくなったが、リリアナは自分からデュランの背に腕を回す。

「これからは、ずっと一緒ですからね。リル」

「ええ、デュラン……ねぇ、もっと強く、私を抱きしめて」

「これでも、かなり強く抱きしめていますよ。これ以上力を入れたら、貴女を抱き潰してしまいます」

「抱き潰すのは、だめよ。でも、もう少しだけ強くして」

——息苦しくなるまで抱きしめられるのが、好き。不安も恐れも忘れられるから。

普段、わがままを言わないリリアナが小声でねだると、デュランは微苦笑を浮かべたまま口を噤んだ。そうして腕にぐっと力を入れてくれた。

刹那にリリアナは拘束され、自分の意思では身体を動かせなくなる。

デュランの息遣い、鼓動の音、温もり。それら全てを感じながら逞しく頑強な腕の中に囚われ、リリアナは苦しい呻きを上げる代わりに安堵の息をついた。

——ああ、安心する。

デュランが髪を撫でて額に口づけてくれた時、慌ただしい足音と共にノックが響いて二人だけの時間が壊れた。

リリアナが入室の許可を出すと、メアリーが飛びこんでくる。

「リリアナ様、大変でございます！」

「メアリー。そんなに慌ててどうしたの？」

メアリーは「それがっ！」と息せききって告げる。

「王妃様の行方が分からなくなって、大騒ぎになっているのです！」


リリアナはメアリーを連れて庭園の奥にある四阿《あずまや》へ向かった。

今、城内は慌ただしく騎士が行き交っている。王妃が行方不明となったと知り、捜索隊が編成されるとのことで騎士のデュランも呼び出されて行ってしまった。

寛げるようベンチの設置された四阿では、思案顔をしたギデオンが待っていて、リリアナの訪《おとな》いに気づくと「リリアナか」と顔を向けてくる。

「おはようございます、ギデオン兄様。私をお呼びだとお聞きしたので参りました」

「ああ、ジゼル王妃の件で訊きたいことがあってな。どこへ行ったか、見当はつくか？」

「私には分かりません。お母様が城内でどのように過ごしていたのかも、ほとんど知りませんから。フレディに聞いたほうがよいのでは？」

「すでに聞いた。しかし、あれはダメだ。私に怯えているのか、まともに会話もできん。

ジゼル王妃がいなければ、自分で物事を考えることすらできん腑抜けのようだ」

「そうですか……フレディとはしっかり話をしたことがないのですが、もしかすると、お母様にそう育てられたのかもしれませんね」

「言いなりになる人形として、か？　まったく、胸糞が悪い」

ギデオンが小さく舌打ちした。

「今、騎士たちに城内を捜索させている。デュランが使っていた地下道があるだろう。あれを用いて部屋を抜け出した可能性が高い。古い見取り図を確認すると、地下道は迷路のように入り組んでいて、外へ続く出口は裏の森に通じている一カ所だけだ。だが、王妃がそこを出入りした痕跡はない」

「ならば、城内に隠れている可能性があるということですね」

「おそらくはな。王妃も地下道の存在を知っていたのだろう」

「私はデュランに連れられて地下道を歩きましたが、かなり薄暗いので身を隠すことは可能だと思います。細い階段も見かけたので、上階の部屋に繋がっているんでしょう。地下道に身を隠しながら騎士の目をくらますのは、そう難しいことではないかもしれません。ただ、見取り図が頭に入っていなければ迷うことも十分あり得ますが」

自分の見解を淡々と伝えると、ギデオンは銀灰色の目を瞬かせて「ふむ」と頷く。

「お前の言う通りだ。出口は押さえているし、このまま逃げ続けることはできまい。総出で城内を捜索すれば見つかるだろう」

「ギデオン兄様……お母様は、何か目的があって逃げたのかもしれません」

「どうしてそう思う」

「すぐに捕まると分かっていながら行方をくらましたのは、明確な目的があるからではないかと思ったのです。罪から逃れて逃げ出したいだけだったら、とっくに城の外へ出ているはずです。それだけの時間はあったはずですから」

――その目的が何なのかは分からないけど。

すると、耳を傾けていたギデオンが唇の片端を持ち上げる。

「そうだな。ジゼル王妃も意味なく逃げたわけではないだろう。おそらく、何かしら目的があるはずだ。城内を歩く時は、お前も気をつけたほうがいい」

「分かりました。気をつけます」

「時に、リリアナ。お前は賢いな」

「……そうでしょうか？」

「フレディと話した後だから余計にそう感じるのかもしれんが、頭の回転は悪くない。デュランからは、お前が会話もできない状態だったと聞いていたから心配していたが、私の杞憂だったようだ」

目をパチリとさせるリリアナに、ギデオンはベンチに座るよう勧めた。

「王妃の捜索は騎士に任せよう。私はまだ政務用の執務室の準備が整っていなくてな、時間がある。少し話すか」

「ええ、兄様がよろしいのなら」

ギデオンの隣に腰を下ろすと、彼が口火を切った。

「昨夜、公爵が亡くなったことはお前も知っているな」

「はい……自ら命を絶ち、屋敷に火を放ったそうですね」

「あの男らしからぬ最期だったな。だが、契約書のお蔭で畑の管理者の名は割れた。すでに居所も特定されている。その男を捕らえてデュランに尋問させれば、色々と明らかになるはずだ。大抵、密輸業者というのは横の繋がりがあるからな」

——デュランに尋問をさせる？

リリアナは、ことりと首を傾げた。

「ギデオン兄様。デュランは尋問が得意なのですか？」

「あいつは尋問部隊に所属しているからな。知らなかったのか」

「騎士の職務については、聞いたことがありませんでしたから」

「状況が落ち着いたら、デュランに聞いてみろ。あれは優秀な尋問官だ」

——私……今のデュランについて、よく知らないのね。絵が描けなくなったことも、尋問部隊にいることも聞いていなかったわ。

彼のことだから、リリアナの容態を考慮して余計な話をせずにいたのかもしれない。

――出生の件もそうだし、デュランに聞きたいことが幾つもある。よく考えてみれば、私たちは離れ離れになっている期間が長かったから、その間に変わったこともたくさんある。だから、知らないことがあるのは当然なんでしょうね。

お互いに変わったことと、知らないこと――リリアナは無意識に首のチョーカーに触れる。夜更けに起きたら、デュランが覆いかぶさっていた日を思い出した。

愛撫の手は優しかったし、甘い睦言も囁かれたので乱暴されたという感覚はない。ただ、普段はリリアナの意思を尊重してくれるデュランがこんなことするのかと驚いた記憶がある。

『リル、貴女は俺のものだ』

あの夜、デュランは執拗にそう繰り返した。

愛していると囁きながら、独占欲を露わにした言葉でリリアナの心を縛りつけたのだ。

――その言葉が、ほんの少し怖いと感じた。だけど、私は彼から離れようとは思わない。むしろ自分から彼を求めて、もっと強く抱きしめてと願う。

デュランの腕に閉じこめられてきつく抱擁されると、心の底から安心できるから。

――ああ……やはり、私は一度、心が壊れてしまったのかもしれない。執着じみた彼の言葉が怖いと感じるくせに、それが嫌ではないと、矛盾した感情を抱いているんだから。

たとえ一方的に組み伏せられて身も心もデュランのものだと思い知らされようが、リリアナは抵抗せず受け入れるだろう。

――デュランは私を愛してくれている。きっと、他の誰よりも。

過酷な生活からリリアナを救い出し、壊れかけた心を癒し、ひたすらに愛をくれる人。

――そして、私も……彼を愛している。

デュランはリリアナの初恋で、ずっと恋い焦がれていた相手だ。

それこそ毒に侵された悪夢の底でも、彼を想い続けるほどに。

ふと、視線を感じて顔を横に向けると、足を組んだギデオンがじいっと見つめていた。

「今、デュランのことを考えていただろう」

「どうして分かったのですか？」

「女の顔をしていたぞ」

「女の顔……？」

どんな顔だと、リリアナが両手で頬に触れたら、ギデオンの手が頭にぽんと乗る。ぐしゃぐしゃと撫でられた。

「っ、何をなさるのですか」

「なに、少し安心しただけだ。デュランとうまくいっているようだからな。あいつは、お前のためにこの国へ戻ってきた。一途で優秀な男だ、手放すなよ」

ギデオンがにやりと笑う。完全に妹をからかう兄の顔だった。

――ギデオン兄様とは血の繋がりがないはずなのに、本当の兄様みたい……ううん、たぶん血の繋がりなんて関係ないのね。子供の頃は、ギデオン兄様とちゃんと話したことはなかったけど、今こうして話すと兄妹だって感じられる。不思議なものね。

リリアナがしみじみと実感していたら、ギデオンが軽く膝を叩いて立ち上がった。

「さて、そろそろ行くか。……リリアナ。全てが片づいたら、私は新王として即位する。議会も異論はないだろう。その時は、デュランに側近として支えてもらうつもりだ。お前も、あいつと結婚するんだろう。これからはデュランと共に、私を支えてくれ」

片手をずいと差し出され、リリアナも立ち上がってギデオンの手を握り返した。

王たる風格を持つ兄の手は大きく、とても頼もしかった。

ギデオンが去ったあと、リリアナも部屋へ戻るかと歩き出す。

広い庭園をぐるりと回ることができる遊歩道は、昔よくデュランやルーベンと遊んだ中庭へ続いていた。中庭を突っ切れば部屋までの近道になる。

リリアナは城の隙間を縫うように造られた遊歩道を進んだ。ほどなく開けた場所に出る。

今は使われていない温室があり、休憩用のベンチが置かれた中庭だった。

「昔、ここでハーバーに見守られながら、デュランやルーベンと遊んだわ」

「叔母も、よく中庭の話はしておりました。リリアナ様がお転婆で大変だったと言っていましたよ」

　メアリーとそんな話をしながら、温室の横を通り過ぎて中庭の中央に立つ。

　晴れ渡った空を仰いだ時、背後から名を呼ばれた。

「リル！」

　弾かれたように振り返ると、たった今、リリアナが来た遊歩道を通ってデュランが足早にやってくる。

「デュラン、何かあったの？」

「ギデオンから貴女が庭園にいると聞いて、捜していました。しばらく貴女に護衛をつけることになり、俺がその護衛をする許可をもらってきたんです」

　デュランが温室の真横を通り過ぎた時、不意に、使われていないはずの温室の扉が開いて黒い人影がゆらりと現れる。

　そこからは、たった数秒の間に色んなことが起きた。

　突然、黒い人影がデュラン目がけて走り出す。目深に被っていたフードが後ろに流れて顔が見えた――ジゼル王妃だ。

　王妃の手に握りしめられたナイフに太陽の光が反射し、キラリと光る。

　刹那、リリアナは声を限りに叫んだ。

「デュランッ！　後ろ！」

気づいたら、地を蹴って駆け出していた。

リリアナは勢いよく振り返るデュランを庇《かば》い、ナイフで狙いを定めたジゼル王妃の前に飛び出す。

その直後、目を血走らせたジゼル王妃がリリアナに渾身の体当たりをし、腹部にどすんっと重たい衝撃があった。

「うっ……！」

「っ、リリアナ……？」

前のめりになったジゼル王妃が、信じられないといった表情でリリアナを見上げる。

リリアナはデュランを背後に隠す体勢で王妃を見下ろした。

母の手にあるナイフは、リリアナの脇腹に深々と刺さっている。

中庭にメアリーの悲鳴が響き渡り、デュランが素早くリリアナの身体を支えた。

「リルっ……メアリー！　すぐに医者を呼んでこい！　近くにいる騎士もだ！」

「は、はいっ……」

半泣きになったメアリーが慌ただしく走っていった。

「王妃、リルから離れろ！」

「待って……」

リリアナはジゼル王妃を引き剝《は》がそうとするデュランを制止し、しっかりと自分の足で

立つと、両手で腹部に刺さったナイフごと母の手を包みこんだ。

啞然としているジゼル王妃が逃げられないよう身体に縫い止めて、リリアナは間近にある母の顔を見つめる。

親子でありながら、こんなにも近くで母の顔を見るのは初めてだった。

「リリアナ、手を放しなさい！」

「手を放せば、デュランを殺そうとするでしょう……彼は、私の大事な人です。絶対に殺させない。だから、この手は放しません」

刺された箇所からぽたぽたと血が地面に落ちていく。痛みはないが、ジンジンと痺れる感覚があった。

今は痛覚がなくてよかったと、リリアナは思った。

そうでなければ、こうして王妃と話をしたり、立っていることもできなかった。

「もういい、リル！　俺が王妃を捕らえて……」

「少しだけ待って、デュラン。この人と話をしたいのよ、お願い」

リリアナの懇願を聞き、デュランが渋面を作って動きを止めた。

「あなたとする話なんてないわっ……わたくしにとって、あなたはもう、娘でもなんでもない」

リリアナは手元を見下ろす。包みこむようにして初めて握った母の手は、自分と同じくらい細かった。

ただ、その手はリリアナの腹部に深々と刺さったナイフが握られて血まみれだったが。

「お母様……以前、あなたは私に、誰からも愛されない不義の子だと言いましたね。幸せになんてなれないと……だけど、デュランが私を愛してくれました。彼は、私のためにこの国へ戻り、どんな生まれだろうが関係ないと言って、私の心も救ってくれた。私に愛していると言ってくれたのは、彼だけです」

ジゼル王妃が顔を歪める。リリアナは己の血で赤く染まった手に力を籠めた。

「本当は、お母様にも愛してもらいたかった……あなたのせいで苦しんで、酷い目に遭ったけど……それでも、私を産んでくれた母親はあなただけだったから」

だけど――と、リリアナは自分とそっくりな緋色の目を覗きこんだ。

「私の愛する人にまで、あなたは手を出そうとした。私がいちばん許せないことです。あなたの言う通り、もう母親なんかじゃありません。お母様……いいえ、ジゼル王妃」

「っ……」

上目遣いで仰いでくる王妃を見下ろし、リリアナは深く息を吸いこむ。

「私の人生に、あなたはもう要らない」

――この人は、私の未来を蝕む〝毒〟そのものだわ。もう、これきりよ。

平坦な声で離別を言い放ち、興味を失ったように目を逸らしたら、唇をわななかせた王妃の身体から力が抜けた。その場にずるずると座りこむ。

すかさずデュランが王妃の手を捻り上げて、動けないよう地面に押さえつけた。

リリアナはナイフが刺さったままの腹部を押さえると、ゆっくりと膝を突く。

何故だろう。ジンジンとしていた痺れが、ほんの少しずつ小さな針を刺されたみたいなチクチクとしたものに変わっていく。

「リル、動かないでください。すぐに医者が来ますから」

「ええ……デュラン。このまま動かないわ」

「わたくしの人生にこそ、あなたなんて、要らないのよ……！」

ジゼル王妃が顔をぐしゃぐしゃにしながら甲高い声で叫んだ。自分の思い通りにいかなくて苛立つ、子供の癇癪みたいだった。

リリアナは肩で息をすると、無関心な口調で応えた。

「そうですか……だったら、自分が犯した罪は自分で償ってください。その罪や苦悩を、私にまで押しつけようとしないで。他人なんだから」

「っ！」

「リリアナ様ーッ！」

メアリーが城に常駐する医師と、王妃を捜索していた騎士たちを連れて戻ってくる。

デュランに押さえつけられていたジゼル王妃が、騎士の手によって拘束されたのを横目で確認すると、リリアナは激しい目眩を覚えた。横に倒れかけたら、すかさず伸びてきた腕に抱き留められる。

リリアナが目線を上げると、美しい氷河みたいなアイスブルーの隻眼があった。美麗な面立ちには憂いと苦味が入り混じった表情が張りついている。

――まるで、あの時みたいね。

国王の死体の傍らで、意識を失う直前に見たデュランの顔と同じ。

「リル。俺を庇うなんて、馬鹿な真似を」

「……身体が、勝手に動いたの……心配しないで」

リリアナは血まみれの手を差し伸べ、愛おしげにデュランの頬に添えた。

「私……刺されても、痛くないから……こんな傷、どうってことないのよ」

デュランの顔が、今にも泣きそうなほど歪んだ。

絶え間なく血の溢れる腹部がやたらとチクチクしていたが、リリアナはふうと一息ついて力を抜いた。

デュランに付き添われて担架で運ばれながら、段々と意識が遠のいていく。

「リル……」

——デュランが泣き出しそうな顔をしている……大丈夫って、伝えないと。

だが、視界が霞んで口が動かなくなり、勝手に目が閉じていった。

次に目を開ける時はデュランに悲しい表情をさせたくない。彼の笑顔を見たい。

そう願いながら、リリアナの意識は眠りの底へ埋没した。

◆◇◆

地下牢の一室。頑強な鉄の扉で隔離された尋問室に、ジゼル王妃はいた。

昨日、中庭で捕縛された際に暴れたため手枷を嵌《は》められて、今は木製の椅子に座らされている。

デュランが尋問室の扉を開けると、窓のない室内の空気が震えて、壁に設置された松明の火が揺れた。彼は「席を外して人払いをしてくれ」と、同僚の騎士を外へ出した。

俯いていたジゼル王妃が、デュランの声を聞いて顔を上げる。

常に美しく結い上げられていた王妃の黒髪は肩に垂らされていて、質素な黒のドレスは喪服のようだった。

リリアナと同じ緋色の瞳でデュランを射貫き、ジゼル王妃は呻き声を漏らす。

「……わたくしを、尋問でもしに来たのかしら」

「話をしに来ました」

デュランは腕組みをしながら壁に寄りかかって、淡々と話し始めた。

「リルは無事ですよ。医師の治療を受けて、昨日からずっと眠り続けていますが、命に別状はないようです。ただ、貴女がリルを刺したナイフには多量の猛毒が塗られていたそうです。刺されたのが耐性のあるリルでなかったら、間違いなく命を落としていたと」

「…………」

「ジゼル王妃。貴女はそこまでして〝俺〟を殺そうとした。それほど俺を……いいや、俺の両親を憎んでいたんですね」

デュランを睨むジゼル王妃の目には敵意だけではなく、まぎれもない憎悪があった。

「貴女が、どうしてそこまで俺を憎むのか、よければ教えてくれませんか。俺の出生が深く関わっているんですよね」

「……話すまでもないわ。あなたはどうせ、全て知っているんでしょう」

「いいえ、知らないんです。俺が幼い頃に母は心を病んで、まともに話ができなくなりました。マクレーガン公爵は自分の子ではないと言いましたが、本当の父親が誰なのかは言わなかった。ただ――」

デュランは覗き窓がついている鉄の扉に背を向けると、おもむろに眼帯を外した。

ジゼル王妃は彼の右目を見て、かすかに息を呑んだ。

「生まれた直後から隠してきた右目が、俺の出生を教えてくれました。アクナイト王家直系の男子にのみ伝わる、銀灰色の瞳。俺がこの瞳を持って生まれてきたということは、父親はただ一人。貴女が殺した先代王――サミュエル・アクナイトです」

すぐに眼帯を着け直し、デュランはゆっくりとジゼル王妃に歩み寄る。血の気が失せた王妃の顔を見下ろしながら、低い声で問うた。

「俺の母は、先代王と姦通《かんつう》したんですか」

静まり返った尋問室で松明の火が揺れて、二人の足元にできた影も揺れる。

長い沈黙ののちに、ジゼル王妃が大きく息を吐いた。

「……そうよ。あなたの母親は夫がいながら陛下と姦通した。けれど、たった一度の過《あやま》ちだったら、わたくしも殺しはしなかった」

「王妃。いったい何があったのか、話してくれませんか」

デュランが促すと、王妃はまた少し沈黙して自嘲の笑みを浮かべる。

「いいわ、話してあげましょう。はじまりは、わたくしがこの国へ嫁ぐところからよ」

――それは、交錯する愛情が起こした悪夢みたいな愛憎劇。

「祖国チニールでの生活は、本当に地獄のような暮らしだった。毎日、食事に毒を盛られたわ。わたくしは幾度となく死にかけた。傲慢な父、子供に無関心な母、当たり前のように死んでいく周りの兄弟たち……そんな環境で、わたくしは心を病んだ。誰の言葉にも反応できなくなり、毎日、ただ惰性のように生きていた。でも、アクナイト王国との縁談の話が持ち上がった。わたくしは父に命じられるがままアクナイトへ嫁いだわ。そして、陛下と出会ったの。

あの人は優しかった。労わりの言葉をかけて、心を病んだわたくしを愛情で包みこんだの。わたくしは運命の相手を見つけたと小娘のように胸を躍らせた。生まれて初めて人を愛したわ。

だけど、その生活は長くは続かなかった。隣国タリスから側室のサマンサが嫁いできたからよ。陛下がサマンサを抱くのを、わたくしは耐えられなかった。でも、陛下から国のためには仕方がないこと、心から愛しているのはお前だけだと毎日言い聞かされた。だから、わたくしは耐えたわ。サマンサが先に身ごもったと聞いた時も、感情を抑えて耐えきった。誰よりも陛下が喜んでいらしたから。

ただ、この頃から一つ疑念を抱くようになった。わたくしが陛下と結婚したあとに、マクレーガン公爵が娶《めと》った伯爵令嬢……イライザと陛下が、夜会で顔を合わせるたび妙に親密そうに見えたからよ。イライザはね、陛下と幼馴染だったの。二人は幼少期から兄と妹のように育ったのだと、公爵が教えてくれた。わたくしは嫌な予感がしたわ。だって、子供の頃から互いをよく知る男女が一線を越えるのなんて、ほんの小さなきっかけがあれば十分でしょう。

そして、わたくしの予感は的中した。ある時、中庭で見てしまったのよ」

『――私が愛しているのは君だけだ、イライザ。子供の頃から、君だけを愛している』

『サミュエル……わたしもよ。わたしの大切な人は、あなただけ……公爵の暴力にはもう耐えられないわ。死んでしまいたくなる』

『何もできない私を許してくれ。もし君が死んでしまったら、私も後を追う。君のいない世界に未練なんてない』

『ああ、サミュエル……』

「二人は温室で睦み合っていたわ。見張りの侍女が、聞き耳を立てるわたくしを見つけて慌てていた。たぶん、密会はそれが初めてじゃなかったんでしょうね。わたくしは陛下が側室を持つことを許したし、サマンサが先に跡継ぎを産んだことも許した。彼を信じ、愛していたからよ。それなのに、わたくしに愛していると囁いておきながら、陛下の本命は公爵の妻であるイライザだった。酷い裏切りだと思ったわ。それからイライザが身ごもって、陛下の血を引く息子を産んだ。目の色で分かったのでしょうね、妻の不貞に気づいた公爵が、わたくしにその話をしてくれた。でも、公爵夫人が陛下の血を引く子を産んだと知れたら大問題でしょう。陛下は公爵に、秘密にしてくれと頼みこんだらしいわ。公爵は自分の子として育てることを了承した。そして陛下の弱みを握った公爵は、それまで以上の権力を手にしたのよ。デュラン、幼い頃によく城へ連れて来られたでしょう。あれは、陛下にあなたの成長していく姿を見せるためだった。あなたがリリアナを連れ出そうとして捕まり、国外へ送られた時、マクレーガン公爵家が咎めを受けなかったのも、陛下の口添えがあったからよ」

長い語りを中断したジゼル王妃は、そこで一息つく。

デュランは壁に凭れて、無言で天井を見上げていた。

自身の出生については大よそ見当がついていた。鏡を見れば、本当の父親が誰かなんて嫌でも分かる。ただ、どういった経緯で自分が生まれたのか、誰にも聞けなかった。

父親は国王で、肝心の母親はまともな会話が成立しない状態。

だからといってマクレーガン公爵には死んでも訊きたくなかった。

「わたくしが不貞を知っていると陛下も気づいたのか、頭を下げて二度としないと誓いながら、イライザのことが忘れられないとも言った。

きっと最初から、陛下はわたくしを愛してなんかいなかった。ただ、哀れな生い立ちの女に同情していただけ。わたくしは心から愛していたのに……何よりも、イライザよ。公爵との生活に耐えられなくて陛下に泣きつくくらいなら、潔く死ねばよかったの。そんな勇気もないくせに、愛を免罪符にして他人の夫に手を出し、挙げ句に子供まで作った。

だから公爵のせいで心を病んだと聞いた時も、そのまま生き地獄を味わえと思ったわ。

でもね、わたくしはこうも思ったのよ。陛下がわたくしの愛を裏切ったのなら、わたくしも陛下を裏切ってやろうと。そしてサディストで獣みたいな男……イライザの夫、マクレーガン公爵と寝たの。あれは本当に最低な夜だったけれど、わたくしは身ごもった。

陛下は懐妊を知って驚いていたわ。夫婦関係は冷めきっていて、身に覚えがないんですものね。誰の子だと問いただしてきたから、あなたの愛する女の夫の子だと言ってやったわ。あの人は間抜けな顔をしていた。本当に愉快だったわ。

ただ、生まれた娘……リリアナは嫌になるくらい、わたくしに似ていた。陛下への腹いせに身ごもったマクレーガン公爵の子なのに。あの子を見るたびに陛下の裏切りを思い出して愛せなかった。それどころか、どうしようもなく憎らしかった。

だから、わたくしは自分がされていちばん苦しかったことを、リリアナに強いたわ。毎日、毒を飲まされて苦しみ抜いても、また朝がやってきて更に強い毒を飲まされる。延々と終わらない悪夢が続くつらさを、わたくしはよく知っていた。あの子を苦しめることで行き場のない憎しみをぶつけたのよ。

結局、リリアナは死なずに耐え抜いて、陛下とイライザの息子……デュラン、あなたと結ばれた。皮肉なものね。不義の末にできた子たちが、そこまで惹かれ合うなんて」

　王妃は嘲るような口調で、そう言葉を締めくくった。

　デュランは天井を見上げたまま、口を開く。

「あなたに幾つか訊きたいことがあります。国王を……そこまで愛した相手を、どうして殺したんですか？」

「今から一年近く前のことかしら。リリアナとヒューゴの婚約が決まった時、あの人はそれを口実にして、公爵のいない時にイライザに会いに行ったのよ。しかも、わたくしには黙って。イライザは公爵のせいで廃人のようになっていたけど、あの人に会ったら生き生きとしたらしいわ。キスをして抱き合って……ふふ、それを教えてくれたのは公爵本人なのよ。妻を使用人に見張らせていたようね。さすがに怒っていたわ。だから、陛下を殺した時も隠蔽《いんぺい》に手を貸してくれたの。わたくしも、今度こそ許せないと思った」

「…………」

「ただ、陛下の行動が最後のスイッチになったけれど、息子のフレディのためでもあったのよ。子種をもらうためだけに陛下のベッドにもぐりこんで作った、直系の王子。わたくしが唯一、愛する子……あの子に早く王位を継がせてあげたかった。そうしないと陛下は、またよそで跡継ぎの子供を作りそうだったから」

　ジゼル王妃は青白い顔を伏せ、小さく笑い始める。不自然に声を上ずらせて、肩を横に揺らしながら、まるで大事なネジが一本外れてしまったかのように。

　デュランは動じることなく、凍てつく眼差しで王妃の狂態を眺めていた。

「国王暗殺の犯人にリルを仕立て上げたのは、何故です？」

「あの子、昔のわたくしみたいに心を閉ざして、口も利けなくなっていたでしょう。罪を被せるには好都合だったのよ。あのまま療養施設へ入れてしまえば、二度と出て来られなかったでしょうしね」

「それでは、サマンサ妃を殺し、ギデオンの命を狙っていたのも貴女の仕業ですか？」

「ふふっ、サマンサね……ええ、事故に見せかけて殺したのよ。わたくしよりも先に跡継ぎを産んで、ちやほやされて前々から鬱陶しかったの。陛下はわたくしを疑っていたみたいだけれど、明確な証拠を残すようなヘマはしなかったわ。ついでに邪魔なギデオンも消してしまうつもりだったのに、失敗したわね」

　全てを吐き出して開き直ったらしく、ジゼル王妃は事もなげに答えていった。

　サマンサ妃の殺害を認めた時点で王妃の処遇は決まったも同然だったが、口は災いのもとだと警告してやるほど、デュランは親切ではない。

「貴女が話してくれたお蔭で色々と分かってきました。それと、一度だけリルの外泊を許したことがありましたよね。あれはどうしてですか？」

「リリアナの外泊？　……ああ、教会の慰問《いもん》かしら。あれは、どうしても行きたいと必死に食い下がるから、面倒になって許可を出しただけよ」

「リルのためだったのでは？　城の外で思い出を作らせてやりたかったと」

「どうだったかしら。よく覚えていないわ」

本当に記憶にないのか、ジゼル王妃はあっけらかんと答えて目を閉じる。

デュランは冷たい面持ちでジゼル王妃を凝視し、最後の質問をした。

「リルとヒューゴを婚約させたのは、わざとですか？」

「そのことね……そう、わざとよ」

リリアナとヒューゴは、公爵家の血を引く異母兄妹。婚姻を結ぶのは禁忌である。

それを分かっていて結婚させようとしたのなら、もはや人でなしの所業だ。

「マクレーガン公爵も了承したんだもの。陛下もさすがに顔を青くしていたけれど、公爵が議会に提案したら、快く承認を得てしまったから何も言えなかったみたいね。それに、公爵はね」

ジゼル王妃がくすくすと笑いながらデュランを見据えて、最悪の毒を放つ。

「あの獣みたいな男はもう死んでしまったけれどね、実の娘だと分かっていながら、リリアナに目を付けていたのよ。わたくしに似て見目麗しいから、公爵家に嫁いできたら手を出すつもりで――」

ガァンッ！

我慢の限界だった。椅子の倒れる音が響き渡り、ジゼル王妃が悲鳴を上げて倒れた。

デュランは蹴り上げた椅子を跨《また》いで王妃の髪を掴み上げる。身を屈めながら顔を覗きこむと、口調を変えて囁いた。

「――公爵と同じ、毒を吐く獣め。俺はお前に同情しない。哀れとも思わない。ただ、リルを傷つけたことだけは許せない。少しでも彼女を想う気持ちがあるのなら、俺からギデオンに一言添えてやってもよかったが、そんな気持ちは欠片もないようだからな。遠慮なく、地獄へ突き落としてやろう」

デュランはジゼル王妃の髪を離すと、冷淡な口ぶりで教えてやった。

「隣国のタリス王が、お前の身柄を欲しがっている。サマンサ妃殺害の犯人として渡してほしいとな」

「……何ですって？　タリス王？」

「タリス王は直情的で、妹のサマンサ妃が殺されたと知って激怒している。犯人を見つけたら、タリス王国における極刑――八つ裂きの刑で報復したいと言っているそうだ。生きたまま生皮を剝がれ、八つに身体を裂かれて市中を引き回す惨酷な刑だ」

刹那、ジゼル王妃の顔が恐怖で引き攣った。

「タリス王とは今後も友好関係を続けたい。ギデオンはお前を国外追放という形でタリスに引き渡し、サマンサ妃殺害の件も踏まえて、国民にあるがままを説明して理解を求めるつもりでいる。チニール皇国にも連絡するが、他国の王妃となった皇族の女が国王を殺したとなれば、こちらに処断は一任するだろう。国際問題に発展しかねないからな」

デュランは冷ややかな眼差しでジゼル王妃を睨み、口角をわずかに持ち上げる。

――ここで俺に拷問されるよりも、見知らぬ異国へ送られて拷問を受けた末、残酷な極刑に処される。そのほうが、遥かに地獄だろうな。

「……やめて……タリスへ送るのは……」

必死に縋りつこうとするジゼル王妃を無視して、デュランは背を向ける。

――この女がぺらぺらと喋ってくれたお蔭で理解した。ジゼル王妃と先代王、マクレーガン公爵と俺の母……結局、彼らのツケを、俺とリルが払わされてきたということか。

四人の親を巡る愛憎劇も、自分の出生にも、デュランはさほど興味がなかった。

アクナイト王家の血が流れていようがどうでもよく、王位も欲していない。

それよりも、リリアナのことだった。

彼女は本当の父親を知りたがっていたが、それについては伏せておきたい。

マクレーガン公爵の血を引いているなどと、彼女は知らなくていいのだ。そのために、あの獣を消した。あとは王妃がいなくなれば真実を知る当事者はいなくなる。

デュランは顎に手を添えて、どこまでリリアナに話そうかと考えながら尋問室の扉に向かい、ふと動きを止める。

「一つだけ、お前に感謝していることがある」

呆然と座りこむジゼル王妃を振り返り、彼は隻眼を弓なりに細めた。

「毒を吐く人でなしの母親と決別し、リルは本当の意味で俺だけのものになる。親の愛なんて要らない。傷ついた彼女は俺が癒す。だって、俺は誰よりも彼女を愛しているから」


だから、ありがとう。

最後まで、人でなしでいてくれて。


喜色満面で告げたデュランは、ジゼル王妃が何か言う前に尋問室を出る。

軋んだ音を立てながら鉄の扉が閉まる直前、彼は死神の宣告のように冷たく告げた。

「これからは、悪夢のような地獄の底で死ぬまで苦しむといい」

バタンと扉が閉まると同時に発狂し、耳を劈《つんざ》く叫び声が聞こえたが、彼は意に介さずに牢の見張り番をしている騎士に声をかける。

「王妃との話は終わった。自殺しないよう監視しておいてくれ」

「了解しました」

ジゼル王妃から完全に興味を失ったデュランは二度と振り向くことはなく、悲鳴がこだまする地下牢を後にした。

第九章

微睡みの底で夢を見ていた。城で暮らしていた頃に経験した、ある夜の夢だ。

『――リル』

彼の声が聞こえる。リリアナの名前を呼びながら、ネグリジェの中に手を差しこんで肌を撫でていく。

リリアナは夢か現か判断できないまま、覆いかぶさっている彼の背に腕を回す。熱い吐息が顔に降りかかった。

『リル……リル』

頬を撫でられながら唇を奪われて、口内に舌が滑りこんでくる。

ひとしきり口づけを交わすと、彼が身体の位置を変える。リリアナの足を押し広げながら『貴女が欲しい』と囁き声を落とし、秘められた場所に吐息が――。

「リル」


呼び声で夢の底から引き上げられたリリアナは、長い睫毛を震わせながら瞼を開けた。

誰かに手を握られている。横を向くとデュランの顔があった。

「リル。目が覚めてよかった」

デュランに頬を撫でられて、その優しい感触が夢の中と同じだったから、リリアナはまだ自分が目覚めていないのかと思った。

「デュラン……夢の中でも、これはだめよ」

「え？」

「部屋に忍びこんで……私に、触れるなんて……あの地下道、使ったの？」

デュランが面食らったように目を瞬く。

すると、彼の後ろからルーベンがひょっこりと顔を覗かせた。

「やっと目が覚めたんだね、リル。今のは何の話？　寝ぼけているのかい？」

「……ルーベン？」

「ルーベン、医者を呼んできてくれ。リルが目覚めたから診察を」

「了解、兄さん。ちょっと待ってて」

ルーベンが軽やかな足取りで出ていく。外にメアリーがいたのか、話し声が聞こえた。

リリアナが目をパチパチさせていると、デュランが手をぎゅっと握って声をひそめる。

「これは夢じゃありません。貴女はジゼル王妃に刺されて、三日も寝こんでいたんです」

「……刺されて……ああ、そうか。私、意識を失ったのね」

リリアナの頭もようやく覚醒してきて、ゆっくりと起き上がろうとした瞬間、脇腹に鈍い衝撃が生じた。

「いっ……ううっ……」

「リル？」

ズキン、ズキンと、熱く脈打つような感覚が全身を駆け巡る。

リリアナは震える手でお腹を押さえると、半泣きの表情でデュランを見上げた。

「デュラン、身体が、おかしいわ……」

「何がです？　どうしたんですか？」

「お腹が……ズキズキ、するの」

デュランが目を丸くする。

ズキズキと全身に響く痛みに襲われながら、リリアナはおそるおそるベッドに横たわって枕に顔を押しつける。

――私、この感覚を知っているわ。ずっと忘れていたもの……私が、失っていた……。

「痛い……」

そう絞り出し、リリアナはベッドの横で棒立ちになっているデュランを涙目で睨んだ。

デュランがハッと我に返って、顔を綻ばせる。

「デュラン……どうして、笑うの」

「いいえ、早く医者が来てくれないと大変だと思って。ルーベンは何をしているんだ」

「……何で、嬉しそうなの」

「何でもありませんよ」

「私が、痛がっているのが……そんなに、楽しいのかしら」

「違いますよ」

デュランがベッドの横に膝を突き、枕に突っ伏して睨み続けるリリアナを覗きこむ。

優しい手つきで彼女の髪を撫でながら、見るからにほっとした表情で言った。

「ただ、安心したんです。それだけです」

「だったら、笑わないで」

「顔が勝手に綻びます」

「……意地悪ね」

「はい。俺は意地悪です」

「……冷たいわ」

「その通りです」

「……あっさり、認めるのね」

「意地悪で冷たいという自覚があるので」

「本気に、しないで……痛いから、八つ当たりしたかっただけよ。あなたは、優しいわ」

「俺が優しくするのは貴女だけです」

「……それはそれで、少し怖いわ」

「そうです。俺は怖いですよ」

「ねぇっ……医者は、いつ来るの？」

　痛みを紛らわす会話の最中に、リリアナが耐えかねて声を荒らげたら、デュランが扉をチラリと見て頭をよしよしと撫でてくる。

「もうすぐです」

「ああ、本当に痛い……痛みって、こんな感じだったかしら……耐えられないわ」

「それが正しい反応なんです。動くから余計に痛むんですよ」

「デュラン、笑わないで……腹立たしくて、頬を叩いてしまいそう」

「叩いてもいいですよ。俺は一向に構いません」

「……なんだか、後が怖いわね」

「治ったあとで存分にやり返しますから」

「怖くありませんよ。俺ができることなんて、せいぜい貴女を死ぬほど甘やかすことくらいです」

「やっぱり、怖いわ」

「デュラン、また笑って……うぅっ……痛い……」

医者が駆けつけるまで、ぽすぽすと枕を叩いて痛みを訴えるリリアナを、デュランは根気よく宥めてくれた。

リリアナの怪我は命に関わるものではなかったものの重傷で、しばらくベッドから出ることができなかった。

療養中、城内では様々な変化があった。

まず、政務を取り仕切っていたマクレーガン公爵の代わりに、ギデオンが臣下を纏め上げた。

フレディ王太子とは比べ物にならない指導力に、貴族院を有する議会も実質的な新王としてギデオンを認め、アクナイトの国政は再スタートが切られた。

国民はギデオンを支持した。戴冠式が行なわれた際は城のロータリーに多くの人々が詰めかけて、リリアナも部屋で歓声を耳にした時はほっと胸を撫で下ろしたものだ。

マクレーガン公爵が資金援助していたクロユリの畑は全て焼き払われ、管理者たちも逮捕された。密輸に関わっていた輸送業者も、隣国タリスと連携を取って次々と摘発されていき、より厳しい法改正の準備が進められている。

また、マクレーガン公爵夫人イライザは火事から救い出されたものの、長年の夫からの虐待によって深刻な心の病を患い、自分と他人の区別すらつかない状態にあった。口を開いても要領の得ない言葉を繰り返すばかりで会話が成り立たず、療養施設に入れられることになった。

リリアナは一度だけ、イライザについてデュランに尋ねたことがある。

「イライザ夫人を療養施設に入れると聞いたわ。しかも、治療を主として行なう施設ではなくて、回復の見込みがない末期患者が行くような場所だと……一度入ったら、もう出てこられないかもしれないわ。それでも構わないの？」

「構いません。あの人は俺を産んだ女性ですが、物心ついた頃には公爵のせいで心が壊れていて、母親らしいこともしてもらっていません。それに——」

デュランは少し遠い眼差しをして、やや低めの声で付け足した。

「俺はこれ以上、あの人の顔を見たくないんです。何なら、もう一生会わなくてもいい」

そう語る彼の表情から、悲哀や心痛は読み取れなかった。

むしろ実の母親に向ける想いにしては、あまりに希薄な〝無感情〟で——リリアナはそれ以上、追及できなかった。

デュランが母親について語ったのは、これが最初で最後だった。

国王暗殺の犯人、ジゼル王妃の処罰については議会で審議が行なわれた。

隣国タリスとの関係を考慮し、チニール皇国と連絡を取り合った末、王妃の身分を剝奪して国外追放という刑が下された。

王妃の追放先はタリスで、そちらではサマンサ妃殺害の犯人として厳粛な罰が下されるらしい。

そしてリリアナが寝こんでいる間に、ジゼル王妃はタリスへ送られた。

リリアナは体調が万全ではなかったことと、ギデオンが彼女の精神面を考えて面会の許可をくれなかったため、王妃とは一度も会うことはなかった。聞くところによると見る影もなくやつれ果て、何度か自殺未遂も図ったとか。

そのたびに取り押さえられ、厳重な監視下でタリス王のもとへ護送されたようだ。

結局、本当の父親が誰なのかは王妃に聞きそびれてしまったが、全てが終わった今となっては知らないほうがいいのかもしれないと、リリアナも考えるようになった。

出生を明らかにせずともデュランは気にしていないし、ギデオンもその件は触れず、王妹として接してくれている。結婚の許可もくれた。

母親と永遠に決別したことでリリアナの心は安定し、ようやく前を向いて、新たな人生を歩き出そうとしているのだ。今更、過去を掘り起こす必要もない。

アクナイト王が死んだ時に、リリアナの中で父親も死んだ。

それで折り合いをつけようと、リリアナは療養しながら心を決めたのだ。

ちなみに王妃が溺愛していた弟のフレディは王位継承権を剝奪され、王都から離れた都市で幽閉生活を送ることになった。

それが決定した時、ギデオンがわざわざ報告しに来てくれた。

「フレディのことは憐《あわ》れに思うが、王妃を支持していた一派によって担ぎ上げられることになれば、面倒なことになるからな。早めに不穏な芽は摘んでおきたい。何よりも、フレディ自身が静かな場所でひっそり暮らしたいと言っている」

「そうですか、そんなことを……」

「母親の支配から解放されれば、フレディも少しは変わるだろう。これからは自分のために生きろと言っておいた」

その言葉は兄として、せめてもの温情だったのだろう。

今は国内情勢を安定させるのが直近の課題だ。フレディの処遇は先を見越した対応で、王妃側にあった弟を牽制するのは致し方のないことなのだ。

目まぐるしく周りの環境は変わっていき、重苦しかった城内の空気は明るくなった。

やがて、順調に快復していったリリアナも城を出て、再びデュランの屋敷へ戻ることが許された。

療養していた山間の屋敷へ久しぶりに戻ったリリアナは、以前とは違う使用人の多さに驚いた。

まず、執事がいる。メイドの数も増えていた。

「おかえりなさいませ、デュラン様。リリアナ様」

当たり前のように使用人たちに出迎えられ、リリアナは困惑しながら挨拶して、ずっと使っていた部屋へ通された。

「デュラン。使用人が増えたのね」

「王都の屋敷が焼けてしまったので、皆、今はこちらで働いているんです。新しい屋敷が完成したら移ります。俺もマクレーガン公爵の名を継いだら、そっちの屋敷で執務をすることが増えると思います」

「ああ、そういうこと……そういえば、爵位を継いだら騎士の仕事はどうするの？　あなた、優秀なんでしょう。尋問部隊にいると聞いたわ。死神騎士と呼ばれてもいるとか」

デュランが隻眼を丸くした。

「その話は誰から聞いたんですか？」

「ギデオン兄様よ。死神騎士というのは、立ち聞きした夜に耳にしたの」

「貴女には知られたくなかったのに。死神というのも、いい響きではありませんから」

ため息交じりに愚痴ったデュランが、リリアナの手を引いてベランダへ連れ出す。

太陽は西に傾き始めていた。頬を撫でる風は、恋しかった自然の香りがする。

「騎士は辞めませんが、今後は王の側近と護衛任務に就きます。公爵家の仕事はルーベンに手伝ってもらうので、そう大変ではありません。あいつは優秀ですからね」

「私にもできることがあったら、何でも言ってちょうだい」

リリアナは山風の心地よさに目を細めると、傍らに立つデュランの手を取った。自分から指を搦めて握る。

「デュラン、他にも訊きたいことがあるの。あなたの右目のことよ」

「…………」

「実は一度だけ見てしまったの。落ち着いたら話を聞こうと思っていたわ。単刀直入に訊くけど……デュランは、アクナイト王家の血を引いているの？」

デュランはほんの少し躊躇うように視線を泳がせて「はい」と、小さな返事をした。

「やっぱりそうだったのね。ねぇ、あなたの目をちゃんと見せてほしいの。いいかしら」

彼が頷いたので、リリアナは背伸びをしながら両手を伸ばす。デュランも身を屈めてくれた。

手触りがよくさらさらの金髪を撫でてから、リリアナはデュランの眼帯に触れた。

彼の頭を両手で抱き寄せて結び目を解く間、デュランもリリアナを抱きしめて首元のチョーカーを撫でていた。

結び目が解けて眼帯を取ったら、色素の薄い銀灰色の瞳が現れる。

リリアナは彼のオッドアイを見つめると、つま先立ちをして瞼の上に口づけた。

「綺麗な瞳ね、デュラン」

「綺麗？　俺の瞳が？」

「ええ。こんなに綺麗な瞳を、ずっと私に隠していたのね」

「すみません。どうしても話せなかったんです」

「分かっているわ。そう簡単に人に話せることじゃないもの。あなたのお母様は、イライザ夫人なのよね」

「そうです。母と先代王が俺の本当の両親です」

「そう……分かった。話してくれて、ありがとう」

公爵夫人と国王の子。つまり、デュランもリリアナと同じく不義の末にできた子だ。

ジゼル王妃が国王を殺すほど憎んでいた理由も、おそらく関係しているのだろう。

「それ以上は訊かないんですか」

「あなたが話したいのなら、訊くけど」

「正直に言うと、あまり話したくありません」

「だったら無理に話さなくていいわ。あなたがここにいてくれるだけで、私は十分なの」

——母と決別し、前を向いてデュランと生きていくと決めた。無理に過去を掘り返す必要はないわ。デュランと生きる未来のほうが、私にとっては大切だから。

その時、デュランが後頭部を引き寄せて唇を重ねてきた。

ちゅっ、と音を立てて唇が離れ、リリアナは声量を落とす。

「私が国王の血を引いていないことも、あなたは知っていたんでしょう。デュラン」

「どうして、そう思うんですか？」

「話を打ち明けた時に、あまり驚かなかったから。それに……私が国王の娘だったら、あなたは私の異母兄ということになる。それを知っていたら、私を抱くはずがない」

「——貴女は本当に聡い人だ」

耳元で聞こえるデュランの声色がぐっと低くなった。

「出会ったばかりの頃、貴女が王女だと知って、どう接したらいいか分からなかった。てっきり異母妹《いもうと》だと思ったから……だけど、ある人物から、貴女が国王の娘じゃないと聞いたんです」

「ある人物って、誰なの？」

涼しい風が吹き、さわさわと木の葉のこすれる音がする。

デュランが押し殺した声で答えた。

「ジゼル前王妃です」

「……そう、あの人が教えたのね」

「でも、たとえ血が繋がっていたとしても、俺は貴女を好きになったと思いますよ」

身を離したデュランが、不意に意地悪そうな顔をして額をコツンと当ててくる。

「あの頃の貴女は、わがままで甘えたがりで大変でしたが、不思議なことに可愛くて仕方なかったんです。どこに隠れても、すぐ見つけてやろうと気合いを入れて捜しました」

「昔の話でしょう……だけど確かに、デュランは私を見つけるのが上手だったわね」

「今もですよ。貴女がどこに隠れようが、俺はすぐに見つけます」

彼の声に甘さが加わった。鼻の頭をこすり合わせながら軽めのキスをしたら、デュランが急に身を屈めてリリアナをひょいと抱き上げた。ベッドまで運んでいく。

「俺は今日、明日と休みをもらっています。こうして二人で過ごすのも久しぶりです。俺のわがままを聞いてください」

「わがまま？　珍しいことを言うのね」

リリアナをそっとベッドに横たえて、デュランは天蓋のカーテンを下ろした。薄いカーテンで仕切られたベッドの中にもぐりこんで、リリアナに覆いかぶさってくる。

「こういう、わがままです。しばらく貴女を抱いていないので、今日はたくさん抱かせてください。怪我も完治したはずですし」

「…………」

「リル？」

リリアナが固まっていると、ジャケットを脱いだデュランが怪訝そうに首を傾げた。

「どうしました？」

「デュラン。あなたに言わなきゃいけないことがあった」

――すっかり、忘れていたわ。男性には話しづらいことでもあったし。

デュランがシャツも脱ぎ捨てて、逞しい上半身を曝しながら乗り上げてくる。

彼はリリアナのチョーカーに口づけて、柔らかい首筋を甘噛みした。

「っ、デュラン……聞いてる？」

「聞いていますよ。続きを話してください」

リリアナはごそごそと悪戯を始めるデュランに顔を顰めつつ、両手を自分のお腹の上に添えた。すうっと息を吸う。

「私、あなたの子供を産めるようになったの」

デュランの動きがぴたりと止まった。

居た堪れない沈黙が数秒あり、彼がゆらりと身を起こす。

「本当ですか、リル」

「ええ、そうみたい。城でゆっくり療養していた時に、久しぶりに月のものが来たの。医者にも診てもらったけれど、やっぱり精神的な問題が大き――」

リリアナはお腹を撫でつつ、デュランの視線に気づいて言葉を切った。

美しいオッドアイが不穏な光を放ちながら凝視してくるから、何事かとたじろぐ。

「どうかした、デュラン……？　喜んでくれないの？」

「喜んでいますよ」

デュランの手が伸びてきてリリアナの下腹部に添えられた。優しく撫でられる。

「リル。貴女の体調が良くなってくれて本当によかった。それに、俺の子供も孕めるようになったなんて」

身を屈めたデュランがぺろりと口元を舐めた。リリアナの手を取って指を搦めながら、底なしに甘い声で言う。

「俺は心の底から、嬉しくて堪らないんです」

リリアナにのしかかり、ぶるりと身震いをしたデュランが悩ましげに熱い息を吐いた。

緩やかに腰を揺らし、小刻みに震えるリリアナの中へ子種を注いでいる。

「あっ……んっ……」

リリアナが快復し、子を孕めるようになったと知ったデュランに組み伏せられ、性急に始まった一度目の行為。それは、あっという間に終わった。

デュランの腕が身体に巻きつき、動けないよう固定されながらお腹の奥にたっぷりと注がれ、リリアナの全てが彼のものだと思い知らされる。

「愛しています、リル」

デュランが子種を放ったお腹を優しく撫でて、甘やかに愛の言葉をくれた。

リリアナは涙の零れる目を閉じると、わななく唇で愛を返す。

「デュラン、私も……あなたを、愛しているわ」

「リル……」

色の違う双眸を細めながら、デュランが破顔した。とても嬉しそうだ。

——そういえば、彼を愛しているって……ちゃんと言ったのは、初めてかもしれない。

そう思ったら、急に顔が火照ってくる。

リリアナが耳まで赤くなるのを、デュランはまじまじと見つめてから、ちゅっと口を押しつけてくる。

「顔が真っ赤になりましたね。その顔も可愛——」

「可愛くないわ……恥ずかしいから、やめて」

余韻で震える両手を翳して顔を隠そうとするが、デュランに払いのけられて薔薇色に染まった顔中にキスをされた。思わず寝返りを打とうとすると、足の間に押しこまれたままの逸物が硬さを取り戻すのを感じてビクリと肩が跳ねる。

「あっ……ちょっと、デュラン」

「すみません。貴女を見ていたら、興奮して」

「……続けて、するつもりなの？」

「はい。一度目は、回数に入っていませんから」

「それは、どういう……んっ、あぁ……っ」

「先に、俺の種を入れておきたくて……性急に、抱いてしまったので」

横向きになった体勢で片足を跨がれ、ズンッと雄芯で突き上げられた。

深く密着する角度で奥をつつかれてしまい、リリアナは黒髪を乱しながら身震いする。

「あーっ……ふっ、あぁ……」

腰を叩きつける動きに合わせて、充血した秘玉を指でぐりぐりと弄られた。

すでに快楽を教えこまれているリリアナの身体は、その刺激に堪らず反応する。

「んんっ、ん……あ、ああ……デュランッ……」

「リル、気持ちいいですか」

「……はっ、あぁあ……うん、っ……きもち、い……」

素直に認めたのを褒めるように、デュランが腰を激しく揺すった。雄芯で力強く奥を穿たれ、何度も前後に出し入れされる。目の前が白く染まっていった。

――ああ、すごく気持ちがいいわ……熱いものが、くるっ……。

優しく乳房を揉まれながらキスもされて、口内にデュランの舌が入ってきた。グチュグチュと淫らにかき混ぜられて、リリアナはついにビクンッと身を強張らせた。

硬く膨らんだ陰茎を、わななく蜜路がぎゅうと締め上げる。

「っ……俺を置いて、イきましたね。リル」

「……はー……あ……ごめ、ん……」

「謝らなくていいですよ。でも……次は、俺と一緒に」

デュランが朦朧とするリリアナの頬に口づけると、背中に腕を回して抱き上げた。

胡坐をかいた上にリリアナを乗せて抱き合いながら、達したばかりの蜜壺に肉槍を根元まで挿入し、その体勢で動きを止める。

「……デュラン……もっと、強く……」

「ん……こうですか」

肩と腰を支えていたデュランの腕に力が籠もった。ぎしぎしと身体が軋むほど強く抱きしめられ、リリアナは苦しさに喘ぎながら、同時にほっと息をつく。

――やっぱり、これが一番、安心する……。

一度は離れ離れになってしまったから、もう離さないと言われているみたいで。

リリアナはデュランの背にしがみついて、蕩けた隘路の中で興奮した男根がどくん、どくんと脈打っているのを感じた。

しばらく寸分の隙間なく肌をくっつけて鼓動の音を聞いていたが、デュランも我慢できなくなったようで、下から腰をゆるゆると揺すられた。

「っ、ん……デュランッ……」

「……はぁ……リル……」

濃密な口づけを交わしていたら、デュランがリリアナの肩をトンッと押してシーツに倒した。細い両足を抱え上げて、ズンッ、ズンッと腰を叩きつけてくる。

その揺れが徐々に激しくなっていき、怒張した陰茎の先で執拗に奥を叩かれるから、リリアナは婀娜めいた色香を振り撒きながら身悶えた。

デュランが腰を振りたくっていく。ギシギシ、とベッドが小刻みに揺れた。

「貴女は……誰にも、渡さない……もう、俺だけのっ……」

その双眸に渇望の炎を宿し、独占欲も匂わせながら、デュランは耳元でうわ言のように繰り返して身体を揺すり続ける。

「あ、っ、ああ……あっ……デュランッ……」

「リル……愛している……」

至極の宝石みたいなオッドアイがすぐそこにあり、リリアナは見た。

彼の瞳に映る焼けそうなほどの情熱と、その奥にひそむ昏く淀んだ感情――かつてリリアナアが怖いと感じた、底なしの執着心を――。

――ああ、デュランはいつから、こんな目をするように…………うぅん、違う。

そう、本当は知っていた。

ずっと知らないふりをしていただけ。

『俺のものにしたい、って。早口で三回唱えました』

いつかの箒星に願った、あの時から、デュランの目には宿っていたはずだ。

貴女が欲しい、欲しくて堪らないんだと叫ぶ渇望と、一途すぎる執着《あい》が。

リリアナは震える両手でデュランの顔を挟むと、自分のほうへ引き寄せる。唇を重ねて吐息交じりに告げた。

「……私も……あなたを、愛している」

あなたの執着《あい》を受け入れるから、私をもっと強く抱きしめて。拘束して、束縛して。

それで、私も愛されていると実感できる。

リリアナの応えに満足したのか、デュランは口端を吊り上げて願いを叶えた。

呼吸が苦しくなるまで抱きしめて、どろどろに甘やかすような声で愛を囁きながら、彼は腰を押しつけて最奥で吐精した。

胎内でビュクビュクッと熱が弾けるのを感じて、リリアナは彼の背に爪を立てる。

――ああ……全部、彼のものにされてしまう。

子宮から溢れるほど子種を流しこまれながら、何もかもデュランのものにされることが堪らなく嬉しくて、緩やかに口角が上がるのを感じた。


デュランに肩を抱かれてベランダに出ると、闇を刷いた空には星が瞬いていた。

「手すりまで歩けますか」

「歩けるわ……足が、少し震えるけど」

「すみません。やりすぎました」

リリアナは腰を支えてもらいながら手すりに辿り着き、デュランを横目で見やる。

淡い月影に照らされた彼の髪は白銀に見えて、彫りの深い横顔は愛を交わした余韻からか少し気だるげだ。流し目を送られただけで匂い立つような色気を感じる。

しばしデュランに見惚れたあと、リリアナはわずかに逡巡《しゅんじゅん》し、小声で切り出す。

「デュラン。もう一つ、訊きたいことがあるの」

「何ですか？」

「私も記憶が曖昧だから訊こうかどうか迷ったんだけど、やっぱりハッキリさせておきたくて。……私がまだ城にいた頃、深夜に私の部屋へ忍びこんできたこと、ある？」

ある夜更け、誰かがベッドの横に佇んでいたことがあった。

その誰かはリリアナのベッドにもぐりこみ、至るところにキスをして肌を暴いていった。

情欲を孕んだ低い声で名前を呼ばれ、執拗に〝愛している〟と囁かれたのだ。

――あの声は、デュランのものだった気がする。

ただ、そんな気がするというだけで確信はなかった。

その頃はリリアナも心を閉ざしており、意識の混濁する日が多くなっていたからだ。

宵闇に紛れた秘めごとがリリアナの願望を映した夢だったのか、はたまた現だったのかは、今となっては定かではない。

リリアナが探るような目線を向けると、デュランはきょとんとして首を傾げた。

「そんな真似しませんよ。もしかして、何かされたんですか？」

「あ、ううん。身に覚えがないのならいいの。きっと、私の勘違いね」

納得して目線を空に向けたが、デュランの視線は逸らされなかった。

横顔をじいっと見つめられて「何？」と一瞥したら、笑んだ彼はゆるりと首を振る。

「なんでもありません。――――まさか覚えているとは」

「いま、何か言った？」

聞き取れずに目をぱちぱちさせると、肩を抱かれて頬に口づけられた。

「これからは、ずっと一緒にいられるのが嬉しいと言ったんです。俺と貴女の関係を邪魔する者は、もういませんから」

噛みしめるように呟いたデュランが顔にキスの雨を降らせてきたので、リリアナはわざとらしく眉間に皺を寄せつつも、満更ではない思いで受け入れた。

肩を寄せ合い、二人でいつかのように星空を仰ぐ。

数多の星が散っていて、熱心に見上げていたら尾を引いて流れ落ちる箒星を見つけた。

「あ、見て。箒星よ」

リリアナが空を指さしても、デュランは空に目を向けることさえせず、薄い笑みを浮かべながら彼女の横顔を見つめている。

「デュラン。昔みたいに、願い事はしないの？」

「願い事はしません。もう、その必要がないので」

デュランはリリアナの髪を撫でながら囁き、うっとりと微笑んだ。

◆◇◆

――三匹の獣を殺した。

一匹目の獣を殺した時、彼女を瀕死の淵へ追いやったことへの怒りだけではなく、そこにはまぎれもない嫉妬があった。

自分では手に入れられない彼女と婚約し、にやけた顔で笑っていた獣を許せなかった。嫉妬の末の殺意に焼かれて、協力者の侍女に手筈を整えさせ、城内を巡回する騎士にまぎれて獣が飲む予定の紅茶のカップに自らの手で毒を入れた。

犯人を特定させないために出入りの多い城で息の根を止める必要があったが、図々しくも再び彼女のもとを訪ねたことが許せないと、歪んだ想いがあったのも否めない。

獣は呆気なく死んだ。

二匹目の獣を殺した時、彼女の父親と知っていながら手にかけた。

ずっと前から、その獣に殺意は抱いていた。

積もりに積もった怒りと憎しみに駆られて、その胸に深くナイフを突き刺した。

血縁上の父が死んだ時と同じように、自分を父と嘯《うそぶ》く獣の心臓も突いてやったのだ。

獣が、彼女の実の父親であると承知した上で……人でなしの獣が彼女にまで爪を伸ばす前に、息の根を止めなければならなかった。

二匹目の獣も呆気なく死んだ。

三匹目の獣は、この手で最期を与えたわけではない。

だが、人づてに死んだと聞いた。彼女を最も苦しめた、毒を吐く獣だった。

どんなふうに死んだのかは、興味はない。

ただ、三匹目も凄惨な拷問の末に、やはり呆気なく死んだそうだ。

眠るリリアナのチョーカーを指で弄っていたら、開け放たれた窓から星空が見えた。

夜空を横切る美しい箒星を目で追いながら、彼はそれを紡いだ。

「愛しているよ、リル」

募る想いを止められなくて夜更けに部屋へ忍びこんだ時も、彼女の全てを手に入れた今宵も、デュランは胸の内に収まりきらない執着《あい》を囁く。

昔のように、箒星に願いを唱える必要はなかった。

三匹の獣を退治した死神は、もう最愛《リリアナ》を手に入れていたから。

終章

ある日の、マクレーガン公爵家の屋敷。

自然に囲まれた庭園のテーブルで、リリアナとルーベンは頭を悩ませていた。

「何かいい題名《タイトル》はないかしら」

「うーん。僕もそういうセンスがないからな。デュラン兄さん、何か意見はない？」

リリアナの隣で静かに画集を読んでいたデュランが、顔を上げずに言った。

「意見はない。リルに一任する」

「それは一任じゃなく、丸投げっていうのよ」

「ねぇ、メアリー。君の意見は？」

「私ですか？　そうですね……箒星に願いを、とかどうでしょう」

「それ、すてきね」

「すてきだね」

「それだな」

メアリー以外の、三人の声が重なった。

照れくさそうにもじもじするメアリーに、ルーベンがパチンとウインクしている。

リリアナは絵本をパタンと閉じて、表紙にさらさらっと文字を書いた。

篝星に願いを、と。

「本当は、デュランにも一枚くらい挿絵を描いてほしかったのよ」

「俺も描きたかったが、描けないんだから仕方ない」

「僕で我慢してよ、リル。だいぶ上達したんだからさ」

「ええ。感謝しているわ、ルーベン」

記念すべき一冊目の絵本。リリアナが物語を書いて、挿絵はルーベンが描いた。

まだ形にしただけで出版までは至っていないが、これも夢への第一歩だ。

「ふわぁ……なんだか、眠くなってきたわ」

「昼寝の時間だ。リル、部屋へ戻ろう」

「自分の足で歩けるわ」

「転んだら大変だからな。もう一人の身体じゃない」

デュランはお腹がふっくらとしているリリアナを抱き上げ、すたすたと歩き出す。

ルーベンは二人にひらひらと手を振っただけで、メアリーにちょっかいを出している。

「赤ちゃんができてから、眠くて仕方ないの」

「たぶん、子供のぶんまで眠くなるんだ」

「そうかもね。……ねぇ、デュラン」

リリアナは首元のチョーカーに触れながら、階段を上っていく夫の顔を見上げた。

「私、物語を書くこと以外にも、色々とやってみたいことがあるの。あなたと一緒に城へ通って、ギデオン兄様の補佐をしたり……」

「ダメだ。貴女は身重だし、この屋敷でゆっくり過ごせばいい」

「兄様が補佐を欲しがっていらっしゃるのは、あなたも知っているでしょう。他に王族がいないから、異国のお客様をもてなしたり、外交関係の政務で私が役に立つと……」

「リル」

デュランの声が低くなったので、リリアナは大人しく口を噤んだ。彼の肩に頭を預けたら、ちゅっと額に口づけられる。

「貴女は俺の妻だ。ルーベンとなら会うことは許すが、他の男とは会わせたくない。何度も言わせないでくれ」

「分かっているわ。言ってみただけ」

手持ち無沙汰にチョーカーを弄っていると、部屋に到着した。

日当たりのいい窓辺のカウチに降ろされて、デュランも隣に座った。肩を抱き寄せられて欠伸が出てしまう。

「寝るといい。俺が見張り番をしているから」

「何の見張り番？」

「獣が来て、貴女を攫って行かないように」

「物語に出てくる、王子様の台詞みたいね」

リリアナは相槌を打って柔らかく微笑んだ。

子供ができてから表情が豊かになり、以前のように笑えるようになってきたのだ。

その笑顔を、デュランが眩しげに見下ろしている。

「ねぇ、デュラン。私、今とても幸せよ。あまり外へ出してもらえないけど、前よりずっと幸せなの。あなたはいつも側にいてくれるし……私を幸せにしてくれて、ありがとう」

笑えるようになったら改めて礼を言う。

いつかの約束を思い出しながら、リリアナがはにかんでみせたら、デュランも目を細めながら「どういたしまして」と笑った。

◆◇◆

妻が眠ったあと、デュランはルーベンが作ってくれたスケッチブックを持ってきて木炭筆を走らせる。

花瓶に活けられたユリを描こうとして、シャッ、シャッと筆を走らせるが、途中でぴたりと手が止まった。

純白のユリを描いていたはずなのに、いつの間にか漆黒のユリになっている。

デュランは木炭筆を握った手を見下ろして、ふんと鼻を鳴らした。木炭筆を置いてスケッチブックも閉じる。

——黒くなる。

何を描いても、対象物を真っ黒に塗り潰してしまう。手が勝手に動いてしまうのだ。

やはり、もう絵は描かないほうがよさそうだ。

デュランは寝息を立てる妻の隣に戻ると、甘えるように腕を絡めてくる彼女を抱きかかえながら笑った。

「昔のようには、二度と描けないな」

憎悪と執着に突き動かされた年月が長すぎて、美しい絵など描けなくなってしまった。

だが、別に構わないと、彼はリリアナに頬ずりをする。

いちばん欲しかったものは、この先もずっと手元にあるのだから。

あとがき

ソーニャ文庫さんでは、はじめまして。蒼磨奏《あおまそう》と申します。

死神騎士となった青年が獣を退治し、最愛を取り戻すまでの物語（それだけ聞くとお伽《とぎ》噺《ばなし》みたいですね）は、楽しんでいただけたでしょうか。

読者さんに受け入れてもらえるかなと緊張していますが「くだらない親への決別がしんどくて心に染みる」と、担当さんにお褒めの言葉をもらったので大丈夫だと信じます！

ストーリーは、まさに毒親との決別をして大切なものを取り戻す話です。歪みきってしまったヒーローと、毒から解放されたヒロインの歪んだ再生もテーマでした。

お互いが幸せならそれでいいですね。ソーニャらしい結末を迎えられたかなと。

今回は素案を三つ出した時、その中で一番ソーニャっぽい（個人的な感想ですが）設定を選んでもらって、歪んだ愛は美しいを唱えながら書かせてもらいました。

ヤンデレは大好物ですが、普段は溺愛甘めな物語を書いているので、これまで私の作品を読んでくださった方の中には、こういう話も書くのかと驚かれた方がいらっしゃるかもしれません。人が端から死ぬようなダークな世界観、大好きです。

イラストは森原八鹿《もりはらようか》先生が表紙と挿絵を担当してくださいました。世界観ピッタリで素晴らしいイラストを、ありがとうございました！

デュランが首輪……じゃなくて、チョーカーをリリアナに着けてあげているシーン、すごくお気に入りです。


そして今回、執筆のお声かけをくださった担当さんには感謝の言葉を。

ご連絡を頂いた時は嬉しくて、深夜に関わらずお返事したことをよく覚えています。

……にも拘わらず〆切の件でご迷惑をおかけして、申し訳ありませんでした！　猛省！

担当さんが二人いるという初めての経験もして、お二人とも優しく色々と対応してくださったので、とても円滑に仕事ができました。本当にありがとうございました。

ソーニャの編集部さんや出版社、いつも気にかけてくれる家族、つらい時に支えてくれた友人たち、この本を手に取ってくださった読者の方々もありがとうございます。

去年の後半は暮れにかけて心身ともに体調を崩したので、今年は健康で仕事をしていきたいです。

それでは、またお会いできることを祈って。

蒼磨　奏

この本を読んでのご意見・ご感想をお待ちしております。

◆ あて先 ◆

〒101-0051
東京都千代田区神田神保町2-4-7 久月神田ビル
㈱イースト・プレス　ソーニャ文庫編集部
蒼磨奏先生／森原八鹿先生

死神騎士《しにがみきし》は最愛《さいあい》を希《こいねが》う

2022年4月9日　第1刷発行

著　　者　蒼磨奏《あおまそう》
イラスト　森原八鹿《もりはらようか》
装　　丁　imagejack.inc
発 行 人　永田和泉
発 行 所　株式会社イースト・プレス
〒101－0051
東京都千代田区神田神保町2－4－7 久月神田ビル
TEL 03－5213－4700　FAX 03－5213－4701
印 刷 所　中央精版印刷株式会社

ISBN 978-4-7816-9719-2
定価はカバーに表示してあります。